CHŁOPCY

ANDRZEJ SARAMONOWICZ

WIELKA LITERA

Projekt okładki
Justyna Czerniakowska

Zdjęcie autora
Dorota Czoch

Redakcja
Anna Walenko

Korekta
Anna Tłomacka
Jadwiga Piller

Wielka Litera Sp. z o.o.
ul. Kosiarzy 37/53
02-953 Warszawa

Skład i łamanie
MAGIK

Druk i oprawa
ABEDIK SA

ISBN 978-83-8032-017-8

ROZDZIAŁ 1

1.

Podobno kiedy dobrze udajesz szczęśliwego, ludzie ci wierzą. A kiedy udajesz genialnie, wtedy nawet sam w to zaczynasz wierzyć. Tak mówi moja mama.

To znaczy nie mnie. Przez telefon tak mówi. Komu, nie wiem, ale kiedyś podsłuchałem. W gruncie rzeczy nawet nie musiałem podsłuchiwać. Po prostu strasznie głośno mówiła. Z zapamiętaniem tłumaczyła, jak należy właściwie żyć. Ona uważa, że to wie. Nie mam pojęcia, na jakiej podstawie. Czasami słyszę, jak płacze w nocy. I wiem, że wtedy wie o życiu jeszcze mniej niż ja.

Mnie o życiu mama mówi niewiele. To znaczy bez przerwy coś o tym mówi, ale korzyść z tego wątpliwa, bo traktuje mnie jak opóźnionego w rozwoju. Nie chcę przez to powiedzieć, że źle. Jest po prostu jak wszystkie inne matki, które poznałem, a poznałem ich wiele. Otóż wszystkim matkom świata się wydaje, że z dziećmi trzeba rozmawiać w taki sam sposób, w jaki telewizyjna reklama gównianego produktu rozmawia z emerytem. Uśmiech od ucha do ucha i wielkie, drukowane litery. A przecież dla każdego jest oczywiste – nie wiem, jak się sprawa ma ze starcami uzależnionymi od telewizji, ale my, jedenastolatki, rozumiemy to bardzo dobrze – że to, co w życiu najważniejsze, dzieje się bez uśmiechu i małą czcionką.

Tak, mam dopiero jedenaście lat i tylko sto pięćdziesiąt dwa centymetry wzrostu. I jestem dzieckiem. Ale jestem też mężczyzną. I wiem, że z wszystkich ważnych spraw w życiu mężczyzny najważniejsza jest przyjaźń. Taka jak moja z Adrianem.

– Cześć, Mateusz. Nie wracasz do domu?

To Greta. Chodzimy razem do klasy. Lubię ją, chociaż jest gruba.

– Nie. Grzeję się w słońcu.

– A twój tata gdzie? – pochyla się nade mną piękny uśmiech. – Nie odbiera cię?

To mama Grety, pani Adamska.

– Odbiera, proszę pani. Ale korki są. Pewno dlatego jeszcze nie przyjechał.

Pani Adamska nie jest tak gruba jak Greta. W ogóle nie jest gruba. Jak na swój wiek jest okej. Nawet bardziej niż okej.

– Ucałuj ode mnie tatę – uśmiecha się.

Dlaczego Greta nie umie się tak uśmiechać?

– Dobrze, proszę pani – kłamię, bo przecież nie będę go całował w imieniu pani Adamskiej.

Pani Adamska i tata znają się ze szpitala. Ona też tam pracuje, choć nie jest neurochirurgiem. Prowadzi aptekę czy coś. Nie pamiętam dobrze.

– Bzyknąłbyś ją?

Cholera, na śmierć zapomniałem o tym idiocie. To Kazio Broszkiewicz, nasz klasowy bezmózg. Też nikt po niego nie przyjechał i musimy tu teraz siedzieć razem. Nie jest moim przyjacielem, bo moim przyjacielem jest Adrian, jak mówiłem. Kazio nie jest nawet moim kolegą. Muszę z nim tylko chodzić do jednej klasy, co nie jest ani trochę przyjemne, bo Kazio to debil.

– No, odpowiedz! Bzyknąłbyś panią Adamską?

– Zamknij ryj, trollu!

– Ja bym bzyknął!

Debil w czystej formie. Co pewien czas włamuje się do szafek w szatni i sika nam na ubrania. I rysuje trupy. Wszędzie rysuje trupy. Nie wiem, dlaczego trzymają go jeszcze w naszej szkole. A właściwie to wiem. Jego ojciec jest prezesem banku, w którym nasza pani dyrektor ma kredyt.

– Mateuszku, nie ma cię kto zabrać? To może my cię weźmiemy?

A to już pani Wilk, mama Marysi.

Pani Wilk zawsze się o mnie troszczy. Chyba mnie lubi. Albo ma dobry charakter. Może nawet jedno i drugie. Jakkolwiek jest, za żadne skarby nie chciałbym z nią teraz wsiąść do auta. Ani teraz, ani nigdy. Nie znam nikogo, kto prowadzi gorzej. Pani Wilk zmienia biegi tylko do trójki, najwyraźniej nikt jej nie powiedział, że samochód ma jeszcze trzy kolejne. Jazda z nią to tortura. Silnik rzęzi niczym zarzynana świnia, ale pani Wilk tego nie słyszy, bo puszcza głośno muzykę medytacyjną. I na dodatek wybija rytm tą samą nogą, którą trzyma na pedale gazu. Za cholerę nie wiem, jak ona to robi. I po co. Muzyka medytacyjna nie ma przecież żadnego rytmu. A ta nieznośna huśtawka – zryw, hamowanie, zryw, hamowanie – powoduje, że już po kilku minutach wspólnej jazdy mam ochotę się wyrzygać.

Pani Wilk oczywiście twierdzi, że to przez chorobę lokomocyjną, którą mam, bo się źle odżywiam i nie zaklejam sobie pępka plastrem. Uważa, że zaklejanie pępka kawałkiem kupionego w kiosku plastra leczy chorobę lokomocyjną. Słyszałem jak raz mówiła mojemu tacie, żeby mi zaklejał pępek, to nie będę rzygał w samochodzie. Oczywiście dodała też, żeby przestał mnie karmić mięsem, ale zawsze to dodaje, więc mięso teraz pominę. Jeszcze będzie okazja, żeby do niego wrócić. Po cholerę jednak tata miałby mi zaklejać pępek plastrem, skoro on w ogóle nie szarpie? Mama zresztą też nie, jeździ nawet jeszcze lepiej od taty. Więc to, że pani Wilk prowadzi niczym ślepy z febrą, nie jest raczej kwestią płci. Myślę, że ona tak źle jeździ właśnie przez niedobór mięsa w organizmie.

Dziwię się, że Marysia nie rzyga. Kiedyś nawet ją zapytałem, czy jak wsiada do auta z matką, to ma zalepiony pępek. „Chyba cię pojebało", odpowiedziała.

Marysia to moja dziewczyna. Przeklina, fakt. Ale poza tym jest miła.

– Tak, mamo! Weźmy Matiego, koniecznie!

Sami słyszycie, że miła.

– Nie możemy go wziąć! Balet mamy!

A to akurat Ola, siostra Marysi. Trochę zołza.

Ola i Marysia są bliźniaczkami dwujajowymi. Dwujajowymi, czyli niepodobnymi do siebie. Wyjaśniam na wypadek, gdybyście byli takimi debilami jak Kazio Broszkiewicz.

Ola jest dziewczyną Adriana. Pół roku temu tak się nimi podzieliliśmy. Męska przyjaźń, wspominałem już. Z podziału jestem zadowolony, bo Ola, jak mówiłem, jest trochę zołza, a Marysia nie. A w każdym razie mniej.

– Ja bez Matiego nie jadę!

Gdybym się lubił przytulać do dziewczyn, tobym się teraz do niej przytulił. Najwyższy czas zrewanżować się sercem za serce.

– Nie trzeba! Jedźcie sobie na ten wasz balet! Za sekundę i tak przyjedzie mój tata!

Nie lubię swojego głosu, bo jak dla mnie jest za wysoki. Poza tym wcale nie wiem, czy tata przyjedzie za sekundę. Ale powiedziałem to, bo poczułem, że akurat coś takiego powinno zostać w tej chwili powiedziane. I chyba całkiem nieźle to zabrzmiało, bo teraz wszystkie trzy spoglądają na mnie jak urzeczone, a pani Wilk – zazwyczaj skrzywiona niczym człowiek z rotawirusem – układa nawet wargi w podróbkę uśmiechu.

– Za sekundę twój tata tu będzie? – ożywia się i klaszcze w dłonie jak w niemym filmie. – No, dziewczynki, jeśli tata Mateuszka zaraz przyjeżdża, to może poczekamy tę małą chwilkę. To przecież tylko mała chwilka, na balet się nie spóźnimy, nie ma obawy, a Mateuszek nie będzie tu siedział tak sam.

– On tu nie jest, kurwa, sam! – głos z kosmosu pojawia się całkiem niespodziewanie. – On tu jest, kurwa, ze mną!

Głosy z kosmosu zawsze pojawiają się niespodziewanie, ale ten z pewnością należy do zbioru najbardziej zaskakujących. Zwłaszcza dla pani Wilk.

– Jak ty się wyrażasz, Kaziu! – składa ręce w geście zatroskania.

No jak to jak, proszę pani? Nasz klasowy debil wyraża się tak jak jego mama. Przecież każda mama chce, żeby dziecko przejęło z niej jak najwięcej, czyż nie? A Kazio po swojej mamie przejął akurat ekspresję językową. Całe nasze osiedle doskonale wie, że pani Broszkiewicz przeklina jak pojebana. Zresztą kto dziś nie przeklina? Tylko ja, Adrian, moja mama i może jeszcze pani. Bo pani córki już tak.

Najwyraźniej to wszystko nie dociera jednak do pani Wilk. Łapie powietrze niczym karp i wbija w Kazia oskarżycielski palec. Ostatni moment, żeby interweniować. Za chwilę poleje się krew lub ktoś komuś nasika na ubranie.

– Proszę się nie unosić! – uśmiecham się niewinnie jak sześciolatek. – Myślę, że Kazio chciał tylko powiedzieć, że sobie tu siedzimy i gadamy i że w tym sensie jestem tu z Kaziem, a on jest ze mną. A jeśli nie udało się Kaziowi przekazać tego w sposób precyzyjny, to wyłącznie dlatego, że dotkliwie boli go ząb, czyli że aktualnie cierpi, prawda, Kaziu?

Kazio spogląda na mnie jak półmózg. Nie wiem, co bardziej uderza mnie w tym spojrzeniu – bezmyślność czy zaskoczenie. Nie mam nawet czasu tego przeanalizować, bo dostrzegam, że i twarz pani Wilk przybiera formę fraktalną. Kiedyś czytałem o fraktalach i jestem pewien, że tak właśnie wyglądają, kiedy nie mają pojęcia, jak się zachować.

– No... skoro tak... to tak... – szepcze pani Wilk, niemal nie poruszając wargami. – Idziemy, dziewczynki. A ty ucałuj ojca ode mnie.

– Dobrze, proszę pani – znowu kłamię.

Odchodzą. Spoglądam wściekle na Kazia.

– Żadnych głupich pytań, trollu!

– Luz, Mati. Żadnych pytań.

Kazio unosi głowę do słońca i otwiera szeroko oczy. Łzy zaczynają mu płynąć po policzkach, ale nie zamyka powiek. Wpatruje się w słońce z nienawiścią. Jak w panią Wilk przed chwilą. Nie mogę tego znieść. Nie chodzi o panią Wilk. Chodzi o empatię. Mam wrażenie, że to nie jego boli, ale mnie. I że to mnie, a nie jemu, sina od bieli wiązka przepala teraz mózg.

– Przestań, kurwa!

Czasami nie da się nie przeklinać.

Kazio spogląda na mnie, choć jestem pewien, że mnie nie widzi. Jestem pewien, że nie widzi niczego oprócz wnętrza własnego oka. Uśmiecha się jak debil. Debil.

– Żadnych pytań, Mati – potwierdza po raz wtóry. – Bo i po chuj pytać. Przecież to jasne, że nikt na świecie nie chciałby bzyknąć tej kobiety.

2.

Seks? Tak naprawdę ciągle nie mam pojęcia, czym jest seks, ale chętnie się uczę. Szkoda tylko, że tak późno zacząłem, bo z każdym dniem widzę, jak wiele jest jeszcze do nadrobienia.

Mam czterdzieści lat i jestem wreszcie szczęśliwy. Wiem, że faceci boją się czterdziestki jak ognia. Niepotrzebnie. To piękny wiek. Kiedy jesteś młody, miliard rzeczy przeszkadza ci, by dobrze się poczuć. Młodość mężczyzny tylko pozornie wygląda na czas luzu. Tak naprawdę facet dławi się wówczas od bezustannej niepewności, czy jest wystarczająco atrakcyjny dla świata. Bo zawsze coś jest nie tak. Długość penisa albo durni rodzice. Ksiądz straszący piekłem albo syfy na plecach. Brak kasy albo nadmiar oczekiwań. Kłopotliwe nieoczytanie albo przedwczesny wytrysk. Albo – tak bywa najczęściej – wszystko naraz.

Młody facet zawsze ma pod górę. Zawsze. Kiedy idziesz do liceum – pełen wiary w życie, ufny w swoją gwiazdę i pokładający nadzieje w nieprzerwanej erekcji – błyskawicznie dostajesz młotkiem w łeb, bo najfajniejsze laski wolą to robić ze studentami, a tobie zostaje drugi sort. Idziesz więc na studia, a tam to samo, tyle że dziewczyny, zamiast z tobą, pieprzą się z absolwentami. Nie poddajesz się, zaciskasz zęby, kończysz studia z przyzwoitą średnią, załapujesz się do wymarzonej pracy i co? Gówno. Praca to królestwo niebieskie szefa. Co z tego, że jest wredny i ma żonę? Tyłki najlepszych dup polerują mu biurko częściej, niż ty możesz zwalić konia w kiblu na końcu korytarza przy jego gabinecie. A możesz naprawdę często, bo przecież jesteś, kurwa, młody.

Tak, czterdziestka to idealny moment dla mężczyzny. I żeby się poczuć naprawdę szczęśliwym w tym wieku, potrzebne są właściwie tylko dwa warunki. Po pierwsze...

– Dobrze ci?

Przestała się ruszać. Otwieram oczy. Przenika mnie wzrokiem, najwyraźniej zaniepokojona. Chociaż właściwie nie. To nie zaniepokojenie. Nie wiem, czy kiedykolwiek widziałem ją zaniepokojoną. To złość.

Siedzi na mnie naga, z nieodłącznym kieliszkiem w ręku, naprawdę piękna jak na swoje trzydzieści pięć lat i hektolitry białego wina, które od lat w siebie wlewa.

– Dobrze ci? – pyta ponownie.

– Dobrze – odpowiadam pospiesznie i nieco na wyrost, bo prawdę mówiąc, nie wiem, jak mi było przed chwilą.

Zamyśliłem się. Tak czasami mam, że się zamyślam. Ale z pewnością było mi dobrze. Z Niną zawsze jest dobrze.

– Tylko dobrze?

Jej niebieskie oczy gwałtownie ciemnieją. Nadciąga burza.

– Bardzo dobrze – postanawiam zawczasu rozpędzić chmury.

Uśmiecham się.

Milczy. Odwraca głowę, patrzy w stronę okna, pociąga potężny łyk. Kiedy unosi kieliszek, jej prawa pierś napręża się jak u nastolatki. Magiczna. Ale i lewa nie wygląda źle. Tak, Nina to naprawdę atrakcyjna kobieta, a ja jestem w niej. To zaiste ważny powód, by się dobrze czuć.

– Przecież wiesz, że z tobą zawsze jest mi bardzo dobrze. – Aksamit w moim głosie jest naprawdę najlepszego gatunku.

– No widzisz? A jemu nie było.

Jemu? W jednej chwili łapię, że to nie na mnie jest zła. Czuję ulgę, ale i ukłucie. Nawet więcej niż ukłucie. Wkurwienie.

Obejmuję ją w talii, przyciskam do siebie.

– Czy musimy znowu rozmawiać o twoim mężu?

– Nie musimy. W dupie go mam.

– W tym momencie wolałbym nie – przesuwam ręce na jej pośladki.

Ponownie spogląda na mnie. Widzę, jak usilnie próbuje zachować powagę. I wiem, że nie jest w stanie. Unoszę gwałtownie biodra i zdecydowanym ruchem dociskam jej pośladki do siebie. Wybucha głośnym śmiechem.

– W tym momencie ja właściwie też!

Wypija kieliszek do dna i niemal natychmiast znów zaczyna poruszać biodrami. Zdążam jeszcze zauważyć, że błyskawicznie wpada w trans, a potem zamykam oczy.

Mam czterdzieści lat i jestem wreszcie szczęśliwy. Żeby poczuć się naprawdę szczęśliwym w tym wieku, potrzebne są właściwie tylko dwa warunki: udanie się ożenić, a potem równie udanie rozwieść.

3.

Seks? Jasne, że wiem, co to seks. Nie jestem dzieckiem. To znaczy jestem dzieckiem, ale nie jestem idiotą jak Kazio. Seks jest tym samym co piłka nożna. Tylko drużyny są różnej płci.

Dziewczyny i chłopaki na jednym boisku. Wiecie, co to oznacza, nie? Bez szans na piękne widowisko. One skupiają się na obronie, oni za wszelką cenę chcą wleźć z piłką do bramki w pierwszym kwadransie. Dużo fauli, mało finezji. Zawzięta kopanina dwóch drużyn, z których każda jest zagrożona spadkiem z ligi. Tak właśnie wygląda seks.

– Zobacz, kurwa, co mam!

Debil Kazio. Już miałem nadzieję, że zniknął. Że się zamienił w nic, jak było planowane przy stworzeniu świata. Albo że się rozpadł pod wpływem promieni z kosmosu. Że zjadł go tytan z japońskiej kreskówki. Albo że zabił go oddech pani od religii. Ale nie. Siedzi tu ciągle obok i wymachuje mi przed oczami zapalniczką, którą zapewne ukradł swojemu ojcu. Kazio lubi się chwalić, że ciągle mu coś kradnie.

– Chodź, podpalimy kota!

Przesłyszałem się. Z pewnością się przesłyszałem.

– Chodź, podpalimy kota!

Nie przesłyszałem się. Istnienie niektórych ludzi jest naprawdę zastanawiające.

– Spierdalaj! – mówię, bo lubię koty, a nie lubię Kazia Broszkiewicza.

Czy wspominałem już, że czasami nie da się nie przeklinać?

Kazio czerwienieje. To najszybciej wybuchający wulkan na mojej wyspie. Udaję więc, że patrzę w słońce, ale kątem oka dostrzegam, jak Kazio podnosi się z murka. *Red alert! Red alert!* Wiem, że za chwilę mnie rąbnie. I że już za późno na ucieczkę. Podskakuje i chwyta mnie za koszulkę. Za sekundę pancernik „Schleswig-Holstein" wystrzeli z wszystkich dział. Nie mogę na to pozwolić. Uderzam pierwszy. Kazio leci na pysk, pociągając mnie na asfalt. Upadamy.

Ten dzień miał wyglądać zupełnie inaczej. Po lekcjach byłem umówiony z Adrianem na pił...

ten dzień miał wyglądać zupełnie inaczej po lekcjach byłem umówiony z Adrianem na piłkę skurwysyn się pode mną szarpie na przerwie między matmą a historią powiedział że nie gra jak to nie grasz zapytałem no bo na sushi mamy iść odpowie-

dział Adrian wiesz tam gdzie te łódki pływają oczywiście że wiedziałem gdzie też tam chodzę z rodzicami to znaczy chodziłem zanim usiłuje walnąć mnie z dyńki blokuję mu łeb wciskając palce w oczy ty skurwysynu! krzyczy nie pieprz mi tu o łódkach Adrian się umawialiśmy tak? że po lekcjach dziś gramy tak? ale starzy mi się rozwodzą jęczy i próbuje się wyślizgnąć spode mnie mówiłem ci że starzy mi się rozwodzą rzeczywiście mi mówił przyciskam go do asfaltu wiem że nie mogę pod żadnym pozorem go puścić bo mnie świr zabije usiłuje mnie ugryźć ale nie może jeszcze zdążymy dziś zagrać próbowałem go pocieszać bo wyglądał jakby się miał rozpłakać rozprawa nie trwa długo kiedy się moi starzy rozwodzili wyszliśmy po kwadransie dodałem ale ci przecież powtarzam odpowiedział że na obiad mamy po rozwodzie iść wiesz jacy moi starzy są rodzinni zrobił przepraszającą minę pluje na mnie debil nie może wyrwać się z mojego nelsona to na mnie kurwa pluje wiesz jacy moi starzy są rodzinni powtórzył kochanie ty jeszcze niegotowy? usłyszeliśmy obaj głos matki Adriana stała na szkolnym korytarzu z ojcem Adriana pospiesz się synu rzucił ojciec Adriana do Adriana chciałbym to już mieć za sobą a potem powiedział do mnie przypomnij staremu że dzisiaj pijemy nie szarp się! dobrze proszę pana odpowiedziałem nie szarp się idioto im bardziej się szarpiesz tym mniej masz tlenu! ojciec Adriana mojego najlepszego przyjaciela to najbliższy przyjaciel mojego taty niesamowite co? nie wyrwie się nie ma szans już się nie wyrwie jest aktorem Paweł Puch może słyszeliście w dupie mam że się dusisz! nigdy go nie widziałem w kinie ale wszyscy w tym kraju świetnie znają jego głos dziś w atrakcyjnej promocji koreczki śledziowe po kaszubsku tylko sześć dziewięćdziesiąt dziewięć zestaw mebli ogrodowych z białego plastiku dwieście czterdzieści dziewięć dziewięćdziesiąt dziewięć klej do tapet jogurt z kul-

turami bakterii tabletki na zgagę piwo warzone w niezmieniony sposób od miliarda lat wszystkie reklamy czyta i w telewizji i w radiu podpaski odkamieniacz wybielacz odrdzewiacz wszystkie reklamy w Polsce mówią głosem pana Pucha i jeszcze przed użyciem zapoznaj się z treścią ulotki dołączonej do opakowania bądź skonsultuj się z lekarzem lub farmaceutą gdyż każdy lek niewłaściwie stosowany zagraża twojemu życiu lub zdrowiu kurwa zabiję cię! chrypi ten debil Kazio no i starzy prosto ze szkolnego korytarza pełnego rozwrzeszczanych dzieci z młodszych klas zabrali Adriana na rozprawę a potem zapewne i na to cholerne sushi z łódkami moi rodzice nie wzięli mnie na sushi kiedy się rozwodzili rok temu teraz wszyscy starzy to robią taka moda to znaczy że się rozwodzą a nie że zabierają dzieci na sushi no i dlatego nie mogliśmy dziś zagrać w piłkę i musiałem po lekcjach siedzieć na murku z tym debilem Kaziem który rzęzi jakby się naprawdę dusił już nie chce mnie zabijać mówi że nic mi nie zrobi bylebym go uwolnił ale ja wiem że jak mu tylko odpuszczę to znajdzie jakiś kamień i mi rozwali łeb to jest prawdziwy pojeb on naprawdę podpalił kiedyś kota więc go trzymam choć mi ręce omdlewają trzymam ostatkiem sił mieszkam z mamą tata się wyprowadził daleko i rzadko się widujemy bo ciągle ma strasznie dużo pracy brakuje mi go ma strasznie dużo pracy nienawidzę kiedy się spóźnia tak jak dzisiaj boli mnie kolano dopiero teraz czuję że musiałem się nieźle grzmotnąć przy upadku brakuje mi taty gdyby się nie spóźnił nie musiałbym od dziesięciu minut wbijać tego niedorozwoja w asfalt za chwilę stracę wszystkie siły i będę go musiał puścić a wtedy

Za chwilę stracę wszystkie siły i będę go musiał puścić, a wtedy...

– Mateusz!

W ostatniej chwili, tato! Gdybyś zjawił się minutę później, twój syn zostałby niechybnie zabity przez brakujące ogniwo.

– Kazio! Nic ci nie jest?

O, i pani Broszkiewicz się zjawiła! Będzie się na mnie wydzierać, że tłukę właśnie jej syna? Nie, w ogóle na mnie nie patrzy. Patrzy z dezaprobatą na swojego niedorozwiniętego potomka, który ciężko dyszy na asfalcie i gapi się na mnie z tępą nienawiścią. Co, pojebie, może chcesz wiedzieć, czy bzyknąłbym twoją matkę?

Nawet ją lubię. Jak taka fajna kobieta mogła urodzić takiego betona? Seks jest niepokojący, jeśli pozwala na coś podobnego.

4.

Ciasne dżinsy idealnie opinają tyłek. Zeszczuplała. A może to te obcasy? Po cholerę jej szpilki właściwie? Wcześniej ich nie nosiła. Ciągle powtarzała, że ją nogi bolą.

Patrzę, jak wyjmuje z plastikowej torby pudełka z chińskim żarciem, wykłada ich zawartość na talerze, wsadza pierwszy do mikrofali, wyciąga z górnej szuflady sztućce, a z dolnej serwetki, wyjmuje gorący ryż z mikrofali, wkłada drugi talerz, nalewa wodę do szklanek, Mateuszowi i sobie niegazowaną, mnie z bąblami, bo lubię, nawet nie zapytała, ona po prostu o wszystkim pamięta, podpływa do stołu, rozkłada serwetki i sztućce, przemyka do mikrofali, wyjmuje drugi talerz, bierze oba, unosi się nad ziemię, przyfruwa ponownie, siedzimy.

Te wszystkie jej kuchenne ruchy. Jakbym widział anioła.

– Godzinę temu było jeszcze gorące – moja była żona uśmiecha się gorzko. – Gdybym wiedziała, że się tyle spóźnicie...

– Ale to nie taty wina, tylko moja! – krzyczy Mateusz.

Za głośno i za gorliwie. Matka spogląda na niego uważnie.

Błąd, synku. Taka reakcja musi budzić podejrzenia. Kobiety mają szósty zmysł. Czuły sonar, tropiący wszelkie zmiany w wysyłanej przez nas częstotliwości. Więc choćby skały srały, musisz nadawać tym samym rytmem na tej samej częstotliwości. W przeciwnym wypadku ich urządzenia do namierzania męskich kłamstw od razu wychwycą, że masz coś do ukrycia. Ucz się. To się robi tak:

– Ja nie jestem głodny. W mieście jadłem.

Mateusz wbija we mnie zaskoczony wzrok. Niedziwne, pół godziny temu powiedziałem mu, że się spóźniłem do szkoły, bo mi się operacja przedłużyła. No, żołnierzu, nie gap się tak głupio, to tylko ćwiczenia! Obserwuj matkę.

– Jak to w mieście jadłeś? – Agnieszka wbija we mnie czujny wzrok. – Mówiłeś, że masz dyżur!

Zauważyłeś? Sonar już się włączył. U kobiet to się dzieje automatycznie. Teraz musisz podać fałszywe dane o swoim położeniu.

– Zamienili mi – rzucam, patrząc jej prosto w oczy.

– Jak ci mogli zamienić! Przecież to ty jesteś ordynatorem!

Widzisz, synek? Pierwsze torpedy zostały już wystrzelone. Teraz trzeba tylko ich przekonać, że cię trafili. I że poszedłeś na dno. No i najważniejsze: trzeba im uświadomić, że nie przewoziłeś broni ani żołnierzy. Wyłącznie cywili. Najlepiej kobiety i dzieci.

– Straciłem przytomność.

W jednej sekundzie twoja matka blednie, zauważyłeś? Jeszcze przed chwilą wysyłała do dowództwa komunikat o zwycięstwie, a teraz trzyma się za brodę i mówi:

– Jezus Maria, kiedy?!

– Na poprzednim dyżurze. Dlatego właśnie mi zamienili Ale nie martw się, Aga, nic mi nie będzie. To tylko przemęczenie. Są już wszystkie wyniki, nic mi nie jest.

Mam nadzieję, że nie uwierzyłeś, synek. Mrugnąłbym ci, ale obowiązuje całkowita cisza w eterze. Kiedy dorośniesz, nauczysz się, że w międzypłciowych wojnach partyzanckich mężczyźni porozumiewają się telepatycznie.

– Musisz odpocząć, Kuba! – moja anielska eks kładzie mi rękę na dłoni.

Uśmiecham się tak, jak lubi. Trzynaście lat po ślubie facet powinien już wiedzieć, kiedy i w jaki sposób powinien się uśmiechać.

– Dlaczego nic nie powiedziałeś? – nerwowo przejeżdża ręką po gładko zaczesanych włosach. – Pojechałabym sama do szkoły po Matiego.

– Wiem, Aga, ale dzisiaj jest mój dzień. Umawialiśmy się, że w środy ja go odbieram. Poza tym idę zaraz do domu. Się położę. Odeśpię. Odpocznę. No, kochani, jedzcie, bo wam wystygnie.

Jak ona pięknie patrzy. Jesteśmy rok po rozwodzie, a ona ciągle potrafi na mnie patrzeć tak, jak na początku. Gdyby nie Mati obok, z miejsca zaproponowałbym jej seks.

– A ty naprawdę nie chcesz?

– Dzięki, Aga, ale już mówiłem, że jadłem. Z profesorem Zawadzkim, tym kardiologiem, wiesz. Koniecznie chciał skonsultować moje wyniki.

– Cieszę się, że jesteś w dobrych rękach, Kuba.

W dobrych rękach? Tak bym tego nie ujął. Swoją drogą, cholera, to miał być taki miły i spokojny dzień. Jak zawsze zaparkowałem przed naszym osiedlem. Dzięki temu miałem absolutną pewność, że Aga nie zobaczy mojego auta pod domem Niny. Wszedłem, pogadaliśmy chwilę, tradycyjnie zaproponowała drinka, tradycyjnie odmówiłem. Zdjęliśmy ubrania i zaczęliśmy się kochać. Czas stracił nad nami władzę, przemierzaliśmy wszechświaty, nurzaliśmy się w bezkresie i zakrzywialiśmy hiperwymiary, gdy nagle dotarło do moich uszu skowytliwe:

– Ja pierdolę!

Otworzyłem oczy.

Ziemia.

Warszawa.

Nina Broszkiewicz.

Ciało wygięte w łuk. Twarz w grymasie. Usta powtarzają „ja pierdolę! ja pierdolę!" na przemian z „Jezus Maria! Jezus Maria!". Robi wrażenie.

– Doszłaś?

– Jakie, kurwa, doszłaś?! – krzyczy, a jej spuszczone ze smyczy piersi skaczą mi do oczu niczym Scylla z Charybdą. – Kazia ze szkoły zapomniałam odebrać!

Czuję, że momentalnie mi staje. I że tym razem to serce. Wbijam wzrok w zegar. Wielki jak na dworcach. Wisi naprzeciw łóżka. Zawsze kiedy tu leżę, bawi mnie myśl, że sypialnia Niny ma w sobie coś z dworca. Zawsze, ale nie tym razem. Tym razem zupełnie nie jest mi, kurwa, do śmiechu.

– Na miłość boską, Mati! – krzyczę i podrywam się gwałtownie, jak każdy odpowiedzialny ojciec, który uświadamia sobie, że zapomniał o synu, czekającym na niego w szkole.

Siedząca na mnie Nina spada na podłogę.

– Chcesz mnie zabić, pojebie?!

Retoryczne pytanie. Niełatwo się na nie odpowiada. Więc nie odpowiadam. Najwyraźniej Ninie się to nie podoba. Przez całą drogę do szkoły milczy, wkurwiona jak sto pięćdziesiąt.

Idę o zakład, że wprowadzi mi sankcje na obciąganie.

– Kuba!

Ziemia. Warszawa. Agnieszka. Patrzy ołowiem jak robot. Lub lekarz. Uśmiecham się od niechcenia.

– Co się z tobą dzieje? – badawcze spojrzenie. – Wyglądasz, jakbyś miał znowu zemdleć.

– Nie, nie martw się. Zamyśliłem się znowu.

– Znowu?

Błąd, żołnierzu! Kobiety ci się pojebały! Zejdź z linii strzału! Natychmiast zejdź z linii strzału.

– Te dyżury mnie wykańczają. Jest inaczej niż kiedyś. Kiedyś... No, sama wiesz, jak jest. Czterdziestka to już nie te oczy. Idę do domu spać.

– No to nawet dobrze się składa – mówi i uśmiecha się. Ale nie do mnie. Do Mateusza. – Przenocujesz dziś u taty, skarbie, okej?

– Okej, mamo!

Uśmiech na twarzy syna. Bezcenne. Ale nie dziś.

– Ale ja nie mogę!

Jej oczy. Trzy szybkie mrugnięcia. Poszukiwany. Namierzony. Okrążony.

– Jak nie możesz? Przecież w domu siedzisz, Kuba, odsypiasz, odpoczywasz.

Na tym froncie niewiele wskóram, przerzucam więc wzrok na syna. Krzywię się, zanim skrzywi się on.

– Mati, wierz mi, chciałbym, ale naprawdę nie mogę. Dziś wujek Paweł ma do mnie wpaść.

Kiwa głową, jakby rozumiał. Chłopak jest naprawdę kochany.

– I co z tego? – moja była żona strzela mi w kolano.

Upadam.

– Wiesz, że się dzisiaj rozwiedli? – skamlę cicho.

– I co? Zamierzacie świętować?

– Zaraz świętować. Pogadać musimy.

– Będziesz mu doradzał, jak żyć na wolności?

– Aga, proszę cię! Nie przy dziecku!

Milknie. Dobry argument z tym dzieckiem. Chciała mi przypierdolić, ale wybiłem ją z uderzenia. Zatrzymuję krwawienie i już mi wraca nadzieja, że będę żył, kiedy dociera do mnie:

– Trudno! Przenocujesz u Kazika, skoro ojciec cię nie chce.

Ojciec cię nie chce? To już nie jest zwykła strzelanina. To użycie broni chemicznej. Mateusz wygląda, jakby się miał rozpłakać.

– Tylko nie u Kazika! – krzyczy. – On wszędzie rysuje trupy! I sika dzieciom na ubrania! Mogę spać u ciebie, tato? Proszę...!

Zerka błagalnie. Odmówić mu to jak odbudować nazizm.

– No dobrze.

Dzieciak łapie mnie za rękę. Czuję gwałtowny przypływ wzruszenia. I właściwie to chuj, nawet się cieszę. Przecież tak naprawdę w ogóle nie będzie nam przeszkadzał. Odkąd przestał sikać w pieluchy, nigdy nie przeszkadza.

Ale zasady to zasady i nie mogę tego puścić płazem.

– A ty co masz za wyjście właściwie? – wbijam wzrok w Agnieszkę.

– Pierre przyjechał z Paryża... Wiesz, ten szef działu sprzedaży na środkową i wschodnią...

– Pierre...? I spier... I z nim idziesz na kolację?

– No, nie tylko z Pierre'em. Będzie tam dużo innych ludzi, na przykład... – przerywa i spogląda na mnie wściekle. – O, nie, Kuba, nie wkręcisz mnie w to!

– W co?

– Nawet nie zaczynaj! Nie będziesz mnie kontrolował!

Staram się nie uśmiechnąć, ale nie daję rady. Co to był za cios! Nokaut w ostatniej rundzie. Tytuł i mistrzowski pas wracają do mnie, wygrałem. Ona też to wie. Dlatego unika mojego wzroku i przerzuca wkurzenie na Mateusza.

– A ty co tak siedzisz? Spakuj się na jutro! I basen weź!

Mateusz wstaje i bez słowa protestu idzie do pokoju. A ona, patrząc nie na mnie, ale na ścianę, rzuca:

– Pamiętasz, że jutro zaczynają od basenu? Żebyś go do szkoły nie zawiózł, jak poprzednio.

Stal damasceńska złowieszczo pobrzękuje w jej głosie.

– Pamiętam – odpowiadam aksamitem. – Wtedy też pamiętałem, tylko się zamyśliłem.

Bez słowa podnosi się z krzesła, zbiera ze stołu talerze i sztućce. Za chwilę wraca. Czas na szklanki. Bezszelestnie przepływa z miejsca na miejsce. Każdym ruchem daje do zrozumienia, że mnie już tu nie ma. Nachyla się nad zmywarką. Ciasne ciemnogranatowe dżinsy idealnie opinają jej tyłek. Naprawdę zeszczuplała.

Po chuj ja się rozwodziłem, skoro ona taka piękna...?

5.

– Rozwód, stary, to najlepsza rzecz, jaką wrażliwy mężczyzna może dać ukochanej osobie!

To tata.

– Czyli sobie?

To wujek Paweł.

– Czyli sobie!

To znowu tata.

Lubię ich słuchać. To, co mówią, często jest kompletnie bez sensu, ale lubię ich słuchać, bo lubię sposób, w jaki się przyjaźnią.

My z Adrianem też tacy będziemy.

Od trzech godzin i siedemnastu minut piją wódkę w salonie. Od pięćdziesięciu czterech minut – wtedy tata był u mnie w pokoju po raz ostatni – sądzą, że śpię.

Ja byłem w salonie dwie godziny i sześć minut temu. I wcale nie muszę tam być teraz, żeby wiedzieć, co robią. Wiem. Przed chwilą na przykład milczeli i długo wpatrywali się jeden w drugiego. A teraz mój tata, mogę się założyć, że tak właśnie jest, kładzie rękę na ramieniu taty Adriana i mówi:

– Ja też kochałem swoją żonę, kiedy się rozwodziłem, Paweł. Nadal ją zresztą kocham.

Co?! Tata nadal kocha mamę?

– Kochasz ją?

Widzę, że nie tylko ja jestem zaskoczony.

– Na swój sposób.

Na swój sposób? Czyli jak?

– Urodziła mi najcudowniejszego syna na świecie.

Uśmiecham się. W głosie taty słyszę wzruszenie.

– Poza twoim, oczywiście.

Uśmiecham się. Jestem pewien, że wujek Paweł też się teraz wzruszył.

Znowu milczą i patrzą na siebie. Skąd to wiem, skoro nie widzę? Bo przyjaciele zawsze tak robią w ważnych chwilach.

– Ja po prostu czułem, że nic nie czułem, Kuba – odzywa się po chwili wujek Paweł. – I że mi gdzieś życie ucieka między palcami. W dodatku to chyba w ogóle nie były moje palce...

– To były palce śmierci! – krzyczy tata. – Jebane palce śmierci, wyciągające się w stronę naszych niewinnych chłopięcych ciał!

Jebane palce śmierci? Dobre! Muszę to zapamiętać.

Cichutkie brzęknięcie. Któryś z nich podniósł butelkę wódki i potrącił dzbanek z sokiem grejpfrutowym.

Bo oni zawsze piją wódkę z grejpfrutowym.

– Tylko mi się nie zakochuj! – to mój tata.

– Mówisz do profesjonalisty! – to tata Adriana.

– No myślę! – to znowu mój tata. – Czysty seks! Jesteś to winien naszym przodkom. Za to walczyli, cierpieli i ginęli!

Założę się, że w tej chwili tata podnosi kieliszek.

– Nie ma wolności bez seksualności! – krzyczy głośno wujek i również podnosi kieliszek.

– Seksualność walcząca! – krzyczy jeszcze głośniej tata.

Milkną. Najwyraźniej piją. Nie da się pić i krzyczeć jednocześnie. A teraz wypuszczają powietrze z ust, lekko się krzywiąc. I zagryzają ogórkami. I kanapkami z tatarem. To ich zestaw obowiązkowy. Tata zawsze powtarza, że wódka najlepiej wchodzi pod tatara i ogórki, a reszta to pedalia.

My z Adrianem też tak będziemy pić.

– Będzie dobrze, nie? – ponownie słyszę wujka Pawła.

– Musi! – zapewnia tata. – Piąte przykazanie w wersji po korekcie?

– Im więcej się puszczasz, tym lepiej się trzymasz!

– Amen.

Lubię ich słuchać. To, co mówią, często jest kompletnie bez sen...

lubię ich słuchać to co mówią często jest kompletnie bez sensu ale lubię ich słuchać bo zawsze mogą na siebie liczyć i nic ich nigdy nie rozdzieli mam nadzieję że to genetyczne więc ze mną i z Adrianem też tak będzie zwłaszcza że znamy się od urodzenia a co do mojego taty i wujka Pawła to poznali się dopiero w szkole mieli po siedem lat i trafili do jednej klasy tata zawsze powtarza że od pierwszej chwili wiedzieli że to przyjaźń na całe życie a wujek się śmieje że to nieprawda bo podobno już pierwszego dnia pokłócili się kto ma być Niemcem a właściwie kto ma nim nie być to było tak że bawili się w wojnę i żaden nie chciał być szkopem bo szkopy zawsze ginęli albo trafiali do niewoli i musieli jeść piach lub liście i pewnie by się nie zaprzyjaźnili po tym ale na szczęście była jeszcze piłka nożna a nie znam nikogo kto kochałby piłkę nożną bardziej niż mój tata i wujek Paweł no może Leo Messi i my z Adrianem ale to się nie liczy bo Leo Messi jest z kosmosu a my mamy to w genach po tatusiach wujek Paweł opowiadał że kiedy mieli po dziewięć lat czy po osiem nawet to przegrali mecz ze starszymi chłopakami przegrali go bo oprócz siebie mieli w drużynie jakichś strasznych leszczy i że po porażce popłakali się z wściekłości a może bardziej z bezradności po czym przysięgli sobie że już nigdy w tak haniebny sposób nie przegrają jedyny pomysł jaki im przyszedł do głowy na przegrywanie z honorem czyli wyłącznie po zaciętej walce to niedopuszczanie nieudaczników do drużyny drogą eliminacji wyszło im że mogą ufać najwyżej sobie a ponieważ nie znaleźli już więcej ambitnych piłkarzy i trudno im było stworzyć zespół zaledwie dwuosobowy postanowili grać wyłącznie ze sobą jeden na jednego od tej pory a było to jak mówię kiedy mieli po osiem czy dziewięć lat grali niemal codziennie latem czy zimą wiosną czy jesienią bez różnicy mijały lata a oni grali sam na sam w deszczu i śniegu w błocie i upale sumując wszystkie zdobyte bramki grali jeden niekończący się mecz który kiedy go skończyli bo jednak musieli go skończyć bo wujek Paweł odniósł ciężką kontuzję bo nogę znaczy się złamał na nartach to wtedy było piętnaście tysię wtedy było pię wte by

– Patrz, Paweł, jak mi szczeniak pięknie usnął – mówię.

Ale zanim to mówię, nadlatuje esemes, a potem się jeszcze... coś tam! coś tam...! dzieje... upiłem się.

6.

Kiedy nadlatuje esemes, łapię telefon. Odruch. Ale to nie do mnie nadlatuje, tylko do Pawła.

Paweł zerka na ekran. Uśmiecha się.

– Która? – pytam.

– Wiktoria.

Odkłada ajfona precz.

– A która to? – dociekam.

– Matka Bogusia.

Matka Bogusia? Nie kojarzę. Ale jestem nawalony, a człowiek nawalony zawsze usiłuje wszystko doprecyzować. Zatem drążę:

– Tego chudego blondasa z wytrzeszczem, co jak mieli akademię na Dzień Niepodległości, to odpierdalał Piłsudskiego i mu odpadły wąsy w chwili, kiedy ogłaszał, że Polska się odradza z niewoli?

– Tego, kurwa, samego – odpowiada, żując kanapkę z tatarem.

– Jak on się wtedy popłakał, gnojek – pozwalam dojść do głosu dobrej pamięci.

– Jego matka też – połyka spory kęs. – Dałem jej chusteczkę wtedy.

– Widzisz, Paweł, opłaciło się.

– No. „Myślę o tobie" – pokazuje mi ekran ajfona. – Tak napisała.

– Znaczy myśląca – konstatuję. – Zawsze plus.

– I dodała też: „wspieram w trudnej chwili". Jakiej trudnej chwili? Nie wiesz, o co jej, kurwa, może chodzić?

– Dwanaście godzin temu rozwiodłeś się, przypominam – przypominam.

– Ale skąd ona już to wie? – sięga po kolejną kanapkę.

Jezu, co on by beze mnie zrobił?

– Kobiety są jak rekiny, bracie – tłumaczę. – Wystarczy kropla krwi na jednym oceanie, żeby przypłynęły z drugiego. A świeżo upieczony rozwodnik to cała, kurwa, stacja krwiodawstwa unosząca się na falach.

Przygląda mi się uważnie.

– Niech przypływają, nie boję się!

Bańczuczny i lekkomyślny. Cały Paweł.

– Od tej chwili jesteś i rybakiem, i przynętą, przyjacielu. To wymaga czujności. Najważniejsze, żebyś się nie zakochał.

– Już to mówiłeś, Kuba! – spogląda na mnie jak ja na ojca, kiedy pieprzył, że trzeba się uczyć.

Uderzenie adrenaliny. Jak strzał zza węgła.

W sekundę złość rozlewa mi się po krwiobiegu. Rozlepia obwieszczenia o mobilizacji. Rozdaje broń. No i co z tego, kurwa, że mówiłem, ty... Stop! Jeszcze nie jest za późno! *Give peace a chance!*

Nic zatem nie mówię. Uśmiecham się. Zbyt piękny, myślę, mamy wieczór i zbyt wiele już zainwestowałem w dobry humor, wódkę i żarcie. I w naszą jebaną trzydziestotrzyletnią przyjaźń *last but not least*. Zatem, myślę dalej, nie dam się sprowokować i nie usłyszysz ode mnie: wiem, że już to mówiłem, ale pozwalam sobie tę istotną kwestię przedstawić na forum publicznym raz jeszcze, ponieważ odnoszę wrażenie, graniczące z pewnością, że to do ciebie nie dotarło, ty napuszony, tępy skurwysynu!

W zastępstwie tych szorstkich słów wybieram więc:

– Przyjacielu, życie po rozwodzie ma mnóstwo uroków, jednakowoż nie jest to darmowy Disneyland!

I znowu się uśmiecham.

A potem ze zdziwieniem zauważam – nie mam pojęcia, kiedy i jak to się stało – że jesteśmy w pokoju Mateusza. Paweł ogląda modele samochodów, otwiera im drzwiczki i unosi klapy silników, a ja przykrywam kołdrą mojego kochanego synka, który usnął w ubraniu, zmorzony najwyraźniej trudami minionego dnia.

– Stary, to nie Adamczyk powinien grać papieża, tylko ja! – mówi tymczasem Paweł, całkiem niespodziewanie.

Zachodzę w głowę, czemu akurat teraz to mówi, przecież żaden z modeli, które właśnie ogląda, nie jest papamobilem. Wszystkie są wyłącznie krążownikami szos i muscle carami z czasów Franka Bullitta i Jima Morrisona. Bo tylko takie zbieramy z Matim.

– Nie trać wiary! – pocieszam przyjaciela. – Ciągle masz szanse, żeby przyciąć Lecha Kaczyńskiego.

Mógłbym pewnie coś jeszcze dodać, ale w tym samym momencie w dłoniach mojego śpiącego synka zauważam zeszyt. I w okamgnieniu dociera do mnie, że to nie jest jakiś tam zwykły zeszyt, tylko że to jest, kurwa, ten zeszyt! Delikatnie wyjmuję mu go z rąk i zaczynam przeglądać. Wyniki. Daty. Daty. Wyniki. Wzruszenie pojawia się momentalnie.

Tymczasem Paweł dalej zżyma się przy półce z autami.

– A gówno! Jak przyjdzie co do czego, to i tak dadzą go zagrać Karolakowi! Dlaczego mnie to omija, stary?! Dlaczego oni dostają wszystko, a ja muszę popierdalać w reklamach radiowych?!

– Bo ty nigdy dupy nie dawałeś! – mówię, bo coś w tej sytuacji powiedzieć muszę.

Ale myślami nie jestem już z Pawłem, moim najlepszym przyjacielem i niespełnionym aktorem, który mimo niesamowicie seksownego głosu nigdy nie zrobił wielkiej kariery. Jestem teraz na boisku szkolnym: popękany asfalt rozsadzany korzeniami pobliskich drzew, zniszczona piłka, z której odchodzą łaty, odsłaniając pornograficzny róż pęcherza, i dwaj chłopcy, chudzi i opaleni, walczący ze sobą tak zawzięcie, jakby od tego, kto zwycięży, zależeć miały losy świata.

– Dawałem – mówi Paweł. – Ale nikt nie chciał brać.

Chyba chciał, żeby zabrzmiało śmiesznie, bo nawet teraz próbuje się roześmiać. Ale to nie brzmi śmiesznie. To brzmi prawdziwie. Tak prawdziwie, że aż żal.

Wyciągam w jego stronę pożółkły kajet.

– Zobacz, stary, co dzieciak wygrzebał!

Odwraca się do mnie. Dopiero teraz dostrzega, że trzymam w ręku nasze Stonehenge, naszą Wyspę Wielkanocną, nasz płaskowyż Nazca. Świadectwo wymarłej cywilizacji, której dwa przykurzone czasem megality kołyszą się właśnie – totalnie najebane – nad łóżkiem mojego synka.

– Japierdole, nasz zeszyt! – ryczy pierwszy megalit i rusza w moją stronę.

– Zamknij, kurwa, ryj, dziecko mi obudzisz! – wścieka się drugi i puka się w czoło dokładnie w tym samym momencie, w którym robię to też i ja.

Ze zdumieniem zauważam, że Paweł – który przed chwilą stał jeszcze przy półce z autami – nie tylko już tam nie stoi, ale właśnie wyrywa mi zeszyt z ręki.

– Nasz kajet piłkarski?! – słyszę zdumienie w jego głosie. – Wszystkie nasze mecze „jeden na jeden"?!

– Wszystkie – potakuję. – Trzydzieści lat bieganiny po tym cholernym powykrzywianym boisku!

Widzę, jak w podnieceniu przewraca kartki. Raz w jedną, raz w drugą stronę. Raz w jedną, raz w drugą. W tę i w tę.

– 15322 do 15320! – krzyczy w zachwycie.

Uśmiecham się.

– Ciągle mam dwie bramki więcej od ciebie.

Po chwili już wiem, że nie powinienem był się uśmiechać. Bo mój przyjaciel niespodziewanie zaczyna głośno płakać. Odruchowo zerkam na Mateusza. Jeśli miałby się obudzić, to teraz jest zdecydowanie najgorszy moment. Na szczęście śpi.

– Przestań, kurwa! – szepczę. – To tylko dwie bramki!

– Pierdolić bramki! – szlocha. – Płaczę, bo mój Adrian też tak śpi, a mnie już przy nim nie ma...

Cały Paweł. Godzinę temu cieszył się rozwodem, a teraz ociera łzy rozpaczy, które płyną mu po policzkach.

Nie, stanowczo jednak nie chciałbym, żeby Mati to widział. Więc gaszę lampkę przy jego łóżku i wyciągam Pawła na korytarz. Obejmuje mnie. Jak przerażony niedźwiedź cyrkowy, któremu kazano wracać do lasu.

Wiem, że dziś muszę być dla niego miły już do samego końca.

– Całe życie byłeś rozmazgajoną ciotą – mówię ciepło i głaszczę go po policzku. – Zupełnie nie rozumiem, jak z tobą tyle wytrzymałem.

Uśmiecha się i całuje mnie w czoło.

– Też cię kocham, stary. Pijemy coś?

Kręcę głową.

– Ja odpadam, bracie. Mam guza mózgu jutro.

– Codziennie masz guza mózgu – spogląda na mnie ufnie niczym dzieciak.

Wiem, że jeśli mu ulegnę, będę skończonym idiotą. Więc nie zamierzam ulegać.

Wypuszczam głośno powietrze z płuc i wbijając w niego zimny wzrok, mówię przez zaciśnięte zęby:

– Ale nie więcej niż flaszkę, okej?

ROZDZIAŁ 2

1.

Są dni, po których odechciewa się wszystkiego. I to był właśnie taki dzień.

Od samego rana zaczęło się fatalnie – trzy sekundy po tym, jak zadzwonił budzik, tata ściągnął ze mnie kołdrę i kazał się myć, wypowiadając przy tym wiele niesprawiedliwych opinii o mojej wątpliwej, jego zdaniem, higienie. Był zły, jak zawsze, kiedy ma kaca i próbuje swoje poczucie winy za to przenieść z siebie i wujka Pawła na kogoś innego. Kiedyś na mamę. Teraz – kiedy mieszkają oddzielnie – najczęściej na mnie.

No dobrze, może między budzikiem a ściągnięciem kołdry minęło odrobinę więcej niż trzy sekundy. Ale najwyżej piętnaście minut. Nie zmienia to jednak faktu, że tata zachowywał się tak, jakbym to ja wyprodukował proszki od bólu głowy, które nie działają. Poza tym śmierdział wódką i przypalił omlet.

W samochodzie nie odzywaliśmy się do siebie. Przez całą drogę zastanawiałem się, czy walnąć drzwiczkami, kiedy będę wychodził. Tata tego nienawidzi, więc byłby remis za kołdrę. Ale uznałem, że za bardzo lubię naszego saaba. Więc niby walnąłem, ale tak, żeby ich nie domknąć.

Czerwona kontrolka na desce rozdzielczej, wiecie. Nieraz widziałem, jak go wkurzała.

W szkole też od początku było niehalo. Marysia nie dała mi odpisać pracy domowej z matmy, mówiąc, że nie będzie hodować głąba. A jak ja miałem się skupić na ułamkach, kiedy tata i wujek Paweł śpiewali już od dziewiętnastej? Potem się okazało, że Adrian też jest zły. Najpierw w ogóle nic nie chciał mówić, odwracał wzrok, a na długiej przerwie zniknął gdzieś z Bogusiem. Dopiero jak go przycisnąłem, to się wydało, że po tym sushi miał sraczkę i pół nocy przesiedział na sedesie. Usiłowałem od niego wyciągnąć, czemu mnie za to obwinia, ale kręcił i zwodził, a kiedy go w końcu przyparłem do muru, powiedział, że chciał tę pierwszą noc po rozwodzie starych spędzić z tatą, a ten akurat spędził ją z moim tatą, a przez to i ze mną. Próbowałem mu wyjaśniać, że to i tak byłoby niemożliwe, skoro miał sraczkę, ale zanim ułożyłem w głowie całą logiczną wypowiedź, zawierającą argumenty nie do podważenia, mój przyjaciel znów pobiegł do kibla. A potem już nie zdążyłem, bo zaczęła się lekcja przyrody i ten debil Kazio zdzielił mnie krzesłem w nos.

Sunia, znaczy się pani Kasia Groszek, nasza nauczycielka przyrody, wmawiała potem moim rodzicom, że straciłem przytomność, ale to nieprawda. Wszystko pamiętam bardzo dobrze.

A więc po kolei.

Najpierw Kazio zerwał się z krzesełka i wymachując palcem w stronę Grety, zaczął się na nią okropnie, ale to okropnie, wydzierać. Nic dziwnego, że z miejsca się rozpłakała. Co było robić? Wstałem i zacząłem tłumaczyć półmózgowi, że jak się natychmiast nie uspokoi, to założę mu takie samo duszenie jak wczoraj, z tą różnicą, że tym razem nie rozluźnię. Byłem pewien, że ten rzeczowy argument trafi do rozsądku nawet tak ułomnego jak ten ukryty w zwojach Kazia. Ale się myliłem. Bo kretyn najpierw poczerwieniał, potem wycharczał kilka z gruntu niesprawiedliwych uwag wobec mnie i pozostałych uczniów, aż wreszcie poderwał z podłogi krzesełko i z szybkością, której się po nim – przyznaję – nie spodziewałem, pierdolnął mnie nim w twarz.

Czasami naprawdę nie da się nie przeklinać.

Nawet bardzo nie bolało. W każdym razie znacznie mniej niż znokautowanie piłką koszykową, które Boguś, z okrzykiem: „Kurwa, jestem bogiem!", podarował mi w trzeciej klasie na wuefie. Leżałem na podłodze, ciepła, choć może odrobinę nazbyt mdława słodycz wypełniała mi – jak by to fachowo powiedziała Sunia – twarzoczaszkę, a nad sobą słyszałem piski, krzyki, a przede wszystkim kurwy, którymi syn pani Broszkiewicz szafował na prawo i lewo. A potem jeszcze:

– Jak się teraz czujesz?

I się zdziwiłem, bo leżałem już nie na podłodze w sali od przyrody, tylko na kozetce w gabinecie lekarskim. A nade mną stała Greta Adamska. Z miną, która wyrażała zatroskanie i wdzięczność.

Jak się czuję?

Jak każdy facet z tamponem w nosie. Doskonale.

To była jedyna odpowiedź, jaka mi w tamtej chwili przyszła do głowy. Więc uznałem, że lepiej jej nie udzielać, i milczałem.

– Dzięki za obronę – Greta pogładziła mnie po ręce.

I uśmiechnęła się.

Właściwie to ona ma nawet fajny uśmiech, pomyślałem. Jasna sprawa, że nie tak fajny jak jej mama, ale gdyby schudła i zaczęła się malować, to kto wie? Oczywiście nie mogłem jej tego powiedzieć, zacząłem więc od czegoś innego.

– Jest afera, nie?

Próbowałem nadać temu zdaniu podobny luz, jaki pamiętam z filmów akcji. I nawet się udało. Zwłaszcza że przez ten cholerny tampon w nosie głos mi się sam z siebie automatycznie obniżył. Więc zabrzmiało naprawdę nieźle. Szkoda tylko, że metoda tamponowa jest na co dzień praktycznie nie do zastosowania.

– Owszem, i to całkiem spora afera. – Greta znowu się uśmiechnęła. – Ale idą fałszywym tropem.

Najpierw nie zajarzyłem, o jaki fałszywy trop jej chodzi. Zaraz jednak do mnie dotarło, że mówi o tych gazetkach dla gejów.

– Myślisz, że teraz w końcu wyrzucą Kazia? – mrugnąłem.

– Mam nadzieję – przysunęła stołeczek i usiadła obok kozetki. – Po tym, jak mi nasikał do plecaka z ciuchami na basen, nie mam litości dla debila.

Wspominałem już, że Kazio gustuje w obsikiwaniu cudzych przedmiotów. Nigdy nie potrafiłem zrozumieć po co.

Może Greta wie?

– Co on ma z tym sikaniem?

– To co wszyscy faceci – wzruszyła ramionami. – Nie umie zapanować nad fiutem.

Nie takiej odpowiedzi się spodziewałem, prawdę mówiąc.

– Ja umiem!

Popatrzyła na mnie zaskoczona. Bardzo zaskoczona.

No dobra, może zareagowałem zbyt histerycznie. Ale w żadnym wypadku nie chciałbym znaleźć się w jakimkolwiek wspólnym zbiorze z Kaziem, nawet jeśli jest to zbiór równie podstawowy, jak „posiadacze penisów".

Tak właśnie jej powiedziałem. Uśmiechnęła się. Ale ten uśmiech miał w sobie coś niepokojąco pobłażliwego.

– A kto narysował pochwę Suni?

– To był żart! – żachnąłem się, a mój głos, mimo ciągle tkwiącego w nosie tamponu, zabrzmiał tym razem żenująco dziecinnie.

– Jaki żart, Mati?! – pokręciła głową. – Przecież ty za nią szalejesz!

– Nieprawda!

Poderwałem się z kozetki. Cholerny tampon wyskoczył jak z procy, potoczył się po podłodze i zastygł w bezruchu między mną a Gretą. Biało-czerwony, z zaschniętym glutem krwi, wyglądał równie żałośnie, jak moje zaprzeczenia. Nie było sensu niczego dalej wyjaśniać. Odwróciłem głowę i opadłem bez sił na kozetkę.

– Nie rozumiem, jak ty się mogłeś w tej Suni zakochać? – widziałem pełne wyższości spojrzenie Grety. – Przecież ona jest całkiem głupia!

Poczułem złość. Sunia nie jest głupia! Sama jesteś głupia!

Tak właśnie chciałem powiedzieć. Ale rozsądek szeptał, że mądrzej będzie milczeć. Albo zmienić temat. Zmieniłem więc.

– Skąd wytrzasnęłaś to pedalskie pismo?

Greta drgnęła. A potem łypnęła na mnie, czy dostrzegłem ten minimalny skurcz, który przez nią przeszedł.

Niech myśli, że nie dostrzegłem.

Dźwignąłem się z kozetki, schyliłem po tampon i powlokłem do kosza. Wolno. Jak najwolniej. Nie było powodu, by się spieszyć. Moje pytanie ciągle wisiało w powietrzu. Byłem strasznie ciekaw, dlaczego się tak spięła, ale milczałem. Ona też. Ale kiedy ponownie wlazłem na kozetkę, powiedziała cicho:

– Kiedy nocowałam u ojca, znalazłam w jego biurku.

Ja pierdolę, naprawdę? U mojego ojca w biurku mógłbym znaleźć wiele rzeczy, ale z pewnością nie zdjęcia nagich facetów! Nie wiedziałem, co powiedzieć.

– Czy twój ojciec jest... No wiesz...?

Odwróciła się.

– Nie chcę o tym mówić.

– Nie chciałbym mieć ojca geja.

Mój głos zabrzmiał tym razem naprawdę nisko. Niczym w prawdziwym filmie. I żaden tampon nie był mi do tego potrzebny. Wystarczyło pomyśleć, że biorę rewanż za Sunię. Za to, że jest niby głupia. A przede wszystkim za nikczemne i poniżające sugestie, że jestem w niej zakochany.

– Mieć ojca geja to wcale nie jest takie złe. – Greta ciągle stała do mnie tyłem. – Przynajmniej nie przeklina.

Nie ma odwagi się odwrócić, dotarło do mnie. Wygrałeś, Mati. Sunia została pomszczona.

Powinno mi to wystarczyć, ale nie wystarczało. Z powodów, których nie rozumiałem, ciągle było mi mało. Skąd to się w człowieku bierze?

– Ojciec pedał to obciach – wycedziłem.

Dopiero w tym momencie się odwróciła.

Byłem pewien, że zobaczę wściekłą minę, ale nie. Ku mojemu zdumieniu Greta się uśmiechała. Choć akurat teraz to już nie był piękny uśmiech jej pięknej mamy. To był uśmiech diabła.

– Twój ojciec nie jest lepszy, Mati – syknęła. – On pieprzy moją matkę, wiesz?

Poczułem, jak wielkie niewidzialne krzesło ponownie wali mnie w nos.

– To nieprawda!

– Prawda! Podsłuchałam, kiedy mówiła to komuś przez telefon.

W okamgnieniu wyobraziłem sobie, jak pani Adamska rozmawia przez telefon, a mój tata rozpina jej bluzkę i podciąga spódnicę. I nie wiem, co mnie bardziej przeraziło: ta obrzydliwa wizja czy fakt, że mój organizm zareagował na nią równie gwałtownie, jak niewłaściwie.

Błyskawicznie się odwróciłem. To byłoby straszne, gdyby Greta dostrzegła, co się ze mną działo. Poza tym sam nie chciałem teraz widzieć jej twarzy. Twarzy, na której mógł być w tej chwili wyświetlany wyłącznie jeden jedyny komunikat: Greta Adamska wygrała przez nokaut z Mateuszem Solańskim, dzięki czemu jej ojciec pedał został należycie pomszczony.

Serce waliło mi jak oszalałe. Mój tata i pani Adamska? Naprawdę?! Ja pierdolę!

Próbowałem o tym nie myśleć, jednak obraz, jak oni się ob...

próbowałem o tym nie myśleć jednak obraz jak oni się obściskują całkiem goli nie znikał był okropny a zarazem pociągający zwłaszcza matka Grety która przelatywała mi przed oczami znacznie częściej niż tata miała sterczące piersi zupełnie jak te panie w internecie to było i piękne i okropne piękne no bo to po prostu było piękne i już a okropne bo jej córka a moja koleżanka z klasy może trochę za gruba ale którą przecież bardzo lubiłem stała teraz parę metrów ode mnie a ja ciągle nie mogłem się do niej odwrócić i popatrzeć jej w twarz właściwie to mogłem ale nie chciałem żeby ona popatrzyła na moje spodnie odkształcone przez myśl o kobiecie która ją nosiła w brzuchu i urodziła najwyższy czas pomyślałem uruchomić procedury awaryjne przywołałem więc w wyobraźni Leo Messiego że ma straszliwą ale to straszliwą kontuzję i już nigdy nie zagra pojawiła się ewidentna rozpacz ale nie na tyle silna by odpuściło musiałem sięgnąć zatem po środki mocniejsze wy-

obraziłem sobie więc że to nie Messi ale ja mam straszliwą kontuzję i już nigdy nie zagram ucisk w spodniach zelżał ale nadal nie było idealnie mama moja mama przyszło mi do głowy w desperacji że tylko ona może mnie uratować i sam nie wiem jak to się stało ale wyobraziłem sobie że nie żyje że umarła bo się dowiedziała o tacie i pani Adamskiej i pękło jej serce z żalu albo nie tętniak tętniak będzie lepszy uznałem pęknięty w głowie oszukanej żony tętniak to najgorszy cios dla neurochirurga i w jednej chwili spadła na mnie jak czarny jastrząb wizja łkającego taty i przytulającego mnie nad otwartą trumną mamy i ten obraz wreszcie podziałał idealnie bo teraz to naprawdę zrobiło mi się smutno i erekcja nie myślcie że jak się ma jedenaście lat i sto pięćdziesiąt dwa centymetry to się nie używa takich słów więc erekcja zaczęła w końcu ustępować a kiedy jeszcze dodałem kolejny obraz tym razem panią Adamską wiszącą na żyrandolu z powodu wyrzutów sumienia którym nie mogła sprostać bo jednak nie była całkiem zła w dodatku całkiem już ubraną więc jak to wszystko zebrałem do kupy to nareszcie poczułem że odzyskuję kontrolę nad krwiobiegiem trumna cmentarz deszcz tata i ja tak mocno w siebie wtuleni żegnaj mamo twoja śmierć naprawdę nas zbliżyła i nareszcie luz koniec ustąpiło możesz się wreszcie odwrócić Mati zatem odwróciłem się i wyszeptałem

Odwróciłem się i wyszeptałem:

– Mój ojciec nie jest zły, Greta. Pogubił się, ale nie jest zły.

– Jak wszyscy dorośli, Mati – na twarzy Grety znów pojawił się uśmiech jej mamy. Oczywiście z czasów, kiedy nie wiedziałem o niej wszystkiego. – Ale my tacy nie będziemy, prawda? – dodała.

My? Nigdy! My będziemy zupełnie, ale to zupełnie inni!

Tak właśnie chciałem jej powiedzieć. Ale nie zdążyłem. Bo drzwi gabinetu z hukiem się otworzyły i jak burza wpadła do środka moja narzeczona.

Nawet na mnie nie spojrzała.

Za to na widok Grety wykrzywiła się w grymasie niezadowolenia.

– Co ty tu robisz, gruba?

Tak, wiem! Powinienem zareagować. Powinienem ją opieprzyć, by się tak do Grety nie zwracała.

Ale nie zareagowałem.

Może w moim wieku mężczyzna może bronić kobiety tylko raz dziennie?

Na szczęście Greta nie wyglądała na szczególnie przejętą. Bąknęła więc tylko:

– To, co ty powinnaś, kretynko! – i wyszła.

Kiedy zostaliśmy sami, spojrzałem na Marysię z wyraźną pretensją. Choć chyba jednak nie na tyle wyraźną, by ją dostrzegła.

– Rusz, tyłek, słabiaku! – rzuciła krótko. – Twój stary nas zabiera!

Wracaliśmy naszym saabem we czwórkę: tata z przodu, a my z Marysią i Olą z tyłu. Ja pośrodku.

Pułapka. Czułem się jak w pułapce.

No bo tak: do taty nie mogłem się odezwać, przecież byłem na niego wkurwiony jeszcze za kołdrę i omlet. Nie mówiąc już o tym, że to, czego dowiedziałem się o nim i pani Adamskiej, ani trochę nie poprawiało jego notowań. Z Marysią nie chciałem gadać za „co ty tu robisz, gruba?". A do Oli to w ogóle nie warto się odzywać, bo wiadomo. Zołza.

No więc mówię, że pułapka.

Próbowałem myśleć o Messim, ale znowu okazał się zbyt

przezroczysty. Greta? Właściwie na nią też byłem zły. Za tatę, że skomplikowała mi jego obraz. I za Sunię. Jak Greta odgadła, że ona mi się podoba?

Swoją drogą na Sunię też byłem zły. Choć na nią akurat za to, że tego nie odgadła.

Kobiety są okropne.

– Chcesz gumę? – Marysia położyła mi rękę na dłoni.

– Nie! – odpowiedziałem szybko i jeszcze szybciej cofnąłem dłoń.

Siedzący z przodu tata poruszył się. Łypnąłem w lusterko przed sobą i nasze spojrzenia się spotkały.

Tata mrugnął do mnie. Wiedziałem, co to znaczy. Że się ze mną solidaryzuje. Człowieku, nie oczekuję solidarności od kogoś, kto pieprzy matkę Grety!

Odwróciłem wzrok.

Kiedy dotarliśmy na osiedle, marzyłem już tylko o jednym. By złapać piłkę i z całych sił napieprzać nią w ścianę. Miałem przy tym nadzieję, że najgorsze jest już tego dnia za mną. Myliłem się.

Bo kiedy wysadziliśmy Marysię i Olę przed ich domem, a one poszły przywitać się ze swoim tatą, który jak zwykle siedział z aparatem fotograficznym w samochodzie, wybiegła pani Wilk.

– Obiad! Właśnie zrobiłam obiad! – klasnęła w dłonie jak w niemym filmie.

Muszę przyznać, że tata, zanim poległ, bronił się dzielnie.

– Dzięki, Pola, ale w ogóle nie jesteśmy głodni! – zaczął.

Był to argument może i nieskomplikowany, ale – mogłoby się wydawać – wystarczająco rozsądny. Jednak nie w świecie kobiet. A już zdecydowanie nie w świecie kobiet, które wkładają tyle wysiłku w zdrowe żywienie co pani Wilk.

– Zbyt długie przerwy między posiłkami wpływają niekorzystnie na aurę jelit – wyrecytowała na jednym oddechu, zupełnie jak wujek Paweł, kiedy czyta ten fragment w reklamach o konieczności kontaktu z lekarzem lub farmaceutą.

Tata nie dawał za wygraną.

– Aura naszych jelit nigdy nie była w lepszym stanie! – odparował i głośno się roześmiał.

Jednak ten dowcip ani trochę nie rozbawił pani Wilk. Skrzywiła się.

– Ty zupełnie nie wiesz, co mówisz! Ja mam ekologiczne warzywa! Zasiane zgodnie z fazami księżyca! Samo zdrowie!

Jak tylko pojawiły się fazy księżyca, Marysia i Ola spojrzały po sobie niczym Spartanie w filmie *300* (wiecie, o czym mówię, ten moment, kiedy pojmują, że nadciąga siedemnaście miliardów nowych Persów), a do mnie dotarło, że sytuacja jest naprawdę poważna. Do mojego taty najwyraźniej również, bo przestał się uśmiechać i przybierając minę, której zapewne nauczył się od swoich umierających na raka pacjentów, jęknął:

– Pola, błagam! Ja z dyżuru wracam. Słaniam się na nogach.

Każdy by się złamał. Moja mama zawsze nabierała się na tę minę. Ale pani Wilk pozostawała niewzruszona.

– Tym bardziej musisz zjeść! – oznajmiła tonem nieznoszącym sprzeciwu, a potem, całkiem niespodziewanie, zwróciła się do mnie: – Mateuszku, idź pobaw się z dziewczynkami!

Nie miałem, kurwa, najmniejszej, ochoty bawić się teraz z dziewczynkami! Ratuj nas, spojrzałem błagalnie na tatę. I pojąłem, że to koniec. Że już w żaden sposób nie potrafi nas uratować.

W ten sposób zostaliśmy kulinarnymi jeńcami.

Powlokłem się do środka za Olą i Marysią, a kiedy wchodziliśmy do ich pokoju, usłyszałem tylko, jak pani Wilk od razu zaczyna torturować drugiego jeńca.

– A ty mi w kuchni pomożesz!

Po tym, jak drzwi się zamknęły, uznałem, że dalszy opór jest bezcelowy. Żeby przetrwać, należy podjąć współpracę.

– Zagramy na kompie?

– Nie teraz, debilu! – prychnęła oschle zołza i zanim zdążyłem się obrazić, zanurkowała pod łóżko.

Ku mojemu zdumieniu wyciągnęła stamtąd sporą paczkę kabanosów. Było to o tyle zaskakujące, że pani Wilk jest zdecydowaną przeciwniczką mięsa i obwinia je o wszystkie najgorsze zbrodnie świata. Byłem pewien, że jej dom jest strefą całkowicie wolną od zwierzęcego białka. Tymczasem najwyraźniej jej własne córki należały do mięsnego ruchu oporu.

A nawet gorzej.

Bo kiedy tylko Ola wyciągnęła spod łóżka te kabanosy, Marysia natychmiast do niej podbiegła, po czym obie zaczęły nerwowo rozrywać opakowanie, a ja nie mogłem pozbyć się wrażenia, że strasznie trzęsą im się przy tym ręce. Wyglądało to zupełnie jak fragment filmu o narkomanach, choć nie ukrywam, że jest to refleksja wyłącznie teoretyczna, bo rodzice nie pozwalają mi oglądać filmów o narkomanach. Przywołałem więc w pamięci zombie. Bo filmy o zombie oglądać akurat mogę.

A kiedy już zaspokoiły pierwszy głód, moja narzeczona przypomniała sobie wreszcie o mnie. Podeszła i podsunęła mi kabanosy niemal pod nos.

– Masz, wpierdalaj!

Popatrzyłem na nią zaskoczony.

– Ale przecież obiad ma być!

– Gówno, nie obiad! – rzuciła z zaciętą miną. – Kiełki posrane jakieś!

A Ola, połykając wielki kawał kabanosa, dodała:

– Rzygać się chce!

– Gdybyśmy jadły tylko to, czym nas żywi, tobyśmy z głodu zdechły!

– No bierz, kretynie, bo będziesz żałował!

Tak. Prawdziwe zombie. Nie było sensu się im narażać, więc wziąłem. Na szczęście kabanos był naprawdę smaczny.

Żuliśmy w milczeniu. Pomyślałem, że w życiu nie ma takiej opresji, z której nie dałoby się wyjść, o ile tylko zachowuje się żelazne porcje rozsądku. I wtedy, zupełnie niespodziewanie, Ola powiedziała coś, co w ogóle nie miało związku z kabanosami, ale potwierdzało, że nie bez powodu mówi się o niej: zołza.

– Wiesz, że twój ojciec bzyka naszą matkę?

W okamgnieniu zakrztusiłem się tym jebanym kabanosem.

– Nieprawda!

Nieprawda? Czy ja już dziś tego nie mówiłem? I to w dodatku w identycznych okolicznościach? Poczułem się jak w serialu *Fringe*. Tam też cofał się czas.

– Prawda, prawda! – Ola żuła mięso z tak stoickim spokojem, jakby temat, który tak niespodziewanie podjęła, był jej całkowicie obojętny. – Prawda, że prawda? – zwróciła się do Marysi.

– Prawda – potwierdziła moja własna dziewczyna.

– Skąd wiecie?

Popatrzyły na mnie z wyższością.

– Kobiety wiedzą takie rzeczy.

– Wyczuwają.

– Twój ojciec jest bzykaczem.

– Nieprawda!

Zdaje się, że zaczynam nadużywać tego słowa.

– Prawda. – Marysia się uśmiechnęła. – To się od razu czuje.

– Aż dziwne, że twoja matka tego nie widziała – dodała jej siostra.

Bardzo dobrze, że tego nie widziała! To była moja pierwsza myśl. Ale druga wyglądała już całkiem inaczej: jak to możliwe, że moja mama tego nigdy nie widziała, a one to widzą, choć mają dopiero po jedenaście lat?! Chciałem je o to zapytać, ale nie zdążyłem, bo drzwi się otworzyły i pani Wilk zaprosiła nas na obiad.

A teraz jest trzecia w nocy.

Nie śpię.

Przed chwilą się obudziłem.

Ale nie dlatego, że jest mi strasznie smutno czy coś. Nic takiego.

To tylko zdrowa rzodkiew odbija mi się na zmianę z niezdrowym kabanosem.

2.

Są momenty, kiedy żałujesz, że zostałeś w ogóle poczęty. I taki właśnie moment pojawił się dziś o 6:59. Dziewięciocalowy gwóźdź, ukryty we wnętrzu pozornie przyjaznego francuskiego budzika z Chin, rozłupał mi czaszkę, a ból, który wraz z nim się zjawił, uśmiechnął się promiennie, informując, że zamierza mi towarzyszyć przez wiele następnych godzin.

W kwadrans później obumierałem pod prysznicem, próbując pojąć, dlaczego jestem taki głupi.

Ile razy w życiu możesz jeszcze o to pytać, imbecylu?

To odezwał się rozsądek.

Uznałem, że nie mam mu dziś nic do powiedzenia. Mimo to kontynuował. Czy naprawdę masz mnie aż za takiego idiotę? Jakim cudem dajesz się wiecznie namawiać temu pijakowi Pawłowi na „jedną-jedyną-i-naprawdę-już-ostatnią flaszeczkę", którą potem ten pierdolony mag destrukcji zawsze potrafi rozmnożyć na kolejne dwie? I jeszcze mi tu teraz, mydląc sobie łeb i dupę, masz czelność skamleć, że umrzesz-zdechniesz zaraz? Weź mnie nie wkurwiaj może, co?

Zgodnie z jasno postawionym postulatem postanowiłem go już nie wkurwiać, zwłaszcza że w gruncie rzeczy przyznawałem mu we wszystkim rację. Chciałem tylko, żeby ze względu na okoliczności minionej nocy już tak nie krzyczał. Ale miał to najwyraźniej w pompie.

Muszę ci, kurwa, przypominać, kogo dziś operujesz? – ryknął rozsądek.

Nie, nie musisz.

W pokornym milczeniu zakręciłem wodę i zacząłem się wycierać. Naprawdę nie chciałem go już tego dnia denerwować. Ani siebie, rzecz jasna. Ale się nie udało. Bo kiedy półtorej godziny później dotarłem do szpitala, byłem już wkurwiony znacznie, ale to znacznie mocniej. Dlaczego?

Po pierwsze ból głowy. Systematycznie narastał.

Po drugie Mateusz.

Kocham go bezgranicznie i życie bym za niego oddał, ale czasami ten dzieciak doprowadza mnie do szewskiej pasji, zwłaszcza kiedy zachowuje się równie irytująco, jak jego matka. Najpierw, bez najmniejszego powodu, obudził się wściekły jak osa, potem nie chciał tknąć śniadania, a przecież uwielbia omlety, aż wreszcie przez całą drogę do szkoły ostentacyjnie się do mnie nie odzywał. A na koniec jak nie jebnie drzwiami od saaba! Mało mi łeb nie odpadł. I zanim zdążyłem go opierdolić, znikł.

Człowieku, nie irytuj się.

Trudno.

Zdarza się.

Luz.

Wziąłem głęboki oddech i ruszyłem do szpitala. Ale ledwie odjechałem spod szkoły, okazało się, że mój kochany synek tak jakoś dziwacznie pierdolnął tymi drzwiami, że się – nie mam pojęcia jakim cudem – nie domknęły. No i oczywiście, zapaliła się kontrolka.

Przysiągłem sobie nie zwracać na nią uwagi.

Świat mnie dziś nie złamie, postanowiłem, stojąc w skurwysyńskim korku. Ale łatwo nie było. W kieszeni nieustannie brzęczała mi komórka. Od samego rana wszyscy się uwzięli, żeby wysyłać esemesy. Nie czytam ich, obiecałem sobie, w dupie to mam. I od razu jakoś mi ulżyło. Zacząłem się zastanawiać, co zrobię, kiedy już ten cholerny dzień się skończy. Pierwsza myśl była oczywista: wrócę do domu, wyłączę telefon i się wyśpię! Ale potem pomyślałem, że lepiej może uczynić coś bardziej pożytecznego. Książkę poczytać może? Albo uporządkować wreszcie w komputerze ten burdel z plikami muzycznymi? Albo...

No do chuja! Ile można tak migać i migać!

Pierdolona kontrolka!

Uznałem, że jednak muszę domknąć te kurewskie drzwi.

Niestety, od środka nie było to możliwe. Nie zawsze, oczywiście, tylko od kilku tygodni, od kiedy totalnie nawalona Nina ułamała klamkę, tłukąc w nią butelką szampana. Musiałem się więc gdzieś zatrzymać. Próbowałem zjechać na chodnik, ale okazało się to zupełnie niewykonalne, wszędzie powpieprzali metalowe słupki, normalnie nie ma się gdzie wcisnąć. W końcu wyskoczyłem na jakimś skrzyżowaniu i domknąłem. Ale że się światła od razu złośliwie zmieniły, to ci debile za mną natychmiast zaczęli trąbić i trąbić, jakby sekundy nie mogli poczekać. To jest kraj jakichś psychopatów pojebanych! Chwila! Przecież żeby odjechać, muszę wsiąść, czy to tak trudno pojąć, wy półmózgi?! Najwyraźniej trudno, bo mimo moich wyjaśniających gestów, oni dalej popierdalali po klaksonach! No to w końcu nie zdzierżyłem, wyskoczyłem znowu z auta i nabluzgałem jakiemuś pierwszemu z brzegu pedałowi z wąsem, w białej skodzie. I przysięgam, gdyby nie to, że się spieszyłem na operację przewodniczącego Episkopatu Polski, to jak nic bym mu przypierdolił.

Kiedy dotarłem do szpitala, miałem nadzieję, że dzienny limit wkurwień się już wyczerpał. Błąd. Kryzys przyszedł za dwie godziny. Akurat wtedy, kiedy trzymałem palce w otwartej czaszce arcybiskupa Henryka Lacha.

Boże, gdyby on wiedział, gdzie ja je jeszcze trzymałem...

Ale po kolei.

Musieliśmy znaleźć najlepszą drogę, żeby się dostać do guza, nie zamieniając przy tym arcybiskupa Lacha w roślinę. Metoda operacyjna w takich przypadkach wymaga ścisłego kontaktu werbalnego z pacjentem, który przez cały czas musi być przytomny i świadomy. Niestety, w momencie, kiedy otworzyłem głowę arcybiskupa, glątwa uderzyła mnie z taką mocą, że odechciało mi się jakichkolwiek konwersacji. Tak już mam, niestety. Kiedy jestem na kacu, mogę bez problemu operować, bo choćby nie wiem, jak mocno łeb mi pękał, to nigdy nie drżą mi ręce. Ale odzywać się nienawidzę.

Na szczęście jest Bielska. Bądź błogosławiony, nieistniejący Boże, że ją stworzyłeś! Uśmiechnąłem się do niej, cokolwiek krzywo, ale wiedziałem, że rozumie. Rzuciła mi wściekłe spojrzenie. Tak, wiem, jestem gówniarz, to już ostatni raz, a ty masz wszystkiego po dziurki w nosie! Wiem wszystko, ale błagam, nie pierdol teraz, tylko pomóż!

Odwróciła głowę i pochyliła się nad arcybiskupem, który z dziurą w czaszce, na tyle okazałą, bym mógł w niej zmieścić mikroskop, sondę, skalpel i pozostałe utensylia, siedział tyłem do nas. W głosie Bielskiej zabrzmiał aksamit, o który jej nie podejrzewałem.

– Musimy się dostać do guza przez te części mózgu księdza arcybiskupa, które są odpowiedzialne za mowę i ruch. Nie wolno nam ich uszkodzić, dlatego teraz doktor Solański będzie dotykał niektórych miejsc taką malutką sondą, przez którą przepuścimy niewielki prąd, dobrze?

Kocham ją. Inaczej niż mój ojciec, ale ją kocham.

– Będzie bolało? – wyszeptał niepewnie arcybiskup.

W jego głosie nie usłyszałem już tej pewności, z którą zazwyczaj pouczał z telewizora miliony swoich rodaków, jak powinni żyć.

– Dusza boli, mózg nie – burknąłem. – Dobry Bóg nie umieścił w nim receptorów bólowych.

Przysięgam, nie wiem, dlaczego się odezwałem. Może chciałem dać do zrozumienia, że nie jesteśmy w klubie dyskusyjnym.

Arcybiskup drgnął. Bielska patrzyła na mnie z dezaprobatą. Czy bardziej dlatego, że poczuła się oszukana – a więc skacowany szczyl może mielić jęzorem, jak zechce! – czy też dlatego, że wolałaby, żebym już konsekwentnie trzymał mordę na kłódkę? Cholera wie.

Ponownie zwróciła się do arcybiskupa:

– Proszę robić wszystko, co powiem, dobrze? Niech Jego Ekscelencja zaciśnie palce lewej dłoni.

Lewa dłoń arcybiskupa posłusznie się zacisnęła. Bielska spojrzała na ekran tuż przy mikroskopie, a potem na mnie. Pochyliłem się nad mikroskopem. Mózg człowieka, który od lat utrzymywał, że ma bardzo bliskie i osobiste relacje ze stwórcą wszechrzeczy, nie różnił się od innych mózgów, na które patrzyłem przez ostatnie kilkanaście lat. Budyń. Różowy budyń. A wewnątrz rak. Trzy do sześciu miesięcy życia według planów Tego-Który-Jest-Miłością. Dwa lub trzy lata – jeśli zdołam je pokrzyżować i wprowadzić własne.

Psucie planów bożych. Z tego właśnie żyję.

Dotknąłem sondą mózgu. Przez palce arcybiskupa przeszedł gwałtowny skurcz. Kto wie, może właśnie nakłułem miejsce, gdzie kryje się jego wiara w Jahwe? Albo obrzydzenie do pozamałżeńskiego seksu? Ponownie sonda. Palce arcybiskupa po raz kolejny się wyprostowały. Jak nogi martwej żaby w eksperymentach ze szkoły podstawowej, kiedy się przystawiało elektrody w rytm stadionowych porykiwań: Ce...! Ce...! Ce...! Wu...! Ka...! Ce...! Wu...! Ka...! Es...! Le...! Gia...!

Poczułem kopnięcie pod stołem.

– Odbiło ci?! – wyszeptała Bielska.

Odsunąłem się od okularu.

– Pani doktor, nie wiem, o co pani chodzi, ja tylko sprawdzam aktywność płata w zakresie pozareligijnych form muzycznych – mrugnąłem do niej.

Widziałem, że próbuje być wściekła, ale nie potrafi. Maska niedoskonale skrywała uśmiech. Żeby się uspokoić, szybko pochyliła się nad arcybiskupem.

– Wszystko poszło bardzo ładnie, Jego Ekscelencjo. A teraz druga ręka.

Wetknąłem sondę w mózg, zerkając kątem oka na prawą dłoń, tę od błogosławieństw. Całkowity bezruch.

– Tędy się nie da. Musimy spróbować jeszcze inną drogą.

Kiwnęła głową. Odeszła od stołu i stanęła naprzeciw arcybiskupa. Najwyraźniej chciała, żeby zobaczył jej oczy. Ludzie, którzy się boją, uspokajają się na widok łagodnych oczu. A Bielska ma łagodne oczy jak nikt inny.

– Chciałabym, żeby Jego Ekscelencja powiedział wiersz.

Nagłe szarpnięcie. Czyżby bał się bardziej, niż sądziłem?

– Po co? – głos mu drżał.

– Proszę się nie denerwować. Przypominam, co doktor Solański mówił przed operacją: mózg wykorzystuje tylko niewielką swoją część, by uaktywniać naszą mowę i pamięć. Musimy te aktywne przestrzenie ominąć i ciąć w miejscach niewykorzystywanych. U każdego człowieka są to nieco inne miejsca. I dlatego, żeby je lepiej zdiagnozować, byłoby dobrze, by ksiądz arcybiskup z nami teraz ściśle współpracował.

Aksamitny, spokojny głos. Jest naprawdę dobra. Powinna nawracać.

– Będę współpracował. Oczywiście, że będę współpracował.

– Doskonale. Proszę zatem powiedzieć wiersz.

– Ale jaki wiersz?

– Jakikolwiek.

– Ja nie znam wierszy, proszę pani.

Głos arcybiskupa brzmiał zdumiewająco dziecięco. Jakbyśmy byli w przedszkolu. Ale my nie byliśmy w przedszkolu. Z pewnością nie.

– To może daty urodzenia dzieci! – rzuciłem.

Skurcz lewej dłoni arcybiskupa. Ale już bez udziału mojej sondy. Bielska spojrzała na mnie wściekle. Tym razem była naprawdę wkurwiona.

– Doktor Solański oczywiście żartował – uśmiechnęła się do arcybiskupa. – Ale skoro nie wiersz, to może Jego Ekscelencja nam coś zaśpiewa.

– Jak to zaśpiewa?

– No, normalnie.

– Teraz?

– Teraz.

– Ale ja nie wiem...

Zamilkł.

– Czego Jego Ekscelencja nie wie?

– Właściwie to wiem – zmieszał się. – Tylko...

Ponownie zamilkł.

– Tylko co? – głaskała go głosem.

– Ale pani żartuje, tak? Wiem, że pani żartuje. Teraz mam śpiewać? – arcybiskup roześmiał się tak głośno, że aż zadrżał wetknięty mu w czaszkę mikroskop.

Odniosłem wrażenie, że przestał się bać, za to zaczął się mizdrzyć.

– A co to za problem? – powiedziałem. – W końcu śpiewacie, że się tak wyrażę, zawodowo.

– No, owszem – spoważniał. – Ale teraz jakoś nic nie mogę sobie przypomnieć. Mam pustkę w głowie.

– Nie pustkę, tylko mnie! Teraz ja tam jestem!

– Mój Boże...! – wyrwało mu się.

– Lepiej tego nie można ująć – rzuciłem sucho.

Bielska patrzyła na mnie chłodno, ale postanowiłem to zignorować.

– Zna pan *Anielski orszak*?

– No, znam.

Nawet się nie zdziwił, że mówię do niego „pan". To dobry znak. Jest szansa, że zacznie w końcu współpracować.

– To proszę śpiewać ze mną! – powiedziałem, po czym, nie czekając na jego reakcję, zaintonowałem: – Przybądźcie z nieeeba na głos naszych mooodlitw, mieszkańcy chwaaały, wszyscy Święci Booooży...!

Nie widziałem twarzy siedzącego do mnie plecami arcybiskupa, ale myślę, że w tym momencie zbaraniał. Kątem oka obserwowałem za to Bielską. Była naprawdę wkurwiona. Gdyby mogła, kopnęłaby mnie po raz kolejny, tym razem na serio. Ale miałem to już w dupie. Ból głowy wreszcie odszedł i teraz chciało mi się już tylko śpiewać. Jak skurwysyn.

– Z obłoków jasnych zejdźcie, aniołoooowie...! – rozdarłem się, ile sił w płucach. – Z rzeszą zbawionych spieszcie na spotkaaaanie...!

– Anieeeelski orszak nieeeech twą duszę przyjmieeeee, unieeeesie z zieeemi ku wyżynom nieeeeba – dołączył do mnie arcybiskup Lach. – A pieeeśń zbawionych nieeeech ją zaprowaaaadzi, aż przed obliiicze Boga Najwyższeeeego...!

– Świetnie! Niech pan nie przestaje! – krzyknąłem w uniesieniu i pochyliłem się nad mikroskopem, żeby znaleźć najlepszy sposób na odzyskanie tych kilkunastu miesięcy życia, które Bóg postanowił ukraść swojemu wiernemu słudze.

Mapowałem kolejne partie mózgu arcybiskupa, a jego głos – z początku cichy, lecz narastający z każdym słowem – unosił się nad salą operacyjną, a kto wie, może nawet dotarł do samych wyżyn nieba.

3.

Kiedy wyszliśmy z sali operacyjnej, poczułem, że senność zasysa mnie do środka i miażdży. Jakbym sam dla siebie był maszyną utylizującą. Pochłaniaczem własnej pulpy. Kawa. Napić się natychmiast kawy i spać. I żadnego porządkowania plików w komputerze, pierdolić to. Jutro. Jutro się tym zajmę.

Ciepnąłem maskę i rękawiczki do śmieci, a czepek i fartuch chirurgiczny do kosza na brudną odzież. Otworzyłem szafkę, wyjąłem portfel, włączyłem komórkę, wbiłem pin. Ostatnia rzecz, jakiej sobie życzyłem, to z kimkolwiek konwersować przez telefon, ale po chuj mieć w ogóle komórkę, skoro jest wyłączona. Nienawidzę wyłączonych komórek.

Choć przez cały czas stałem tyłem, wiedziałem, że Bielska na mnie patrzy. I że chce pogadać. Ale ja nie chciałem z nią rozmawiać ani trochę i miałem nadzieję, że przez wzgląd na naszą tysiącletnią znajomość uszanuje to.

Nie uszanowała.

– Twój ojciec też lubił operować na kacu, Kuba – zaczęła, cedząc każde słowo jak jakaś, kurwa, nauczycielka. – I też był niemiły dla pacjentów.

– Ja nie mam kaca – burknąłem.

– Jeśli chcesz być taki jak on...

– Nie chcę!

– Robisz wszystko, żeby być!

– Nie odgrywaj się na mnie tylko dlatego, że zniszczył ci życie!

– Nie zniszczył. Sama chciałam.

To ostatnie zdanie, wypowiedziane bez oddechu, szeptem, prawie niedosłyszalnie, zabrzmiało jak pękająca w absolutnej ciszy kość. Zrobiło mi się wstyd, że jej tak przyjebałem. Kiedy byłem dzieckiem, nienawidziłem Bielskiej z całego serca. Pierdoliła się z moim ojcem, a moja matka przez nią płakała. Kiedy właściwie przestałem jej nienawidzić? Nie pamiętam.

– Przepraszam – powiedziałem. – Wiesz, że tak nie myślę.

Miała szklisty wzrok.

– Bielska, co ty? Masz w oczach łzy?

– Jakie łzy? – uśmiechnęła się gorzko. – Najwyżej jedną – niespodziewanie przytuliła się do mnie.

Dawniej, kiedy kupowała mi sezamki i ptasie mleczko, żeby mnie przekupić, wydawała się taka duża, a teraz musiałem się schylić, żeby ją objąć.

Zadźwięczał esemes.

Potem drugi.

A zaraz za nim trzeci. Czwarty. Piąty.

Całe stado.

Kątem oka, trzymając w ramionach dawną kochankę mojego starego, zerknąłem na ekran.

– Ciągle jakieś dupy, tak?

– Nie. To syn.

Odsunęła się i popatrzyła mi prosto w oczy.

– Twój ojciec był identyczny, Kuba.

Zanim zaprzeczyłem, wyszła z szatni.

Szedłem po korytarzu, starając się nie myśleć o tym, co powiedziała. To było głupie i nie do ko...

szedłem po korytarzu starając się nie myśleć o tym co powiedziała to było głupie i nie do końca sprawiedliwe owszem miałem trochę wspólnych cech z moim starym ale znacznie więcej nas różniło przede wszystkim jego zabiła wóda pod koniec pił już naprawdę sporo i nic oprócz picia się już dla niego nie liczyło ani mama ani Bielska ani cała reszta dup które nabierał na swój klasyczny profil i uśmiech chłopca co zwędził wuzetkę z cukierni i chce się nią teraz podzielić karierę też miał w piździe jak wszystko odkąd zaczął zawodowo chlać również praca się już dla niego nie liczyła do dziś się mówi o profesorze Aleksandrze Solańskim że był pionierem polskiej neurochirur-

gii ale ten skurwysyn miał to w dupie tak naprawdę kochał wyłącznie swoje wewnętrzne nic i tylko jemu był wierny i nic poza nim się dla niego nie liczyło nawet co mnie szczególnie boli i wkurwia ja jego jedyny syn obiecał mi miliard rzeczy i żadnej z nich nie dotrzymał jebany czaruś nawet własne dziecko umiał zbajerować i porzucić pierdolę nie będę się przejmował mam kaca chce mi się spać właśnie wyciąłem guza antypatycznemu słudze bożemu należy mi się co najmniej czyściec i szacunek bardziej czyściec koniec na dziś spierdalam stąd wrócę do domu położę się poczytam co ona powiedziała? twój ojciec był identyczny Kuba niech ją diabli tę Bielską bredzi na stare lata kawa kawy bym się napił ale nie tu ten szpital mnie zjada wezmę tylko z gabinetu ciuchy i teczkę i już mnie tu nie ma napiję się gdzieś w mieś o kurwa przepraszam!

– O, kurwa, przepraszam!

Co za ból! Jakby mi dziewięciocalowy gwóźdź dobił stopę do podłogi.

– Naprawdę nie chciałam, sorki!

Sorki? Podniosłem wzrok. Na środku szpitalnego korytarza stał przede mną terminator płci żeńskiej – sztuczny cyc, karnet na solarium, z trudem zdana matura – i uśmiechał się przepraszająco.

– Manolo Blahnik.

– Słucham?

– But, którym pana dzióbłam – podniosła nogę. – Manolo Blahnik.

Korekta: brak matury.

– To cudownie – stęknąłem. – Od razu mniej cierpię.

– Pan jest lekarzem?

– Jak pani na to wpadła?

– Ma pan strój lekarza.

– Jest pani bardzo bystra.

Uśmiech. Głupia, ale niepozbawiona wdzięku. No i ten cyc.

– Jak pani na imię?

– Gloria.

– *In excelsis Deo?*

– Felczak.

– Też pięknie.

– Kochanie! Kochanie, boli! – rozległo się z pokoju zabiegowego obok.

– Jestem przy tobie! Bądź dzielny, tygrysie! – krzyknął blond terminator.

Przez uchylone drzwi zabiegowego dostrzegłem łysego mięśniaka, któremu doktor Gałązka – najgorszy ortopeda w historii naszego szpitala – zakładał właśnie gips na obojczyk. Na rozbudowanej klacie mięśniaka prężył się wielokolorowy tatuaż. Cycata opalenizna bez matury. Gloria Felczak.

– Mąż? – spytałem.

– Narzeczony.

Z kieszeni kitla wyciągnąłem wizytówkę i podałem ją sztucznym piersiom.

– Na wypadek, gdyby narzeczony potrzebował konsultacji.

Odszedłem, zanim zdążyły zareagować. Kawa. Muszę się wreszcie napić kawy, pomyślałem, dość zaskoczony, że zostawiłem gabinet niezamknięty.

– Co ty tu robisz?!

Na sofie, z nogą na nogę, siedziała Hania Adamska. Skąd ona się tu wzięła?

– Dostałeś mojego esemesa?

– Dostałem.

– To chyba wiesz, co tu robię – uśmiechnęła się.

– Błagam, Hania! – jęknąłem. – Operację miałem!

– Czy nie wydaje ci się, że i ja wymagam natychmiastowej operacji? – wstała i podeszła do mnie, uśmiechając się wyzywająco. – Pan pozwoli, doktorze, że najpierw zajmę się intubacją...

Po dwudziestu minutach nadal uśmiechała się wyzywająco, a ja miałem wrażenie, że serce wyskoczy mi z piersi. Przez chwilę trwaliśmy nieruchomo, próbując uspokoić oddechy.

– To był mega długi orgazm! – pocałowała mnie w policzek. – Jak chcesz, to potrafisz!

– Nigdy nie miałem długiego orgazmu – ciągle nie mogłem dojść do siebie. – Ale za to nie muszę golić nóg, żeby mieć krótki.

Uśmiechnęła się i pogłaskała mnie po udzie.

– Masz najpiękniejszego penisa w tym mieście, wiesz?

– Wiem.

Uśmiech znikł.

– Skąd?

– Ciągle mi to mówisz.

– Tylko ja? – zmrużyła oczy, jakby w ten sposób łatwiej było mnie prześwietlić.

– Nie tylko.

– Kto jeszcze?

Ta rozmowa najwyraźniej nie szła w dobrym kierunku. Trzeba było to zmienić.

– Czy ty nie musisz już wracać do swojej apteki? – rzuciłem obojętnym tonem.

Udała, że tego nie słyszy.

– Kiedy się spotkamy?

– Przecież się widzimy.

– Jesteś dla mnie niedobry.

– Dla nikogo nie jestem tak dobry, kochanie.

Nie wiedziała, czy kpię, czy mówię poważnie. To dobrze. Gdy wprowadzamy je w niepewność, można znaczniej lepiej panować nad sytuacją. Wydawało mi się, że właśnie panuję. I wtedy rozległo się: brzęk-brzęk! brzęk-brzęk!

W tym samym momencie spojrzeliśmy na stolik, gdzie – niech to szlag! – mój telefon wirował jak porąbany. Trudno o gorszy moment na esemesa niż ten, kiedy w kilka chwil po ostrym seksie do twojej partnerki dociera, że skoro leży teraz naga przy tobie, to nie mogła go wysłać.

– Kobieta? – wbiła we mnie zimny wzrok, gdy chowałem komórkę do kieszeni spodni.

– W pewnym sensie. Żona.

– Przecież ty nie masz żony!

– Nie powiedziałem, że moja.

Kiedy wojownik czuje, że zaraz może przegrać przez ippon, jedyne, co mu pozostaje, to rzut poświęcenia. Takim rzutem poświęcenia jest ironia. Przy odpowiednim doświadczeniu można w okamgnieniu odwrócić dzięki niej losy walki. Miałem nadzieję, że tak będzie i tym razem.

I nie myliłem się.

Błyskawicznie zerwała się z sofy, zdecydowanym ruchem wciągnęła majtki, włożyła buty i sprawnie zaczęła zapinać kitel z plakietką „Hanna Adamska – magister farmacji". Unikała mojego spojrzenia, a każdy z jej gestów było podporządkowany jednemu – by mi pokazać, jak bardzo ma mnie w dupie.

Po chwili stała już przy drzwiach.

– Daj spokój, Hania! – krzyknąłem. – Przecież ja żartowałem!

Odwróciła się.

– Jeśli chodzi o cudze żony, ty nigdy nie żartujesz, skurwysynu!

Trzasnęła drzwiami.

Kawę kupiłem na stacji benzynowej. Była niedobra. Gorzka. Ja...

kawę kupiłem na stacji benzynowej była niedobra gorzka jakby przepalona a mleko zbyt zimne i za dużo do mnie skurwysynu? za stary na to już jestem o co chodzi tym laskom? z początku każda odpierdala seksualny zderzacz hadronów i gotowa jest ci obciągnąć jeszcze w trybie pan/pani krzycząc że prawo do fiuta w tym wypadku twojego daje jej konstytucja i co bardziej światłe apokryfy ty mnie mężczyzno nie traktuj jak niewolnicę powtarzają bo czasy waszej infantylnej dominacji już zdechły i śmierdzą w grobie dziejów teraz żadna viagra wam nie pomoże teraz jest era kobiet słyszysz? era kobiet aktualnie my się deklinujemy ja mnie mi ze mną o mnie i niech będzie pochwa na wieki wieków amen a tobie od dziś biada prostata i sikanie na siedząco tak właśnie ci mówią a kiedy już się z tym pogodzisz i powiesz no trudno chuj wygrałaś jesteś bogiem z pizdą a ja wyłącznie odpadem dziejów od dziś gardź moją podmiotowością Izydo pani ładu i wilgoci uczyń ze mnie materac bzykaj mnie ile chcesz władczyni egipska poniżaj za mosznę i włosy na klacie żądaj coraz silniejszych orgazmów a potem znikaj bez słowa mając w dupie że przytulam swoją uwstecznioną samczą samotność do piwa golonki filmu meczu lub gry komputerowej więc kiedy już jej tak powiesz nazwiesz Królową Aniołów lub Semiramidą obsypiesz pocałunkami palce stóp złożysz wszystkie we wszechświecie możliwe lojalki że to ona rządzi a nie ty pokurcz i podnóżek i kiedy dla świętego spo-

koju przytargasz jeszcze złotego cielca z hipermarketu tudzież inne pomniejsze ofiary i całe to jebane tałatajstwo pierdolniesz przed nią z towarzyszeniem trąb rogów laserów i serafinów nieśmiało szepcząc że wszystko czego chcesz w zamian to tylko jeden kwadrans seksu dziennie i niezawracanie dupy przez pozostałe kwadranse to możesz być wtedy kurwa mać pewien że zaraz usłyszysz ty skurwysynu niewdzięczny padlino człowiecza i wadliwa bioprzystawko do penisa czyżbym nie była dla ciebie Tą-Jedną-Jedyną-Miłością-Na-Całe-Życie? nie zależy mi w ogóle na złotych cielcach ani na tym o czym do tej pory mówiłam że mi zależy nie jestem zimną i wyrachowaną kurwą ja tylko kurwę udawałam sama nie wiem dlaczego a właściwie wiem to wy mężczyźni podli mężczyźni nas do tego zmuszacie nam marzy się jedynie dom makatka i wspólna pajda chleba powszedniego dlaczego nie może być między nami normalnie? po tym pytaniu które pojawia się obowiązkowo bóg z pizdą zawsze wybucha płaczem i płacze płacze i jeszcze raz płacze nożkurwa każdy by wymiękł wobec łez w niego wystrzelonych więc ty też wymiękasz zaczynasz ją gładzić po włosach i tłumaczysz Izydo kochanie wcielenie Wielkiej Macierzy córko Nut i Geba siostro Neftydy i Ozyrysa gdyby życie odmierzać Tą-Jedną-Jedyną-Miłością-Na-Całe-Życie to zaraz się okaże że homo sapiens ma znacznie więcej istnień niż jakikolwiek z kotów z jakiejkolwiek religii jakiegokolwiek z Egiptów tak właśnie tłumaczysz chcąc ją uchronić przed bólem przed całym tym gównem i zanim się zorientujesz że te łzy były kurwa z lukru a w ogóle to nie ona płacze tylko jej pierdolony hologram zaczepno-obronny to już nie żyjesz już się sam anihilowałeś kurwa mać co za korek pierdolony ile można tkwić w samochodzie na środku ulicy zaraz tu jajo zniosę mam dość przyjdę do domu pierdolnę się na łóżko albo nie jednak uporządkuję te cholerne pliki muzyczne w kompie o Boże! jaka niezwykła kobieta wygląda jak z bajki myślałem o niej jeszcze...

Myślałem o niej jeszcze na parkingu. A nawet na klatce schodowej. Bo to była naprawdę niezwykła kobieta, choć prawdę mówiąc – przyznałem po namyśle – nie wyglądała jak z bajki. Raczej jak z filmu Antonioniego. Czy może Felliniego bardziej.

Pomarańczowy rower z wiklinowym koszem.

Jasnozielona sukienka w grochy. W dodatku rozkloszowana.

Rude włosy, upięte w kok.

Kto dzisiaj się tak nosi?

Unieruchomiony w centrum dwumilionowego miasta, połknięty wraz z dziesiątkami podobnych sobie Jonaszów przez własny samochód, przyglądałem się, jak sunie między cielskami aut, swobodna niczym anioł. Na ustach uśmiech, na uszach słuchawki, piegi.

Piegi?

Kurwa, no i nie zapamiętałem, czy miała piegi.

– Jezu, co ty tu robisz?!

Na schodach, tuż przy drzwiach do mojego mieszkania, siedziała Nina Broszkiewicz i pociągała z gwinta piętnastoletnią whisky o smaku torfu, jodyny i słonej atlantyckiej bryzy. Trzeba przyznać, że w swoim konsekwentnym demontażu ciągle potrafiła trzymać wysoki poziom. Na mój widok skrzywiła się. A może to był uśmiech? Wolałem nie dociekać. Wiedziałem jedno: obecność Niny oznaczała kłótnię albo pieprzenie. Albo jedno i drugie. Przez sekundę zastanawiałem się, czego nie chcę bardziej.

– Co ja tu robię? – wycedziła. – Nie odpowiadasz na moje esemesy, więc przyszłam sprawdzić, czy nic złego ci się nie stało, skarbie!

Mówiła wolno, starając się, by każde słowo zabrzmiało wyraźnie. Typowa przypadłość ludzi, którzy ukrywają przed światem, że są nieustannie pijani. Ten sposób mówienia wszedł Ninie w krew do tego stopnia, że robiła tak nawet wówczas, gdy – jak teraz właśnie – ściskała opróżnioną do połowy flaszkę. Najwyraźniej nie łączyła jej z wstydliwym problemem alkoholizmu, a dysfunkcję aparatu mowy tak.

– Nie, nic mi nie jest – usiłowałem nadać swojemu głosowi jak najbardziej przezroczysty ton. – Ciężki był dyżur. Zwłaszcza ostatni zabieg.

Miałem jeszcze nadzieję, że jakimś cudem zostawi mnie w spokoju.

Stary, a głupi.

Postawiła butelkę na schodach, dźwignęła się chwiejnie i przywarła do mnie na odległość tuszu do rzęs.

– Ciężki był dyżur, powiadasz? Zatem przyda ci się odrobina relaksu – wyszeptała.

Jej oddech. Stanowczo za dużo wypiła.

– To chyba nie najlepszy pomysł – odsunąłem się.

– Pozwól, że się z tobą nie zgodzę, skarbie – zrobiła krok w przód i złapała mnie za pośladki. – Zwłaszcza że jestem wilgotna jak jesienna Polska.

Żenujący uśmiech. Czy my, kurwa, gramy w reklamie sosów do warzyw? Szarpnąłem się.

– Zabierz ten palec, Nina!

Popatrzyła na mnie zdziwiona.

– Nie podoba ci się?

– Oczywiście, że nie! Czyżby tradycyjny podział prostackich rytuałów między płciami już nie obowiązywał? Co się z wami dzieje, kobiety?

– Kobiety?! Jakie kobiety?! Nie jestem na tyle nawalona, żebyś mnie widział, kurwa, w mnogiej! – żachnęła się.

– To był zwrot retoryczny, kochanie.

– W dupie mam zwroty retoryczne!

– Ja też! I dlatego nie ma w niej już miejsca dla twoich palców!

– Od kiedy? – zamrugała zaskoczona, zdejmując dłonie z mojego tyłka.

– Proszę cię, Nina, nie rozmawiajmy w ten sposób! Szalenie cieszę się, że wpadłaś, naprawdę! I doskonale rozumiem, co tobą targa! Pustka! Ten stan i mnie nie jest obcy! A kiedy mnie dopada, również szukam bratniej duszy!

Odsunęła się o pół kroku i spojrzała na mnie uważnie. Była najwyraźniej zdezorientowana, co natychmiast należało wykorzystać.

– Więc wejdź, skoro już przyszłaś, bo gość-w-dom-Bóg-w--dom i totus-tuus! Pomożesz mi porządkować pliki muzyczne, a ja się z tobą napiję! Wszak źle jest się upierdalać samotnie, twarzą twarz wobec kosmosu! – uśmiechałem się słodko, usiłując wyobrazić sobie minę Iskarioty w chwili, gdy zapewniał Jezusa o dozgonnej wierności. – Albo wiesz co? Film sobie może jakiś ściągniemy, hę? Albo pogadamy o Szymborskiej? Naprawdę, Nina, palec w dupie nie jest jedynym rozwiązaniem na bolączki świata...

Ten wzrok. Bezcenne. Totalne zdumienie połączone z narastającą pewnością, że robię ją w szarą strefę. Jeśli teraz nie pójdzie wkurwiona precz, to nie znam się na kobietach.

– Nie myśl, bastardzie, że uda ci się zagadać problem! – w oczach Niny Broszkiewicz na moment zamajaczyła zadziwiająca trzeźwość. – Wczoraj mnie nie zerżnąłeś do końca, więc musisz to zrobić teraz i żadna, kurwa, Szymborska cię z tego nie zwolni!

4.

Co najbardziej lubię w kobiecie?

Być.

Paweł się upiera, że on to powiedział pierwszy, ale się myli. Pamiętam doskonale. Siedzieliśmy na murku przed warzywniakiem. Zawsze po piłce tam siadaliśmy na oranżadę. Albo kapustę kiszoną, trzydzieści deka na ryj. W brązowym papierze, bo nikomu nie śniły się jeszcze zasrane torebki z folii. I wtedy zapytał: co najbardziej lubisz w kobiecie? A ja palnąłem bez zastanowienia: być. I ryknęliśmy śmiechem, choć żaden z nas nie wiedział jeszcze, jak to jest być w kobiecie, i minęło sporo oranżad, zanim się w końcu dowiedzieliśmy.

A innym razem, pamiętam, był straszny upał. Leżeliśmy na tym murku bez koszulek. Wcześniej graliśmy przez trzy godziny, więc byliśmy dokumentnie mokrzy od potu. Na trawie obok walały się porzucone butelki po oranżadzie. I przechodziła kobieta z małym dzieckiem w wózku, które zapytało: „Mamo, czy to są pijacy?". A ona na to: „Jeszcze nie, kochanie, jeszcze nie".

Za to Paweł powiedział na tym murku coś innego. Była noc, więc warzywniak zamknięty, ale chuj z tym, zwłaszcza że luty i mróz, trudno tęsknić za oranżadą z kapustą. Piliśmy wódkę.

„W każde gówno można wejść, o ile stać cię na nowe buty". Tak powiedział. W nocy po pogrzebie mojego ojca. Wcześniej przedarliśmy się na cmentarz przez mur. Było bezchmurnie, księżyc odbijał się w zmrożonych soplach, śnieg iskrzył pod stopami, a świeży grób ojca ciągle parował od zamarzających kwiatów. „Zniszczyłeś mi dzieciństwo, skurwysynu! – krzyczałem, czując, jak łzy zamarzają mi wewnątrz nosa. – Żebrałem o twoją uwagę, której mi nigdy nie dałeś! Tak mocno cię kochałem, że byłem gotów znieść każde upokorzenie, bylebyś tylko mnie pochwalił! A ty miałeś mnie wiecznie w dupie, zajęty tylko sobą! Żebyś zdechł, tato, dlaczego mi umarłeś...?!"

Nie pamiętam, kiedy i jak Paweł wyprowadził mnie z cmentarza. Ocknąłem się dopiero przed warzywniakiem, kiedy podawał mi flaszkę, mówiąc: „W każde gówno można wejść, o ile stać cię na nowe buty". Nie wiem, co miał na myśli. Ale wiem, że to jedna z tych chwil, które się pamięta.

Po paru dniach przyniósł list. Było mu głupio, że go otworzył, ale tłumaczył, że był zaadresowany do niego. Napisał go mój ojciec do mnie. Przepraszał za ból i cierpienie, jakie mi zadał. Zapewniał, że zawsze mnie kochał i że będzie kochał nawet po śmierci. Wyglądało, jakby wysłał go już zza grobu, ale musiał go, skurczybyk, przygotować wcześniej. „Ten twój stary nie był taki zły" – bąknął Paweł, wręczając mi kopertę, a ja wzruszyłem ramionami, bo co to za wyznanie, skoro nie miał nawet odwagi, by je wysłać do mnie. Potem już nigdy więcej o tym nie gadaliśmy.

– Możesz wreszcie skończyć?!

Kurwa, znowu się zamyśliłem.

– Słucham?

– Pytam, czy mógłbyś wreszcie mieć wytrysk? – patrzyła na mnie z góry, wyraźnie zdegustowana.

Naprawdę trudno im dogodzić. Przez pierwsze pół życia opierdalają cię, że kończysz za szybko, a przez drugie pół, że się guzdrzesz.

– Oczywiście, że mógłbym mieć! – uniosłem się honorem.

– To miej! Obiecałeś burzę z piorunami, a dmuchasz jak zefir.

Przyznaję, że tym mnie wkurwiła.

– Odwróć się.

Tyłek Niny Broszkiewicz to jest prawdziwa magia i świat Walta Disneya. Naprawdę. Kiedy tylko uniesie biodra i wygnie plecy w łuk, jej bajeczny tyłek od razu zaczyna do ciebie mrugać niczym zapraszający do zabawy jelonek Bambi. Wystarczy wtedy chwycić ją mocno w talii, a już krew zaczyna w tobie pulsować równie mocno, jak przed wiekami.

Ale nie tym razem. Mimo że uderzałem w jej biodra niczym szalona perkusja w zespole thrashmetalowym, zbawiciel się nie pojawiał.

Nina jęczała, jakby ją ze skóry obdzierali. Wiem, chciała pomóc. Kobieta z jej doświadczeniem doskonale zdaje sobie sprawę, że udawany orgazm jest najlepszym przyjacielem penisa z tętnem sto osiemdziesiąt plus. Ale teraz te jej wycia mnie tylko irytowały. Zwłaszcza kiedy sobie przypomniałem, że chciałem w spokoju poleżeć i poczytać.

Postanowiłem więc ratować się sam. Nic tak nie podnieca faceta jak wyobrażenie, że pieprzy kogoś innego, niż to akurat czyni. Problem jednak w tym, że ni cholery nie mogłem się skoncentrować. A tlen się, kurwa, kończył. Hania! Może Hania Adamska? Bez sensu, przecież się już dzisiaj z nią pieprzyłem. Pola? Nie! Pola nie! Odkąd rzuciła, niby od niechcenia, że mogłaby się ze mną zestarzeć, wizualizuje mi się najczęściej w pajęczynkach i kurzych łapkach. Bielska? Wróć! Mózgu, nie rób mi tego! Miej litość dla serca, przecież zaraz nam tu pęknie! Podrzuć coś szybko! Może te wielkie cycki z korytarza? Nie, kurwa, nie zapamiętałem twarzy, a twarz jest ważna! Aga!

Aga?

Nagła myśl o byłej żonie! Nie, nie myśl! To impuls! Co tam impuls! Miriady impulsów jednocześnie! Synaptyczne szaleństwo! Wszystkie aksony spuszczone ze smyczy jednocześnie! Eksplozja engramów! Rollercoaster neuroprzekaźników! Dopamina! Serotonina! Adrenalina! Nagle wszystko zaczęło się zgadzać! Zapach! Smak! Dźwięk głosu! Faktura skóry pod palcami! Silnik zawył! Turbina podniosła obroty! Bolid wyrwał do przodu! Pieprzyłem teraz moją żonę! Jak za pierwszym razem! Jak za drugim! Za setnym! Za tysięcznym! Byliśmy znowu młodzi i bezwstydnie bezgrzeszni! Jeszcze wąż nie zaproponował nam jabłka! Jeszcze go nie przerobiliśmy na przesłodzony kompot codzienności! Jeszcze usta, w krótkich chwilach, gdy odrywaliśmy je od siebie, szeptały: kocham, wielbię, na zawsze i nikt inny! Tak! To był właściwy kierunek! Zamknąć oczy, pozwolić zniknąć Ninie i myśleć o Agnieszce! Myśleć już tylko o niej! Tylko o niej! Nie pozwolić uciec tej pięknej wizji! Trzymać się jej za wszelką cenę i dźgać! Dźgać, ile sił w biodrach, w tę wypiętą zastępczą samiczość, rozbić ją jak chińską podróbkę greckiej wazy! Co myśmy sobie zrobili, Aga?! Co myśmy sobie, kurwa, zafundowali?! Przecież...

Dryń-dryń!

Dryń-dryń-dryń!

– Nie przerywaj! Nie przerywaj, Kuba! Nie w tym momencie!

– Halo...? Tak, Jakub Solański przy telefonie. Co się stało? Złamany...? Jest pani pewna...? Kto...? Tak, tak, zaraz będę...

Zerknąłem na Ninę. Leżała z komórką przy uchu i ze mną ciągle w środku. Próbowała uspokoić oddech.

– Tak, Nina Broszkiewicz. Co? Mój syn? To niemożliwe! – wykrzywiła głowę, starając się odczytać sposób, w jaki na nią patrzę. – Boże kochany!

Jej telefon zadzwonił w tym samym momencie co mój. Teraz go odrzuciła. Wysunąłem się z niej, a ona natychmiast zakryła się kołdrą.

– Mój syn... – powiedziała, odwracając wzrok. – Twojemu...

– Wiem.

W poczytnych książkach mówi się o takich momentach: i poczuli, że są nadzy.

– Muszę tam jechać – wstałem z łóżka.

– Ja też. Zawieziesz mnie?

Kiwnąłem głową.

Jak wychodziliśmy, złapała jeszcze butelkę ze stołu. Znowu były korki i zdążyła ją poważnie osuszyć, zanim dojechaliśmy do szkoły.

Kiedy szliśmy po korytarzu, myślałem o Bogu. W czasie, gdy ja posuwałem Ninę, jej syn złamał mojemu nos. Czyżby Bóg chciał mi przez to coś powiedzieć? On często łamie nosy niewinnym, żeby nawrócić grzeszników. A może postanowił mnie w ten sposób ukarać, bo wyciąłem guza arcybiskupowi? Jak wiadomo, niezbadane są wyroki. Choć niejednokrotnie już zbadano, że to wyroki.

– Nienawidzę tego! – rzuciła Nina.

– Przestań. Chłopcy muszą się czasami bić.

– Mówię o niedorżnięciu!

Kiedy wyszliśmy zza rogu, wpadliśmy na Agnieszkę.

– Co ty tu robisz? – krzyknąłem, widząc, jak badawczo przygląda się mnie i Ninie.

Cholernej Ninie, która na widok mojej byłej żony nie przestała się uśmiechać.

– Janek mnie przywiózł.

– Jaki Janek?

– Mój Janek – wtrąciła Nina, patrząc w bok. – Znaczy się były mój, dupek jeden.

Idąc za wzrokiem Niny, dostrzegłem na dziecięcej ławeczce w końcu korytarza jej eksmęża. Kiedy skrzyżowaliśmy spojrzenia, ukłonił się z fałszywym uśmiechem wysoko postawionego pracownika sektora bankowego. Istotnie, dupek. Kiwnąłem głową i odwróciłem się do Agnieszki.

– Z przemieszczeniem...?

– Co? – Zamrugała oczami.

– No, złamanie, czy z przemieszczeniem?

– Na szczęście nie ma złamania. Tylko krew mu poszła – uśmiechnęła się.

Dlaczego ona się uśmiecha? Co w tym śmiesznego, że nasz syn zalał się krwią? A może nie chodzi o Matiego? Może ona śmieje się ze mnie? Daje do zrozumienia, że wie o Ninie? A jak ja nią pachnę? Nie było czasu się umyć, kurwa! Bzdura, to niemożliwe! To z pewnością stresowa reakcja na krzywdę dziecka! Swoją drogą, dlaczego ja to ukrywam? Jesteśmy przeszło rok po rozwodzie i mogę robić, na co mam ochotę!

– Ja pierdolę! – ryknęła niespodziewanie Nina. – Czyli fałszywy alarm?

Już wiem, dlaczego to ukrywam.

Agnieszka spojrzała na Ninę z obrzydzeniem.

– Nie dla ciebie, Nina! Twój syn to kawał łobuza i powinnaś coś z tym zrobić!

– A co ja mogę? – Nina skrzywiła się i oskarżycielsko skierowała palec w stronę byłego męża, który zdążył już do nas podejść. – On po tym pierdolonym psychopacie ma geny mordercy!

Zanosiło się na poważną awanturę, której zdecydowanie chciałem uniknąć.

– Nina, błagam, jesteśmy w szkole – powiedziałem ściszonym głosem, mając nadzieję, że się do niego dostroi.

Na próżno. Torfowa whisky miała znacznie większą siłę oddziaływania.

– Ty w szkole nigdy nie kląłeś, kurwa?!

Popatrzyłem błagalnie na Jana Broszkiewicza. W końcu jest prezesem wielkiego banku. Musiał negocjować z dużo gorszymi skurwysynami.

– Nina, natychmiast się opanuj – powiedział bez przekonania.

Najwyraźniej miał innych ludzi od negocjacji.

Nina wbiła w niego mętny, ale niepozbawiony pogardy wzrok.

– Ty mnie już więcej w życiu nie strofuj, sadysto! Dosyć się nasłuchałam! Że głupia, że niewychowana, że chujumuju!

– Piłaś, tak? – rzucił krótko prezes banku i nerwowo chrząknął.

Boże, co za dupek! Jak na to wpadłeś, człowieku?

– Może i piłam! – Nina wydęła wargi. – A co? Zabronisz mi?

Pochylił głowę. Trzema palcami zaczął się gładzić po nasadzie nosa. Jakby szukał włącznika inteligencji. Mati miał kiedyś takiego misia. Jak mu się nacisnęło brzuszek, mówił: kocham cię, Mati! Moim głosem. Kupiłem go w sklepie, gdzie można było wcześniej nagrać swój własny tekst, a potem kazać go zaszyć pluszakowi w trzewiach. Potem takiego samego misia nabyłem dla pewnej pielęgniarki, choć ten akurat pod futerkiem miał już diametralnie inne nagranie.

Miś Matiego posiadał jedną wadę – trzeba się było sporo namacać, by znaleźć włącznik. Tę samą wadę wyraźnie dzielił z nim Jan Broszkiewicz, bo choć jego palce ciągle penetrowały okolice brwi i czoła, najwidoczniej ciągle nie mógł znaleźć właściwej odpowiedzi na pytanie byłej żony. W końcu prawdopodobnie uznał, że bezpieczniej będzie ją ignorować, ale za to dość zaskakująco przypieprzył się do mnie.

– Jak mogłeś ją przywieźć w takim stanie?

Popatrzyłem na niego jak na idiotę.

– A co? Miała sama prowadzić?

– Właśnie! – wtrąciła się Nina. – Miałam się może zabić?! Jestem matką! Matki są, kurwa, odpowiedzialne!

Chciała jeszcze coś dodać, ale w tym momencie otworzyły się drzwi i stanęła w nich wychowawczyni klasy, a jednocześnie nauczycielka przyrody Katarzyna Groszek. Miała tak poważną minę, że nawet Nina zamilkła. Przez dłuższą chwilę piorunowała nas wzrokiem, ignorując uśmiech Agnieszki, przechył Niny, kaszel Broszkiewicza i moje pełne aprobaty spojrzenie na jej zgrabne nogi, po czym rzuciła zimno:

– O, są już państwo. Zapraszam do klasy.

Usiedliśmy w małych ławeczkach. Nina z tyłu, ja możliwie najdalej z boku, a Aga na środku, przy Broszkiewiczu. Zdziwiło mnie to. Zwłaszcza że sekundę wcześniej, kiedy Broszkiewicz z ostentacją przepuszczał ją w drzwiach, odniosłem wrażenie, że ich ręce na moment się zetknęły. A jak ona z nim sypia? W końcu przyjechali razem. Nie, przecież to psychol i zawsze mu tak obleśnie ślina w kącikach ust zostaje. Niemożliwe. Ale z kimś na pewno musi to robić. Kiedy byliśmy razem, uwielbiała się kochać. Trudno wierzyć, że od roku żyje tylko pracą i macierzyństwem. A może jednak nie robi? Może nie robi...?

– Panie Jakubie? Panie Jakubie?

Pani od przyrody mówiła do mnie.

– Tak?

– Dzwoni panu.

Cholera, znowu się zamyśliłem. Wyciągnąłem z kieszeni brzęczący telefon, zerknąłem na ekran. Rany boskie, tylko nie to! Wyłączyłem, nie odbierając.

– Z pracy. Nic ważnego.

Pochyliłem się, by zawiązać sznurówkę. Była zawiązana, ale w ten sposób łatwiej było mi zobaczyć, jak Agnieszka i Nina reagują na to, że ktoś do mnie dzwoni. Sprawiały jednak wrażenie, jakby w ogóle ich to nie obchodziło.

Pani Kasia oparła się o swoje biurko. Miała naprawdę zgrabne nogi. I sterczący biust, którego za moich czasów nauczycielki do szkoły nie przynosiły.

– Przejdę od razu do rzeczy – powiedziała. – Wydałam polecenie, by narysować narządy rozrodcze żaby. Są w podręczniku, więc to żaden kłopot. Niestety, Mateusz Solański narysował to...

Podniosła z biurka kartkę. Podeszła do Jana Broszkiewicza. Ten, zerkając na rysunek, skrzywił się. Potem pokazała go Agnieszce, a ta natychmiast oblała się czerwienią. Na końcu Ninie, która parsknęła śmiechem.

– To okropne, nie sądzą państwo...?!

– Czy i ja mógłbym zobaczyć? – spytałem.

– Oczywiście!

Położyła przede mną kartkę.

– Wie pan, co to jest? – spytała.

– Jestem lekarzem – popatrzyłem na nią zdziwiony.

– No tak – przyznała. – Ale że to jestem ja, tego pan nie wie, prawda?

Spojrzałem po raz kolejny na kartkę. Pierwsza rzecz, na którą zwróciłem uwagę, to oderwany jeden z rogów. A druga, że mój syn – niewątpliwie rysunek był zrobiony jego ręką – nie ma zielonego pojęcia o żeńskich narządach płciowych, ale rysował je, sądząc po kresce, z wielkim zacięciem.

Podniosłem głowę i popatrzyłem na panią Kasię. Sprawiała wrażenie napiętej.

– Skąd pani wie, że to akurat pani? – uśmiechnąłem się.

Przez jej twarz przeszedł ledwo dostrzegalny skurcz.

– Takie rzeczy się wie, jak się jest kobietą, proszę pana!

Ponownie pochyliłem się nad kartką. Niby od niechcenia przejechałem powoli palcem wzdłuż rysunku, muskając jego szczegóły anatomiczne. Nie musiałem podnosić wzroku, by wiedzieć, że pani Kasia się teraz czerwieni. W końcu spojrzałem na nią. Istotnie, pąs wylał jej się na szyję, zagarniając też uszy i prawy policzek.

– Z anatomicznego punktu widzenia: bardzo ładna pochwa – uśmiechnąłem się, nie przestając patrzeć jej w oczy.

– Dziękuję – przełknęła ślinę.

Przez jej ciało przeszedł lekki dreszcz, który za wszelką cenę usiłowała ukryć przed pozostałymi.

Odwróciłem się i spojrzałem na Agnieszkę. Była wkurwiona. Posłałem jej jeden ze swoich najpiękniejszych uśmiechów. Pozostał nieodwzajemniony. Moja była żona udawała, że mnie w ogóle nie widzi.

– Zaraz, zaraz...! – poderwała się z dziecięcej ławeczki. – Nawet jeżeli Mati to narysował... no cóż, chłopcy w jego wieku, wiemy... raczej normalne zachowania to są... to jeszcze nie wyjaśnia, dlaczego ten... dlaczego syn państwa Broszkiewiczów... pobił go do krwi!

Kiedy padło słowo „krew", Nina ziewnęła, a jej eksmałżonek skrzywił się, jakby była mowa o krachu na rynku walutowym.

– Ten rysunek to dopiero początek był...! – pani Kasia dramatycznie zawiesiła głos. Nie patrząc w moją stronę, chwyciła kartkę i podniosła ją wysoko. Jej biust przybrał jeszcze bardziej kuszącą formę. – Widzicie państwo ten ubytek? – zapytała.

Wszyscy pokiwaliśmy głowami, że widzimy.

– Mateusz go zjadł!

Parsknąłem śmiechem. Agnieszka spojrzała na mnie karcąco.

– Czemu nasz syn miałby jeść papier? – spytała.

– Bo to był dowód! Dlatego Mateusz spożył ten fragment, a potem wszystkiego się wypierał. Do momentu, w którym wstał Kazio i potwierdził, że na skonsumowanym kawałku było napisane: „Sunia”...

– Sunia? – zdziwiła się Agnieszka.

Pani Kasia zaczerwieniła się po raz kolejny.

– Jest, niestety, pewna grupa uczniów, która tak mnie nazywa i...

Przerwała, najwyraźniej zakłopotana tym wyznaniem. Postanowiłem jej pomóc, wrzucając piłkę na pole karne Broszkiewiczów.

– Wasz syn to kapuś...!

– Po ojcu. – Nina wzruszyła ramionami, a były mąż spojrzał na nią z nienawiścią.

Ta chwila jednak wystarczyła, by pani Kasia odzyskała rezon.

– Nie myślcie państwo, że jestem głupia! Od razu postanowiłam ukarać Mateusza za jawny brak szacunku do ciała pedagogicznego. Ale wtedy wstała Greta Adamska i powiedziała, że skoro opłaca się kablować, to ona musi powiedzieć, że Kazio Broszkiewicz od tygodni dręczy ją penisami.

– Czym? – pisnął Jan Broszkiewicz.

– Penisami – powtórzyła pani Kasia i nie wiedzieć czemu, zerknęła w moją stronę.

Zapadła cisza. Ojciec Kazia opuścił głowę, Agnieszka próbowała zachować powagę, a Nina przybrała minę osoby, która konwersuje z whisky o krótką chwilę jasności umysłu.

– W liczbie mnogiej? – spytała po dłuższej chwili.

– Zdecydowanie mnogiej! – oświadczyła pani Kasia. – Oto dowód! – odwróciła się i z szuflady biurka wyciągnęła magazyn z fotografiami.

Kiedy je rozłożyła, naszym oczom ukazał się kalejdoskop proporcjonalnie zbudowanych mężczyzn z ich nieproporcjonalnie wielkimi fiutami. Jan Broszkiewicz skrzywił się, jakby poproszono go o niskooprocentowany kredyt dla powodzian.

– Nasz Kazio? – ze zdumieniem popatrzył na Ninę – Pismo dla gejów?

– Po mnie tego raczej nie odziedziczył – wydęła pogardliwie usta.

– No wiesz! – syknął. – Słabość do penisów to raczej twoja specjalność!

Spojrzała na niego wściekle. Zanosiło się na jatkę. Żenującą, ale i zabawną. Tym razem postanowiłem nie interweniować. Nigdy dość uśmiechu w życiu.

Moja była żona była jednak najwyraźniej odmiennego zdania. Zerwała się z krzesełka i uprzedzając niechybny atak szału Niny, powiedziała mocnym głosem:

– Przepraszam, ale ja nadal nie rozumiem, jaki to ma związek z pobiciem Mateusza!

– Bezpośredni, pani Agnieszko! – rysownicza muza naszego syna skrzywiła się belfersko. – Bo kiedy Greta pokazała to odrażające pisemko, Kazimierz dostał prawdziwego szału i zaczął wrzeszczeć do Grety: „Ty kurwo, ty brudna szmato!”.

– Jakbym słyszała jego ojca! – Nina wzruszyła ramionami.

Jan Broszkiewicz po raz kolejny obdarzył ją nienawistnym spojrzeniem. Pani Kasia wbiła w niego błagalny wzrok. Prezes banku właściwie odczytał jej intencje i tym razem zrezygnował z polemiki.

– Po tym wybuchu Kazia Greta się rozpłakała – podjęła błyskawicznie nauczycielka. – I powiedziała, że się zabije. I wówczas Mateusz stanął w jej obronie. I wtedy Kazio go uderzył krzesełkiem w nos. I krzyczał: „Wszystkich was, kurwa, zajebię, wszystkich!". Bałam się interweniować, przyznam... – przerwała, jakby zawstydzona ujawnionym właśnie niedoborem odwagi.

Po raz kolejny w klasie zapadła głucha cisza. Aż wreszcie Nina wzięła głębszy oddech i oznajmiła zadziwiająco trzeźwo:

– No cóż, w rodzinie mojego męża takie rzeczy zdarzają się od pokoleń.

5.

Za moich czasów dzieci były dziećmi bardziej niż teraz. Kiedy byłem w wieku Mateusza, interesowała mnie wyłącznie piłka nożna, a jedyne, co wiedziałem o pochwie, to że wkłada się do niej szablę, a nie fiuta. Dziś mój syn ma – tak to sam określa – narzeczoną, co jest kompletnie bez sensu, bo związki jedenastolatków przypominają te, od których każdy facet chce uciec: zero seksu, za to codzienne kłótnie.

Wracaliśmy ze szkoły. Mati, wciśnięty między dwie córki Poli, sprawiał wrażenie nieszczęśliwego. Mrugnąłem do niego w lusterku, próbując go pocieszyć, ale udał, że tego nie widzi. Ile można się wściekać za przypalony omlet? Synu, masz geny babci, ale nie musi cię to przecież aż tak determinować, pomyślałem w pewnym momencie, a obraz mojej eksteściowej, która składając mi życzenia ślubne, odwraca wzrok, pojawił się jednocześnie z czerwonym światłem. Dokładnie w chwili, gdy zamierzałem przejechać przez skrzyżowanie. Zahamowałem gwałtownie.

– Rzygnę zaraz – oznajmiła sucho dziewczyna mojego syna.

– Ja też – zawtórowała jej siostra.

A może na odwrót?

– Przestańcie histeryzować! – powiedział zdecydowanym tonem Mateusz. – Wasza matka jeździ jeszcze gorzej!

Jeszcze gorzej? Powinienem się obrazić. Ale byłem mu wdzięczny, bo na dłuższą chwilę zapadła w saabie całkowita cisza.

Zerknąłem w lusterko po raz kolejny. Marysia to ta z lewej. Nie, z prawej. Nie, jednak ta z lewej. Cholera, nigdy nie nauczyłem się rozpoznawać, która jest która.

Fizycznie obie dziewczynki były podobne do matki, a Pola Wilk – było to dla mnie oczywiste, odkąd ją poznałem – miała twarz Robotnika Drogowego. To jedna z tych socrealistycznych rzeźb, które stoją we wnękach Pałacu Kultury i Nauki od strony Muzeum Techniki. Ta z młotem pneumatycznym. Na szczęście Pola miała przy tym długie i nieprawdopodobnie zgrabne nogi, które w okolicznościach, jakie towarzyszyły zazwyczaj naszym kontaktom, skutecznie rekompensowały męskie rysy twarzy: grube brwi, bulwiasty nos i nadekspresję potężnego katalogu grymasów.

Niewykluczone, że jej córki też będą zgrabne. Chyba że pójdą w ojca. Maciej Wilk – który, choć wyprowadził się z naszego osiedla już dwa lata temu, ciągle nie chciał dać Poli rozwodu – z wyglądu przypominał zagłodzonego trolla. Przysięgam, nigdy nie widziałem tak wysuszonego pyknika. Był przy tym okazem zdrowia, a nie jadł wyłącznie ze skąpstwa, po prostu żal mu było pieniędzy na jedzenie. To właśnie przez te jego nieustanne oszczędności i ciągłą wojnę w okolicach lodówki Pola zainteresowała się zdrowym żywieniem. Kiedyś wyznała Agnieszce, że powinna się nauczyć żyć niczym kobiety w czasach przedhistorycznych, bo bliski jest czas, kiedy będzie zmuszona robić dzieciom kolację wyłącznie z mchu i paproci. Od zdrowej kuchni był tylko krok do feng shui, jogi, spisku uciskających naszą planetę Reptilian i głębokiego przeświadczenia, że przy odpowiednim wysiłku woli można żywić się jak hinduscy siddhowie – wyłącznie energią kosmiczną. Tego już Maciej Wilk nie mógł znieść.

Uważał się za dobrego katolika i miał dość klarowny pogląd na negatywną rolę Żydów i szatana w świecie – obie te siły uważał także za winne zmian, jakie zaszły w jego żonie. Od kiedy się wyprowadził, bywał na naszym osiedlu regularnie. Zawsze z aparatem fotograficznym, wyposażonym w potężny obiektyw. Przesiadywał godzinami w samochodzie i usiłował sfotografować kochanków swojej żony, nie mając żadnych wątpliwości, że takowi istnieją. Najczęściej jednak robił zdjęcia dostarczycielom warzyw z ekologicznej farmy, których – w zależności od tego, o czym było ostatnie kazanie jego przewodnika duchowego – uważał za kapłanów czarnych mszy, znarkotyzowanych pederastów zakradających się do okien jego córek lub obwoźnych sprzedawców satanistycznych zabawek.

Maciej Wilk był paranoikiem z wieloletnim stażem. Kiedy jeszcze mieszkał z Polą, potrafił po każdej ulewie wycierać okna od zewnętrznej strony. Twierdził, że deszcz jest brudny. Przy tym wszystkim był bardzo racjonalnym biznesmenem. Miał mnóstwo pieniędzy, jego firma produkowała plastikowe butelki w kształcie Matki Boskiej, z zakrętką przypominającą koronę. Dzięki swoim kościelnym koneksjom eksportował je do wszystkich maryjnych sanktuariów w Europie. Tam napełniano je święconą wodą i z powodzeniem sprzedawano spragnionym wody i *sacrum* pielgrzymom.

Kiedy dojechaliśmy, ten kretyn oczywiście siedział w aucie i robił nam zdjęcia. Na początku mnie to wkurwiało, ale od dłuższego czasu miałem to w dupie. Jak tylko chciałem bzyknąć Polę, wchodziłem – jakkolwiek dwuznacznie to brzmi – od ogrodu.

Córki pobiegły, żeby się z nim przywitać, a my z Mateuszem usiłowaliśmy się błyskawicznie ewakuować. Niestety, Pola, która przez cały dzień bombardowała mnie esemesami, zaciągnęła nas do środka.

– Od rana usiłuję się z tobą skontaktować! – powiedziała, z zaciętą miną szatkując marchewkę.

Ceramiczny nóż.

Przywieźli kiedyś podobny do nas na ostry dyżur. Wraz z mężczyzną, który wrócił do domu z zapachem niewłaściwych perfum.

– Mówiłem ci już! – przechyliłem głowę niczym spaniel na wystawie psów. – Same nagłe przypadki. Guz mózgu, pęknięty kręgosłup...

Pęknięty kręgosłup zawsze działa. Popatrzyła na mnie z łagodnością, której oczekiwałem.

– Ale żeby nawet głupiego esemesa...? „Tęsknię, kochanie". Albo: „Myślę o tobie".

– Przecież wiesz, że myślę o tobie bez przerwy! – zadeklarowałem gwałtownie. – Niemalże – dodałem, żeby nie wyjść na prymusa.

Podeszła do mnie. Na szczęście nóż zostawiła wcześniej na marmurowym blacie.

– Nie czuję tego! – wyszeptała posępnie. – Ty mnie już w ogóle nie kochasz, Jakub!

Ostatnia rzecz, jakiej teraz chciałem, to jej łzy.

– Przestań, Pola! – odparłem. – Jak możesz w ogóle w to wątpić?

Uśmiech na jej twarzy pojawił się momentalnie.

– Kochasz mnie?

O, ten fragment rozmowy miałem doskonale obcykany. Jeśli doświadczony mężczyzna słyszy „kochasz mnie?" od kobiety, której nie kocha, ale z którą z jakiegoś powodu nie opłaca mu się jeszcze zrywać, może zrobić tylko jedno: odpowiedzieć pytaniem na pytanie.

– A czy można nie kochać kogoś tak... wrażliwego?

Wbiłem w nią wzrok Jana Pawła II patrzącego na sanktuarium w Łagiewnikach. Jej uśmiech stał się jeszcze szerszy. Rzuciła okiem w stronę pokoju dzieci, a kiedy upewniła się, że drzwi są zamknięte, wpiła się w moje usta.

Dokładnie w tej samej chwili dostałem esemesa.

Uwolniłem się z jej uścisku i spojrzałem na telefon.

– Szpital. Znowu szpital – uśmiechnąłem się przepraszająco. – Odleję się, co?

Nie kłamałem. Przynajmniej w kwestii odlania. Naprawdę chciało mi się sikać. Zamknąłem drzwi łazienki i stojąc nad sedesem, zadzwoniłem do Niny.

– Nie płacz, Nina, wcale nie jest powiedziane, że twój syn jest gejem. Może on po prostu jeszcze poszukuje.

– Kurwa, nie pierdol! – zawyła w słuchawkę. – Na pewno jest pedałem! Ja się zabiję, jak jest!

Wymawiała hiperpoprawnie każdą głoskę. Musiała być jeszcze bardziej pijana niż w szkole. Przestraszyłem się, że naprawdę może sobie coś zrobić. Nie dlatego, że nie akceptowała homoseksualizmu. Znałem ją dobrze i wiedziałem, że w gruncie rzeczy ma to gdzieś. Ale krzywa tragizmu, którego Nina przez całe życie podświadomie pragnęła, przecięła się teraz niebezpiecznie z krzywą napierdolenia. Naprawdę gotowa popełnić jakieś głupstwo, a jutro nie pamiętać dlaczego, pomyślałem.

– To jakaś piramidalna bzdura, kochanie – brzmienie, jakie z siebie wydobyłem, zaczerpnąłem z najlepszych filmów o policyjnych psychologach. – Dzieci w tym wieku nie interesują się jeszcze seksem.

– Dlaczego mówisz szeptem?

Zaskoczyła mnie. Instynktownie spojrzałem w stronę drzwi. Gdzieś za nimi Pola cięła warzywa nożem ceramicznym.

– Ja mówię szeptem? – wyszeptałem.

– Tak, kurwa! Mówisz szeptem! Dlaczego?

– Bo u matki jestem.

– U jakiej matki?

– Jak to u jakiej matki?! – ryknąłem, zapominając o konspiracji. – A ile człowiek ma matek?!

– Ale sikasz na siedząco? – głos Poli za plecami pojawił się tak niespodziewanie, że gwałtownie się obróciłem.

Na szczęście drzwi były zamknięte, ale przez te wygibasy naszczałem na sedes i pół podłogi. A niech to chuj strzeli, jęknęło we mnie przerażenie, wyjątkowo nietrafnie jak na tę okoliczność. Zatkałem dłonią mikrofon w ajfonie i powiedziałem w stronę Poli:

– Oczywiście, że na siedząco!

Kurwa, przecież kiedy ta maniaczka aseptyczności się zorientuje, co wykonałem, zrobi mi z organizmu dżender średniowiecza!

Rzuciłem się na podłogę.

Strasznie trudno wyciera się szczyny, trzymając i rolę papieru, i telefon. I to tak, żeby zapobiec przedostawaniu się niepowołanych dźwięków. Bałem się, że Pola znowu zapyta o coś zza drzwi. Jednocześnie słyszałem stłumiony bulgot dochodzący z aparatu. Dosłownie czułem, jak przez linie papilarne – i pozostałe bruzdy skórne, łącznie z tą naiwnie zwaną linią szczęścia – przelatują mi pioruny wyzwisk i wulgaryzmów, wyrzucanych przez wściekającą się gdzieś tam w cyberpochwie telefonii komórkowej Ninę.

Kiedy wreszcie poradziłem sobie jako tako z podłogą, odblokowałem mikrofon.

– ...i na dodatek od dwóch dni nie możesz mnie porządnie wypierdolić! – krzyczała Nina.

Musiał to być ciąg dalszy dłuższego wywodu, w którym ujawniała wysoki poziom frustracji.

Empatia, stary! Najważniejsza jest empatia!

– Jasne, Nina, ja też jestem sfrustrowany, że nam się nie udało – zaświergoliłem tonem, na którym Blikle mógłby zbić majątek w Tłusty Czwartek. – Oczywiście, że ci wynagrodzę, to będzie orgazm tysiąclecia. I nie pij już dzisiaj. No, pa, pa...

Wyłączyłem się, zanim odpowiedziała. Dźwignąłem się z klęczek i popatrzyłem w lustro. Po drugiej stronie stał Hiob i w zasikanej dłoni trzymał telefon komórkowy.

– Obiaaad...!

Dźwięczny głos Poli unosił się nad spalonymi słońcem piaskami krainy Us.

6.

Kiedy nareszcie dotarłem do domu, nie myślałem już o porządkowaniu plików muzycznych. Jedyne, czego chciałem, to się porządnie napierdolić. Pawłowi nie trzeba było powtarzać dwa razy. Przyniósł dwie flaszki primitivo i polędwicę, którą natychmiast upiekł. Kiedy spytałem, skąd ten niecodzienny gadżet kulinarny – zazwyczaj bowiem ograniczał się do kupowania kiszeniaków – powiedział, że to z wdzięczności za mądrość, którą się z nim podzieliłem.

– Miałeś rację! – wyszczerzył zęby w szczerym uśmiechu. – Żeby zjeść polędwicę, nie trzeba się z nią żenić!

Istotnie, kiedyś w ten sposób usiłowałem mu objaśnić wyższość stanu wolnego nad małżeństwem. Teraz jednak – po zdrowożywnościowym popołudniu u Poli – byłem tak głodny, że postanowiłem zaniechać głębszych metafor i pałaszując kolejny kawałek mięsa, skupiłem się na prawdach prostszych, ale nie mniej ważkich.

– Powiem więcej, stary: wegetarianizm to brak szacunku wobec zwierząt, jakimi są ludzie!

Niestety, Paweł nie pociągnął tematu i z dzikim błyskiem w oku rozwijał swój wątek.

– Matki kolegów naszych synów z klasy to najlepsze źródło darmowego seksu na świecie! I w dodatku one są...

– Jak można w ogóle jeść kiełki? – skrzywiłem się.

Skrzywił się również, ale dlatego, że mu przerwałem.

– Mięska se dołóż.

To była zacna rada. Kolejna porcja polędwicy wylądowała na moim talerzu.

– I w dodatku one są znacznie lepsze od młodych lasek, bo...

– I te pieprzone algi! Co ja, kurwa, waleń jestem?! – poskarżyłem się. – Po algach odbija mi się oceanem!

– Pozwolisz mi skończyć? – popatrzył na mnie zirytowany.

Cholerny egoista. Zawsze myśli tylko o sobie. W zwykłych okolicznościach chętnie bym się z nim pokłócił, ale ten pierdolony dzień tak dał mi w kość, że postanowiłem odpuścić.

– Ale ja wiem, co chcesz powiedzieć, Paweł – zacząłem koncyliacyjnie. – Że są lepsze od młodych lasek, bo nie mają czasu na te wkurwiające pierdoły jak kino czy kolacja przy świecach.

– No właśnie! – zapalił się. – Czysta sprawa: gaz do dechy, jazda na maksa, a potem każde w swoją stronę. Tak musiał wyglądać raj, zanim się wąż z Bogiem wzięli za łby!

Złapał kieliszek i uniósł go na wysokość twarzy.

– Twoje zdrowie, stary!

Wypiliśmy. Lekka nutka tytoniu z waniliowym finiszem przeniosła moją umęczoną duszę w słoneczne arkadie południowej Italii. Życie może być piękne i jeden chujowy dzień tego nie zmieni. Mój najbliższy przyjaciel idealnie wyczuł, o czym myślę.

– Jesteśmy królami życia, stary! – ryknął, z animuszem odstawiając kieliszek.

– Zawsze byliśmy – potwierdziłem z uśmiechem. – Teraz nam się tylko królestwo powiększyło.

– A żebyś wiedział – zarechotał lubieżnie. – Dzisiaj ustrzeliłem dublecik!

– Dublecik? Jaki dublecik? – zapytałem, przełykając kolejny kęs polędwicy.

Czekał najwyraźniej na to pytanie, bo natychmiast spoważniał, wyprostował się i nabrał powietrza w płuca.

– No, najpierw Wiktoria, matka Piłsudskiego, pamiętasz?

Potwierdziłem ruchem głowy.

– Miałeś rację, że jest nagrzana jak asfalt w lecie! Gdyby nie tabletka, to nie wiem, czy bym wydolił!

Viagra. Najlepsza broń komandosa w czasie tajnej misji. Cicha i wielostrzałowa. Czyni rzeź.

– Jest apteka, jest zabawa! – uśmiechnąłem się.

– A żebyś wiedział, że apteka! – podchwycił. – Bo zaraz potem zadzwoniła matka tej grubej Grety!

Poczułem, jak zimny podmuch ściąga mi twarz.

– Hania?

Kontrolowana obojętność. Zawsze byłem w tym dobry.

– No! – uśmiechnął się od ucha do ucha. – I jazda od nowa! Stary, gdybym wiedział, że to tak wygląda, byłbym rozwiedziony od urodzenia!

Ciągle miałem wrażenie, że się przesłyszałem.

– Puknąłeś Hanię? Dziś?

– I to dwa razy! – oznajmił z niekłamaną dumą. – Ty z nią przestałeś sypiać czy jak? Strasznie była napalona!

Ja pierdolę! Przecież pieprzyła się dzisiaj ze mną w moim własnym gabinecie. Dokąd ten świat, kurwa, zmierza?!

– Ale co? – Paweł popatrzył na mnie uważnie. – Coś nie tak?

Czy coś nie tak?! Owszem, mój przyjacielu, można zaryzykować stwierdzenie, że coś jest rzeczywiście nie tak! Odrobinę nie tak! Może nawet odrobinę więcej niż odrobinę! Gdyby chcieć znaleźć precyzyjniejsze określenie na stan, w którym się właśnie znaleźliśmy, to myślę, że nie byłbym daleki od prawdy, gdybym powiedział, ty pojebańcu, że coś tu jest do chuja nie tak!

– Nie – uśmiechnąłem się. – Cieszę się, że ci tak dobrze idzie.

Wstałem.

– Coś się stało? – zaniepokoił się.

– Nic się nie stało. Chcę napić się wódki. Wkurwia mnie już to primitivo!

Kiedy otwierałem w kuchni lodówkę, miałem ochotę rozpierdolić całe żarcie, jakie w niej jeszcze było. I kto to będzie potem sprzątał? – spytał rozsądek, wychylając się ze słoika z papryką jalapeño.

– Dzięki, stary – burknąłem. – Ciągle mogę na ciebie liczyć.

Wróciłem do pokoju. Paweł przyglądał mi się uważnie.

– Ale ty nie masz mi tego za złe, stary, chyba? Sam mi ją reklamowałeś!

Doktorze Frankenstein, zdaje się, że stworzył pan potwora.

– Nie, stary. Luz – uśmiechnąłem się, choć łatwo mi to nie przyszło.

– Bo wiesz... – zaczął. – Jeśli ma być z tego kwas...

– Jaki kwas, Paweł! – przerwałem mu. – Mówię, luz!

Uśmiechnąłem się po raz kolejny i nalałem wódkę do szklanek po wodzie. Nie dlatego, że postanowiłem odpierdalać twardziela. Po prostu zapomniałem wziąć z kuchni małe kieliszki.

– Nie, stary, bo ja kodeks pamiętam! Kodeks to świętość! – Paweł podniósł szklankę. Miałem wrażenie, że lekko drży mu ręka. – Za kodeks!

– Za kodeks! – powtórzyłem i wypiłem do dna.

Chciało mi się spać.

W nocy przyśnił mi się rudowłosy anioł w jasnozielonej sukience w grochy. Ten, który przejechał obok mnie na pomarańczowym rowerze. Wtedy w korku.

Teraz trzymał księgę. Było w niej moje życie.

I miał piegi.

ROZDZIAŁ 3

1.

O tym, że nasi ojcowie spisali kiedyś kodeks męskiej przyjaźni i całe życie byli mu wierni, wiedzieliśmy od dawna.

– Ile oni mieli wtedy lat? – pyta Adrian, instalując lont.

To ma być eksplozja wszech czasów. Dwanaście chińskich fajerwerków, kupionych na posylwestrowej przecenie, plus wiedza z chemii, wyniesiona z internetu. Program szkolny piątej klasy nie obejmuje, niestety, naszych pasji pirotechnicznych, więc musieliśmy poradzić sobie sami. Największy spór był o to, co będzie lepszym utleniaczem, który dostarczy tlen do spalania paliwa: dichromian potasu czy nadchloran. Stanęło na nadchloranie, bo Adrian gdzieś przeczytał, że cztery cząsteczki dichromianu dają tylko trzy cząsteczki tlenu. No i że związki chromu na wysokich stopniach utlenienia są rakotwórcze. A my jednak chcemy żyć jak najdłużej. W końcu zbliżają się wakacje.

– Szesnaście – odpowiadam, próbując oczyścić dłonie z żywicy. Jest potrzebna jako spoiwo dla ładunku. Niestety, strasznie włazi pod paznokcie. – Musimy znaleźć ten cholerny kodeks! Tam jest wszystko, co powinniśmy wiedzieć!

– Tylko gdzie go szukać?! – Adrian się krzywi. – Tata mi mówił, że go ukryli w miejscu, którego nikt nie znajdzie!

Ci nasi ojcowie! Z wiekiem coraz częściej robi się z nimi pod górę.

– Musi być jakieś wyjście – próbuję go uspokoić, bo irytacja nie jest najlepszym stanem przy uzbrajaniu ładunku wybuchowego.

– Nie chcę iść przez życie jak ślepiec! – krzyczy, wymachując rakietą.

Wiem, że chodzi mu o kodeks. Taka metafora. Jak „starość jest wieczorem życia". Jednak na wszelki wypadek odbieram Adrianowi nasz fajerwerk. Byłoby odrobinę żal, gdyby – trzymając się metafor – utrata wzroku stała się naszego życia przedpołudniem.

Rakieta wygląda nad wyraz solidnie. Jakbyśmy chcieli nią zaatakować Bliski Wschód, a nie tylko ogłosić koniec roku szkolnego.

– Nie urwie nam palców? – pytam.

– Mam nadzieję – mruczy.

W jego głosie brakuje pewności, na jaką liczyłem.

Przez garaż w domu Adriana wyślizgujemy się na zewnątrz. Odkąd wujek Paweł się wyniósł, możemy bez obaw rozbudowywać tam swoje Peenemünde. Matka Adriana nigdy tam nie zagląda. Po pierwsze nie ma prawa jazdy, bo nigdy nie chciała go zrobić. Po drugie nie ma samochodu, bo zabrał go wujek Paweł. Po trzecie wreszcie i najważniejsze, jak sama powtarza, brzydzi się smarami samochodowymi. Prawdę mówiąc, nie wiem, gdzie ona widzi te smary – ojciec Pawła to maniak samochodowy i jego garaż zawsze był wypucowany niczym sale operacyjne mojego taty. Ale nie będę się przecież tym zamartwiał, nie? Dzięki temu mamy tam swoje niezawisłe królestwo, ze śmierdzącymi po piłce ciuchami, z odczynnikami chemicznymi i fotograficznym archiwum, którego żadna mama nigdy nie powinna odnaleźć w pokoju jedenastolatka.

Jest piękna noc. Księżyc w pełni. Ciepło. Pachnie latem i tajemnicą. Kiedy byłem mały, nie czułem jak intensywny to zapach.

Skradamy się, wykorzystując linię żywopłotu. Niczym w *Kompanii braci*. Lub w *Cienkiej czerwonej linii*. Żadnego słowa. Tylko mowa dłoni. Idź. Stój. Klęknij. Ubezpieczam cię. Łomocze mi serce, poza tym absolutna cisza. Jedynie koniki polne z ich kojącą orkiestrą i dżingiel festiwalu w Opolu gdzieś w otwartym oknie. Odgłosy puszczy.

Adrian pokazuje miejsce, skąd wystrzelimy rakietę. Ruszam pierwszy, lawirując między ciasno ustawionymi autami. Światła z okien domów blikują na krzywiznach karoserii pokrytych metalicznymi lakierami. Adrian posuwa się za mną. Czuję na plecach jego przyspieszony oddech. To już ostatni samochód. Adrian klepie mnie po ramieniu. Nieruchomieję. Odwracam głowę. Adrian daje znak, że czas się wychylić i sprawdzić teren. Podnosimy się równocześnie.

Boże, morda!

Obca!

Wstrętna!

Niespodziewana!

I przerażająco zniekształcona! Trupia jak nic! Ledwie dziesięć centymetrów ode mnie! Umieram!

Adrian umiera tuż obok. Krzyczy.

– Zamknij gębę, imbecylu! – tylko tyle udaje mi się wydusić przez zaciśnięte z przerażenia szczęki.

Leżymy obok samochodu i dyszymy jak Darth Vader po stosunku seksualnym w niesprzyjających warunkach tlenowych.

– Co to, kurwa, było? – szepcze Adrian.

Jeszcze nigdy nie widziałem, żeby miał takie białe wargi.

– Nie wiem! – przyznaję. – Ale nie chcę widzieć tego po raz drugi!

Przez dłuższą chwilę trwamy w bezruchu. Znowu koniki polne. Chrzęszczą złowrogo jak pojebane. Pułapka. Księżyc w pełni. Trup w aucie. Czas żegnać się z życiem.

– Trzeba sprawdzić, co to jest – mówi Adrian po dłuższej chwili.

– Sam se, kurwa, sprawdzaj! – odparowuję. – Ja się stąd nie ruszam!

Czuję, że to głupie, co mówię, bo przecież leżę w środku nocy na asfalcie między samochodami, a w jednym z nich znajdują się zmasakrowane zwłoki. To słabe miejsce na kryjówkę. Problem w tym, że moje nogi nie są chyba w stanie mnie utrzymać.

– Chcesz czekać, aż pojawią się zombie? – pyta Adrian.

Trzeba przyznać, że zawsze miał dar przekonywania.

– Ale podnosimy się razem, okej?

Kiwa głową, że tak.

– Trzy-czte-ry...

Odsuwamy się od upiornego samochodu, na ile się da, i dźwigamy powoli, zerkając na siebie wzajemnie, czy aby który nie stchórzy. Adrian daje znak i równocześnie obracamy się w stronę trupa.

– To pan Wilk – mówię, kiedy już wraca mi oddech.

– Nie żyje? – Adrian drży tak mocno, że zaraz zrobi dziurę w aucie.

– Żyje. Nie widzisz, że oddycha?

– Widzę. Ale zombie też oddychają. A nie żyją.

– On śpi, idioto.

– Ale po co? Nie ma domu?

Patrzę na niego z politowaniem. Gdzieś ty się uchował, bracie? Przecież całe osiedle trąbi od pół roku o tym, że pan Wilk koczuje w samochodzie z aparatem fotograficznym, bo usiłuje przyłapać panią Wilk na zdradzie. Słyszałem, jak moja mama mówiła komuś przez telefon, że w ten sposób pan Wilk zamierza jej odebrać dom.

– Nie mam pojęcia – kłamię. – Może po prostu tęskni za dziećmi.

Wybieram wersję z dziećmi, bo wolę nie rozmawiać zbyt szczegółowo o zdradach pani Wilk.

– Byłoby super, żeby tata też tak spał pod moimi drzwiami – mój przyjaciel niespodziewanie się rozkleja. – Ale on chyba za mną w ogóle nie tęskni.

Niech to szlag! Chciałem dobrze, a zaraz będę miał tu żołnierza o zbombardowanym morale.

– Na pewno byś nie chciał! – mówię szybko. – Zobacz, jak mu okropnie zaschła ślina na brodzie. I ten rozpłaszczony na szybie nos. To nie wygląda estetycznie, Adrian.

Patrzymy na pana Wilka. Kiedy łapie powietrze, drży mu górna warga. Wygląda jak waleń. Albo żółw. Nie. Jednak jak waleń.

– Wiesz, teraz to on przypomina trochę Marysię – odzywa się w końcu Adrian.

– Spierdalaj, Adrian! Chyba Olę!

Spoglądam na niego gniewnie. Uśmiecha się. Kurwa, znowu dałem się wystawić!

– Odpalamy? – Adrian wyjmuje mi rakietę z rąk.

Kiwam głową, że tak.

– Ale postawmy ją tuż obok. Skoro zombie nas tak przestraszył, że się o mało co nie posraliśmy, to teraz czas na rewanż – widzę w oczach Adriana wesołe ogniki.

Czuję, że stąpamy po cienkim lodzie, ale czyż nie takie jest życie żołnierza? Poza tym nigdy nie lubiłem pana Wilka.

Odpalamy.

Jak nie jebnie! Ledwie udaje nam się schować. Na...

jak nie jebnie ledwie udaje nam się schować najpierw rozrywa tuleję z ładunkiem który miał wynieść rakietę na orbitę jest taki huk że w jednej sekundzie uruchamiają się alarmy w prawie wszystkich samochodach na ulicy prawie bo nie wyje jedynie w aucie pana Wilka ale to bez znaczenia jako że w kilka sekund po eksplozji pan Wilk stoi na ulicy i z obłędem w oczach niby karp łapie powietrze wielkimi haustami zbyt silna detonacja początkowa zmienia trajektorię naszej rakiety która popierdala teraz zgoła trudnym do wyobrażenia kursem zostawiając smoliste smugi na ścianach domów od których się odbija spierdalamy krzyczy Adrian ale ja stoję w miejscu to jest piękne zwłaszcza że uruchamia się pojemnik ze sztucznymi ogniami wybuchają jeden po drugim a to na trawniku przed domem Oli i Marysi a to na antenie satelitarnej sąsiadów z tym chorym labradorem co powłóczy nogami i sra gdzie popadnie flipper największy flipper świata rozbryzgująca iskry kula fruwa po naszym cichym jeszcze przed momentem osiedlu obsikując wszystkie kąty wielobarwnym deszczem gwiżdże wyje i nabija punkty otwierają się okna policja trzeba wezwać straż pożarną zamykają się okna bo rakieta się nie poddaje i tłucze w parapety dachówki rynny bożym zrządzeniem mijając o włos szyby i samochody wyrzucą nas ze szkoły krzywi się Adrian pieprzyć szkołę zaraz wakacje uspokajam go podpaliliśmy Rzym Neronie śmieję się ale Neron nie podziela mojego zachwytu jesteś pierdolnięty syczy i przemyka między autami za chwilę zniknie w garażu tymczasem gwizd przycicha i nasz szalony fajerwerk dopala się w ogródku matki Kazia która wychodzi przed dom satynowa piżama blikuje na krzywiznach jej karoserii kurwa wasza mać krzyczy czy już na tym pierdolonym osiedlu nie można się nawet wyspać? ktoś inny wrzeszczy żeby nie przeklinała tu też mieszkają dzieci argumentuje pierdolić dzieci pani Broszkiewicz nie daje się przekonać zasrane bękarty na pewno któryś z nich to zrobił nie droga pani odpowiadam to nie dziecko to uczynił cesarz Rzymu zbrzydzony jego upadkiem i zepsuciem spalić to wszystko rozbić w pył obronić honor ojca pomścić matkę dostrzegam ją kątem oka wyszła z domu zaniepokojona hukiem i wrzaskami przeczesuje ręką włosy zawsze tak robi kiedy nie wie jak się zachować ewakuacja żołnierzu najwyższy czas wycofać się na z góry upatrzone pozycje przemykam między autami mama mnie nie dostrzega skąd miałaby przypuszczać że nie śpię w swoim pokoju jej maleńki jedenastoletni skarbuś na szczęście drzwi zostawiła otwarte leżę w łóżku zęby umyję w spokojniejszych czasach cały drżę jeszcze chciałbym pogadać z Adrianem szkoda że uciekł zbliżają się wakacje a my jesteśmy królami życia to właśnie chciałbym mu teraz powiedzieć powiem jutro jutro wyciągniemy ponownie nasze BMX-y i będziemy skakać po piaszczystych górkach rozegramy kolejny mecz wystarczy tylko chcieć by wszystko miało intensywny smak widzę to bardzo wyraźnie boisko upał walka do upadłego zwody strzały ręce uniesione w górę ręce zawziętość ale i szacunek na trybunach Ola i Marysia kibicują ile sił nieco z tyłu Greta udaje że nie patrzy zawsze powtarza że futbol jest dla półgłówków ale zawsze też obserwuje nas z oddalenia myśląc że się nie domyślamy a może nie będziemy grać w piłkę? może zamkniemy się w garażu włączymy stary komputer wujka Pawła o którym wszyscy zapomnieli enter i jesteś w piekłoraju enter cycki enter tyłki en-

ter usta enter nieskończenie długie nogi i gitarowe wcięcia w talii backspace a może nie włączymy komputera tylko kupimy wuzetki i pójdziemy je zeżreć tam gdzie je żreć jest surowo wzbronione? też widzę to wyraźnie Ola i Adrian skaczą po jednym łóżku a Marysia z miną konspiratorki wyciąga spod drugiego łóżka ciastka obżeramy się kwitnie grzech podczas gdy ślepy bóg kroi w kuchni marchew i kalarepę w pewnej chwili kiedy się zamyślam bo ja się często zamyślam ta zołza Ola wali mnie wuzetką prosto w twarz bita śmietana zalepia mi oczy Adrian pęka ze śmiechu i w tym samym momencie moja dziewczyna rozgniata swoje ciastko na jego twarzy pomsta pomsta i solidarność łapiemy z Adrianem swoje ciastka i zaczynamy ganiać dziewczyny po pokoju rozgniatając im krem na głowach wszyscy śmiejemy się jak szaleni są wakacje a my jesteśmy królami życia do pokoju wpada pani Wilk patrzy na nas wszystkich usmarowanych kremem i czekoladą i kremem załamuje ręce zamierza odpierdolić mowę umolniającą umora... umo... no tę co zawsze sadzą rodzice udając odpowiedzialnych ale nas w pokoju już nie ma już biegamy po... już... trawniku między zrasz... między zraszczaczami... zraszaczami wodnymi ubrania mkną... mokną śmiejemy się skaczemy... się...

2.

To dziwne uczucie mieć jedenaście lat i ojca, który wydaje się młodszy od ciebie.

Ale po kolei.

Po pierwsze miałem w nocy koszmary.

A po drugie – od rana wszyscy w szkole mówili wyłącznie o ładunku wybuchowym, który, jak zapewniali, zdemolował nasze osiedle.

Najwięcej, jak zwykle, miał do powiedzenia ten debil Kazio.

– Moja matka o mało co nie zginęła, a pani mnie pyta o jakiś pieprzony wzór? – argumentował, kiedy matematyczka zapytała go o wzór na przekątną kwadratu.

Przysięgał przy tym, że wybuchów było kilkanaście. I że z pewnością chodziło o terroryzm. Z jedną sąsiadką spod 37A, zapluwał się Kazio, taką grubą notariusz z krogulczym nosem, pomieszkiwał kiedyś śniady facet podobny do Araba, który co prawda już dawno się wyprowadził, ale zamachowcy musieli mieć po prostu nieaktualne dane.

Inną tezę stawiał Boguś. Niewykluczone, że to był zamach, twierdził, ale jeśli kogokolwiek można by chcieć wysadzić w powietrze na naszym osiedlu, to tylko ojca Kazia, który jest prezesem banku, a więc – jak się cokolwiek szorstko wyraził Boguś – krwiopijcą i złodziejem w białych rękawiczkach.

Jak się można domyślić, wersja Bogusia nie przypadła Kaziowi do gustu. Najpierw oznajmił adwersarzowi, że mu wyrwie jaja, potem to samo zaproponował usiłującej go uciszyć matematyczce, wreszcie skończył w gabinecie dyrektorki, w którym po trzech kwadransach znalazł się bankier krwiopijca, by go uwolnić.

W takich okolicznościach lepiej było zachować dystans. Konsekwentnie trzymałem się więc wersji, że o niczym nie mam pojęcia, bo spałem. A mój najbliższy przyjaciel zaklinał się, że owszem, widział rakietę, ale wyłącznie z okna, i że wcale nie była taka duża. Na szczęście nauczyciele, po wybuchu szału Kazia, sprawiali wrażenie, jakby w ogóle nie byli zainteresowani wydarzeniami minionej nocy, a kiedy Greta powiedziała, że to zupełnie nieistotne, czy mieliśmy do czynienia z zamachem terrorystycznym, czy z dziecięcym żartem, bo i tak świat czeka zagłada, i to szybciej, niż się wszystkim wydaje, sprawa szczęśliwie przestała kogokolwiek obchodzić.

W ogóle nauczyciele sprawiali dziś wrażenie bardziej obrażonych niż my. Co nie dziwne, bo jest sobota, a musieliśmy się wszyscy stawić w szkole, żeby odrobić ten piątek, co był po Bożym Ciele. Ten, kiedy pani dyrektor Żukowska zarządziła obowiązkową wycieczkę, żeby się pokłonić cudownej figurce Matki Boskiej. W Gidlach czy gdzieś. Wcześniej był u nas w szkole jeden ważny ksiądz, którego zaprosiła nasza szkolna katechetka, pani Taube, i opowiadał, że ta figurka, co ma dziesięć centymetrów tylko i co ją jakiś rolnik wyorał z ziemi stulecia temu, wskrzesza z martwych. I że wskrzesiła do tej pory trzydzieści jeden osób, w tym sporo dzieci.

Pani Żukowska i pani Taube najbardziej się przejęły, kiedy ten ważny ksiądz opowiadał o trzech dziewczynkach, które utonęły w rzece Warcie w 1680 roku. I wtedy zrozpaczeni rodzice zanieśli je z płaczem do kaplicy i się gorąco modlili. Tak gorąco, że Matka Boska je wskrzesiła. I kiedy ksiądz skończył, pani Taube spontanicznie oznajmiła, że nasza szkoła musi pojechać do Gidel czy jak im tam, bo zbliżają się wakacje, wszyscy gdzieś wyjeżdżamy, sporo z nas nad wodę, i że lepiej dmuchać na zimne. A pani dyrektor ją poparła. Strzeżonego Pan Bóg strzeże. Tak powiedziała.

Ten 1680 rok to ja dobrze zapamiętałem, bo wtedy też nad Europą przeszła Wielka Kometa zwana Kometą Kircha. Ona się pojawiła dokładnie 333 lata po Czarnej Komecie z 1347 roku, tej komecie, po której wybuchła wielka zaraza, która zabiła setki milionów ludzi. Myśmy o tym z Adrianem czytali w jednym piśmie w zeszłym roku i sobie obliczyliśmy, że następne 333 lat wypada dokładnie właśnie w 2013. Tak, 666 lat od czarnej śmierci, nie muszę chyba mówić, co to znaczy. Adrian nawet namówił rodziców, żeby mu kupili teleskop, i przez trzy tygodnie gapiliśmy się na niebo, ale nic się nie pojawiło. Ani kometa, ani wielkie nieszczęście. Nie licząc tego, że moi rodzice się rozwiedli.

Ale wracając do tej cudownej figurki i szkolnego wyjazdu: słabo to wszystko wyszło, bo prawie każdy dostał usprawiedliwienie od rodziców, że nie może jechać, bo to było, jak już mówiłem, po Bożym Ciele, i nasi starzy chcieli z nami trochę wreszcie pobyć razem. Więc jak podjechał pod szkołę autokar, to się okazało, że jadą prawie sami nauczyciele i kilkunastu uczniów, którym rodzice zapomnieli dać usprawiedliwienia. Między innymi Kazio.

Trudno się więc dziwić, że nasi nauczyciele byli teraz wkurwieni, bo nie dość, że spędzili cały dzień z Kaziem i podobnymi mu półproduktami, to jeszcze musieli przyjść do pracy w sobotę. Nam też nie było miło, ale my mamy bardziej wyrąbane, bo już prawie wakacje.

A potem, na wielkiej przerwie, kiedy siedzieliśmy z Adrianem, Olą i Marysią na boisku szkolnym, zdarzyła się taka sytuacja, że przed szkołą stanęła kremowa limuzyna ślubna. Nie dlatego, że chciała. Po prostu w kole strzeliła guma.

Najpierw wyskoczył kierowca. Kopnął w to zwiędłe koło i strasznie przeklinał, a potem wyciągnął z bagażnika lewarek. Ale najwyraźniej śruby się zapiekły, bo choć kierowca wieszał się na tym lewarku, sapał, pocił się i coraz bardziej przeklinał, nic nie drgnęło nawet o milimetr.

Potem wyskoczył pan młody. Razem próbowali obrócić lewarek, ale jedyne, co im się udało, to ukręcić łeb śruby. Pan młody, wściekły jak cholera, chciał chyba ze złości wyrzucić narzędzie, ale tak nieszczęśliwie się zamachnął, że uderzył w szybę, która pękła. Wtedy wściekł się też kierowca. Popchnął pana młodego. Zaczęli się szarpać.

Potem wyskoczyła panna młoda. Próbowała ich uspokoić, ale pan młody krzyczał, żeby się odpierdoliła, bo to sprawa między mężczyznami. Słysząc to, panna młoda zaczęła krzyczeć na pana młodego, że bydlę i cham. To już nie były przelewki, więc wysiedli też świadkowie i usiłowali uspokoić wszystkich naraz. Ale bez większego powodzenia, bo już po chwili każdy wydzierał się na każdego. A bluzgali tak, że nawet pani Broszkiewicz mogłaby się od nich czegoś nowego nauczyć.

W końcu panna młoda jebnęła bukietem ślubnym o ziemię i poszła przed siebie, a pan młody krzyczał za nią, żeby spierdalała i że Bóg nad nim czuwał z tym dziurawym kołem.

I kiedy wszyscy rozeszli się w różne strony, a przed szkołą została tylko ta kremowa limuzyna z flakiem, Marysia powiedziała:

– Ja nigdy nie wyjdę za mąż.

Jako jej narzeczony pojąłem, że ta deklaracja w bezpośredni sposób dotyczy jakoś mojej osoby. Chciałem zareagować, ale zanim to zrobiłem, odezwała się jej siostra zołza.

– Ani ja.

Popatrzyliśmy po sobie z Adrianem.

– Jak to nie wyjdziecie za mąż?

– No, takto – głos Marysi był zdecydowany. – Nasza matka mówi, że lepiej mieć psa niż męża.

– No... – przytaknęła Ola. – Bo po dziesięciu latach sam zdechnie.

Ponownie spojrzeliśmy z Adrianem na siebie. Nie trzeba było żadnych słów. Każdy facet wie, że są sytuacje, które należy przemilczeć. Intuicyjnie uznaliśmy, że to chwilowa kobieca niedyspozycja. Adrian podsłuchał kiedyś, że czasami zdarza się coś takiego.

Ale to nie była chwilowa niedyspozycja. To była niedyspozycja stała. Bo już na następnej przerwie nasze dziewczyny oświadczyły, że muszą z nami poważnie porozmawiać. Umówiliśmy się przed biblioteką.

– Nie kocham cię! – usłyszał Adrian od Oli, zanim zdołał uśmiechnąć się na powitanie.

– A ja ciebie! – usłyszałem od Marysi.

– Jak to? – spytał Adrian w naszym wspólnym imieniu.

– Takto – odpowiedziała Marysia, zapewne również w imieniu obu sióstr.

To nie był najwyraźniej czas na grupowe deklaracje. Rozum podpowiadał, że należy kierować się teraz bezpośrednio do zindywidualizowanego serduszka.

– Ale ja cię kocham! – wbiłem w Marysię wzrok psiaka ze schroniska.

Adrian momentalne wyczuł, że to jedyna właściwa ścieżka.

– A ja ciebie! – przekrzywił głowę i uśmiechnął się do Oli.

Popatrzyły na nas, jakbyśmy dziedziczyli trąd od szesnastu pokoleń.

– Próbujecie wywrzeć na nas presję?!

– To takie prymitywnie samcze!

– Nie można zmusić do miłości! Wstyd mi za was!

– I mnie!

To był atak na Pearl Harbor. Rach-ciach i cała nasza flota poszła na dno. Nie zostało nic innego, jak tylko zwiesić głowy i odejść.

– Stać! – zatrzymał nas głos mojej eksnarzeczonej.

– To nie koniec! – zawtórował jej dyszkant zołzy.

Odwróciliśmy się. Odczułem bliskość z wszystkimi, którym przed rozstrzelaniem nie zawiązano oczu. Dziewczyny spoglądały na nas chłodno. Dosłownie taksowały nas wzrokiem. Jakie tortury przygotowałeś dla nas jeszcze, o losie?

– Ja kocham Adriana! – wystrzeliła w końcu Marysia.

– A ja ciebie, Mateusz! – poprawiła serią Ola.

Nie wiem, który już raz tego dnia łypnęliśmy po sobie zdezorientowani.

– I co? – zapytaliśmy w tym samym momencie.

– Jak to co? Chcemy się zamienić! – rzuciła Marysia i uśmiechnęła się promiennie.

Miałem wrażenie, że się przesłyszałem. Z pewnością się przesłyszałem.

– Jak to: zamienić?

Marysia popatrzyła na mnie w taki sposób, w jaki ja patrzę zazwyczaj na Kazia Broszkiewicza.

– Normalnie! Nie wiesz, co znaczy: zamienić? – żachnęła się, po czym powiedziała do siostry: – Faceci! Czasami nic do nich nie trafia!

Ola pokiwała głową i uśmiechnęła się jak do karpi przed Bożym Narodzeniem.

– Tak będzie najlepiej dla nas wszystkich!

Nie byłem przekonany, czy istotnie tak będzie najlepiej.

– Wydaje mi się... – zacząłem.

– Bez histerii! – przerwała mi ostro Marysia. – Jeśli chcesz powiedzieć coś, czego potem będziesz żałował, to lepiej nic nie mów!

Uznałem, że może rzeczywiście lepiej będzie nic nie mówić. Adrian najwyraźniej też tak uznał. Staliśmy w milczeniu, czując na sobie świdrujące spojrzenia naszych byłych narzeczonych, które właśnie nam oznajmiły, że zamierzają być naszymi aktualnymi narzeczonymi, tylko z nieodzowną korektą.

– Przemyślcie to!

– Byle nie za długo!

I poszły.

Przywlekliśmy się na lekcję. Sunia omawiała różnice w budowie kwiatu wiatropylnego i owadopylnego. Miała jeszcze krótszą, jeszcze bardziej obcisłą sukienkę niż zazwyczaj i wysoko upięte włosy, które odsłaniały jej niewiarygodnie długą szyję. Wyglądała nieziemsko. Nagozalążkowo i nagonasiennie. Cóż z tego, kiedy nie mogłem się na nią gapić, bo cały czas widziałem, jak moja wiarołomna eksnarzeczona odwraca się do Adriana i posyła mu całusa za całusem. Biedak wyginał się niczym targany wiatrem pręcik, żeby tylko na nią nie patrzeć. Co chwilę zresztą zerkał w moją stronę, a zorientowawszy się, że nic z zachowania Marysi nie umyka mojej uwadze, zaczął robić do mnie błagalne miny, że to nie jego wina.

Zrozumiałem, że jedno słowo kobiety może zmienić mężczyznę na zawsze. Jak się przed tym bronić?

To był impuls. Raptownie wstałem.

– Proszę pani, ja mam pytanie: jak się bronić przed kobietami?

W klasie zapadła absolutna cisza. Wszyscy wlepili we mnie zdumione gały, a Sunia lekko się uśmiechnęła i podpłynęła do mojej ławki, kołysząc biodrami. Usiadła na blacie i wbiła we mnie wzrok.

– Chciałbyś się przede mną bronić? Nie wierzę...

Jej kwiatowy zapach otoczył mnie i zniewolił. Przełknąłem ślinę.

Pochyliła się i wyszeptała mi do ucha:

– Wpadnij do mnie po lekcjach, to ci odpowiem...

Kurtyna.

Ech, gdyby życie było takie proste. Ale nie było. Oczywiście nie wstałem i o nic nie zapytałem. Nieświadoma niczego

Sunia nadal więc tłumaczyła coś przy tablicy, a ja nadal nie wiedziałem, jak bronić się przez kobietami. A jak widać, był najwyższy czas, żebym to w końcu wiedział.

Kto może mi pomóc?

Z oczywistych powodów nie mogłem spytać mamy. Z nią nie dawało się ani trochę rozmawiać o seksie. Raz podjęła taką próbę i wyszła z tego masakra.

To było w zimie. Obudziłem się, bo czułem, że ktoś na mnie patrzy. To była właśnie mama. Miała przerażoną minę i w zakłopotaniu przeczesywała ręką włosy.

– Coś się stało? – zapytałem z przestrachem.

– Chyba powinniśmy poważnie porozmawiać – oznajmiła śmiertelnie poważnym tonem.

Dopiero teraz dostrzegłem, że wpatruje się w moją kołdrę, lekko uniesioną przez ekscytujący sen, z którego zostałem przed sekundą wyrwany. Poderwałem się i natychmiast usiadłem w kucki, a twarz w okamgnieniu zagotowała mi się ze wstydu. Tymczasem mama przeniosła wzrok z kołdry gdzieś na ścianę.

– Najwyższy czas, żebyśmy porozmawiali o mężczyznach i kobietach, synku... – zaczęła.

Pojąłem, że jeśli dam rozkaz do odwrotu, wróg wystrzela moich ludzi jak kaczki. Tylko szaleńczy atak mógł nas wyciągnąć z tej pułapki i taki też rozkaz wydałem oddziałowi.

– Mów po ludzku – burknąłem. – O seksie chcesz rozmawiać, tak?

– No, tak... – zmieszała się w jednej chwili. – O seksie...

Przeciwnik okazał się słabszy, niż myślałem. Postanowiłem uderzyć z flanki.

– Mamo, ale ja do szkoły muszę teraz.

– Nie mówię, że teraz... Tylko że ogólnie, mówię...

Wymiana ognia bez zabezpieczenia tyłów. Tak się nie prowadzi natarcia, mamo.

– Ogólnie to tata już mi wszystko opowiedział – skłamałem.

– O seksie? – sprawiała wrażenie zaskoczonej.

– O seksie.

– Wszystko?

– Wszyściuteńko – próbowałem ją uspokoić, ale najwyraźniej nie uspokoiłem, bo kiedy wychodziła z sypialni, wydawała się jeszcze bardziej zaniepokojona niż na początku.

Oczywiście z tatą również unikałem rozmów o seksie. Prawdę mówiąc, bałem się, że rzeczywiście może mi o nim wszystko opowiedzieć, a na wszystko nie byłem chyba jeszcze gotowy. Zwłaszcza że miałem ciągle w pamięci naszą krótką wymianę zdań, której dokonaliśmy, kiedy byłem w przedszkolu.

– Tato, jak to jest mieć żonę?

– Zależy czyją, synu.

Dla mojego taty seks był przede wszystkim tematem żartów. Miesiąc temu podsłuchałem jego rozmowę z wujkiem Pawłem.

– Wiesz, kiedy katolik może mieć cztery żony? – spytał tata.

– Kiedy? – zaciekawił się wujek Paweł.

– Kiedy ich mężowie wyjdą do pracy! – odpowiedział tata, a potem obaj ryknęli śmiechem jakby mieli po jedenaście lat.

A nawet mniej, bo mnie akurat ten dowcip ani trochę nie rozśmieszył.

Oczywiście mogłem trafić gorzej. Inni ojcowie to już zupełny dramat. Pan Adamski trzyma w biurku pedalskie pisma. Pan Wilk tropi własną rodzinę. A pan Broszkiewicz wypija krew z klientów banku. Czyli mój tata nie wypada w tym zestawieniu źle. Ale o kobietach lepiej było z nim jednak nie rozmawiać. Pozostawała więc tylko jedna możliwość...

3.

– To psychopatki! – wystrzeliła Greta, kiedy opowiedziałem jej o propozycji, którą dostaliśmy z Adrianem od Oli i Marysi. – Nie słuchajcie ich!

Odniosłem wrażenie, że wydanie tej opinii przyszło jej odrobinę zbyt łatwo.

– Ale...

– Żadnego ale, Mati! – zagotowała się. – Takie kobiety jak Ola i Marysia nie potrafią kochać! Dla nich ważna jest tylko gra! Kiedy manipulują mężczyzną, utrzymują się na powierzchni! A kiedy tego nie robią, wydaje im się, że toną!

Musiałem mieć totalnie zaskoczoną minę, bo uśmiechnęła się i rzuciła, już znacznie łagodniej:

– Nie mów, że wcześniej tego nie wiedziałeś.

Oczywiście, że nie wiedziałem. Skąd miałbym zresztą wiedzieć? Mam dopiero jedenaście lat.

– A ty skąd to wiesz?

No właśnie! Skąd? Przecież ona też ma dopiero jedenaście lat!

Popatrzyła na mnie smutno.

– Mam taką matkę. Codziennie to widzę.

Oczy Grety miały w tym momencie dużo więcej niż jedenaście lat.

– Przykro mi – wyszeptałem.

Machnęła lekceważąco ręką.

– Przywykłam. Ty jednak trzymaj się z dala od manipulantek, Mati. Ja bym tak robiła, gdybym była facetem. Z taką kobietą nigdy nie zaznasz szczęścia.

– A z jaką zaznam?

– Ze mną – wypaliła bez zastanowienia.

Wkręcasz mnie? Tak pomyślałem w pierwszej chwili. Ale zaraz dotarło do mnie, że jednak chyba nie. Na twarzy Grety nie było ani śladu manipulacji. Nie było też zakłopotania. Raczej pyzata nadzieja, że ptysie nie tuczą.

Nie bardzo wiedziałem, co powiedzieć. Ani jak się zachować. Pomyślałem, że najbezpieczniej będzie lekko się uśmiechnąć. Chyba nie wyszło najlepiej, bo kiedy wygiąłem policzki, Greta natychmiast spochmurniała.

– Wiem, wiem – odwróciła głowę i popatrzyła prosto w słońce. W sekundę poczułem, jakby mi ktoś w moje własne źrenice sypał sól, a potem rozgarniał ją zardzewiałymi igłami. – Nigdy się we mnie nie zakochasz, bo jestem gruba. A ty podlegasz estetycznemu determinizmowi. Jak większość facetów – cedziła cicho, choć dobitnie, a jej źrenice szlifował słoneczny nóż. – To naturalne, ale i zgubne. Bo lepiej mieć skarb w brzydkim opakowaniu niż gówno w złotku.

– Przestań! – złapałem ją za rękę. – Nie jesteś gruba!

Nie mogłem już dłużej wytrzymać tej tortury słońcem. Dlaczego ludzie to sobie robią?

Porzuciła wypalanie źrenic i spojrzała na mnie.

– Wolę, kiedy się drwi z mojego ciała niż z inteligencji.

Jej twarz była całkowicie nieruchoma. Jak maska.

I po tej masce ciekły łzy.

– Greta!

– Mateusz!

W tym momencie na dziedziniec wbiegli zdyszani mój tata i mama Grety. Wolę nie myśleć, dlaczego się razem spóźnili.

Wracaliśmy z tatą w kompletnym milczeniu.

Greta miała rację. Uwielbiałem z nią spędzać czas, zawsze wiedziała więcej niż inni, była wściekle inteligentna, miała poczucie humoru i lojalność, jakiej innym brakowało. Ale nigdy nie pomyślałem o niej jako o dziewczynie. Bo była za gruba.

Dlaczego uroda jest taka ważna? Dlaczego faceci łatwiej tracą głowę dla pięknej buzi niż dla pięknej duszy? O co w tym wszystkim chodzi?

Zerknąłem na tatę. Na karku i skroni miał siwe włosy. Niedużo. Kilka. Kiedy się pojawiły? Nigdy wcześniej ich nie widziałem.

Obrócił się na sekundę, jakby wyczuł, że mu się przyglądam.

– Wszystko w porządku? – spytał.

Miał zmęczone oczy. Zdziwiło mnie to, bo zawsze sobie wyobrażałem, że po pani Adamskiej oczy mężczyzny powinny błyszczeć.

– Byłeś kiedyś zakochany? – zapytałem.

– Co? – łypnął na mnie w lusterku.

– Pytam, czy byłeś kiedyś zakochany.

Obłoki. Ulice. Domy. Auta. Ptaki. Kobiety. Świat stwarzał się obok nas cichcem, a tata ciągle milczał. Siódmego dnia rzekł:

– Oczywiście, że byłem zakochany.

– W kim?

– W twojej mamie, a w kim?

– A kiedy ci przeszło?

Lusterko. Ledwo dostrzegalny ruch powieki.

– Nie wiem... Może... Nie wiem, naprawdę... Może w ogóle mi nie przeszło...?

Jak możesz tego nie wiedzieć, tato.

– Jak możesz tego nie wiedzieć, tato? Chyba dorosły facet wie, czy coś czuje, czy nie?

– Nie mądrz się, dobrze?!

Yteibok. Ikatp. Atua. Ymod. Ecilu. Ikołbo. Zassało wszystko do wewnątrz. Nie ma stwarzania świata. Prawdopodobnie nigdy nie było.

– Cześć! – pierdolnąłem drzwiami saaba, kiedy już podjechaliśmy pod dom.

Dzisiaj gra Argentyna.

I Messi.

Cała reszta to chuj.

– To nie jest tak, Mati, że ja nie wiem, co czuję! – głos taty dopadł mnie już przy drzwiach domu.

Odwróciłem się. Tata opierał się o maskę saaba.

– Bardzo dobrze wiem, co czuję, synu. Tylko bardzo trudno to opisać słowami. Twoja mama była dla mnie... – zawahał się. – Jest...

– Jest?

– Tak, ciągle jest – uśmiechnął się smutno. – Pamiętam, kiedy ją pierwszy raz zobaczyłem. Na imprezie u Pawła. Przyszła z koleżanką. Była taka piękna, serce waliło mi jak oszalałe, nie mogłem oczu od niej oderwać, a ona w ogóle nie zwracała na mnie uwagi... Dopiero kiedy wybiłem szybę...

– Wybiłeś szybę?

– W drzwiach do kuchni. Poślizgnąłem się.

– Jak to się poślizgnąłeś?

Znowu się uśmiechnął. Ale nie do mnie. Tak jakoś do wnętrza siebie.

– No, trochę się upiłem, bo ona tańczyła cały wieczór z jakimś dupkiem – powiedział, patrząc przed siebie. – A jak się upiłem, to walnąłem w tę cholerną szybę. Zamieszanie się zrobiło, ręka we krwi, podłoga cała czerwona, wszyscy wpadli w panikę, tylko ona nie. I zaczęła mnie opatrywać. A potem...

Przerwał i zastygł. Jakby w ogóle o mnie zapomniał. Zmatowiałe oczy łapały świetlne odblaski. W końcu otrząsnął się jak pies, który wychodzi z wody. Albo raczej klaun, który udaje, że nie poślizgnął się na bananie.

– A potem wszystko się spieprzyło...

Przetarł twarz.

– Co się spieprzyło, tato?

Popatrzył na mnie niczym małe dziecko.

– A skąd mam wiedzieć, synu? Gdybym wiedział, to nie spieprzyłoby się.

Chciałem mu powiedzieć, że ja chyba wiem, co się spieprzyło, ale nie zdążyłem. Bo rzucił krótko:

– No, leć do domu, ja na dyżur muszę! – wsiadł do samochodu i odjechał, zanim zdążyłem złapać oddech.

A teraz stoję przed domem i ciągle widzę jeszcze tył naszego saaba, którym tata ucieka po naszej pierwszej dorosłej rozmowie. Pierwszej, w której miał szansę potraktować mnie jak mężczyznę.

I siebie chyba też.

Tak, to naprawdę dziwne uczucie mieć jedenaście lat i ojca, który wydaje się młodszy od ciebie.

Pójdę pokopać piłkę.

Ale bez Adriana.

Chcę być sam.

4.

Jak mówi Paweł o życiu bez łańcucha? Tak musiał wyglądać raj, zanim się wąż z Bogiem wzięli za łby. Być może. Ale jest jeszcze coś. Ważniejsze niż sam raj. Wieczność w nim. A wieczność to monotonia.

Gdybym nie zmieniał pościeli, przestałbym odróżniać jeden dzień od drugiego.

Poniedziałek. Pola.

– Mamo...! Mamo...! O, mamuniu... Mamo... O, matko, mamo...! Mamuniu! Mamo! Mamo! Mamo! Mamooooo...!

Wtorek. Nina.

– Tak, rób mi to! Rób mi to! Mocniej! Mocniej! Żebym zdechła! Zrób ze mnie sukę! Sukę ze mnie zrób, słyszysz! Chcę być twoją suką! Suką chcę być...! O, tak, jestem suką! Jestem pooodłą, wreedną suuukąąą...!

Czwartek. Gloria Felczak.

Jezuuuu...! Jezuuuu...! Jezuuuu...! Jezuuuu...! Jezuuuu...! Jezuuuu...!

Wieczny raj. Przekleństwo szczęścia.

Dźwigam w górę kamienie. Różni je faktura skóry, zapach i topografia pigmentów. Ale zawsze ważą tyle samo. Na szczycie uspokajam oddech i serce. Padam na wznak z rozłożonymi rękami. Caravaggio mógłby mi cyknąć stylową fotkę.

Pragnę ciszy.

Coca-coli.

Papierosa.

Snu.

Wszystkiego, tylko nie beznadziejnej rozmowy po, kurwa.

Ale się nie da.

Pije wino i patrzy w ścianę. Staram się myśleć, że jej nie ma. Kładzie mi dłoń na ramieniu. Zbyt gorącą. I spóźnioną o dwa orgazmy. Odsuwam się.

– Mówię podczas seksu? – pyta. – Naprawdę?

Pyta już szósty raz. Więc szósty raz odpowiadam.

– I to pełną frazą, Nina.

– Dziwne! Mąż nigdy mi o tym nie wspominał!

– Bo może go przy tym nie było.

– Przestań, nie zawsze byłam taka! – ponownie mnie dotyka, a ja ponownie się odsuwam. Zaraz spierdolę się z łóżka. – I o czym wtedy mówię? – drąży dalej.

– O kynologii.

Jest tak zaskoczona, że przestaje pić.

– O czym?

– O uczuciach, kochanie. Mówisz wyłącznie o uczuciach.

– Fakt – uśmiecha się rozluźniona. – Jestem uczuciowa.

Odstawia kieliszek i przytula się, aż boli.

– To było złe – szepcze, ściskając moją rękę mokrymi udami.

– Co?

– No to. To było złe.

Patrzę na jej tatuaż na biodrze. Narzeczony. Jeszcze bez gipsu na obojczyku. I napis: „Forever you, Tiger".

– Nie podobało ci się? – pytam.

– Podobało.

– No to co było złe?

– Wszystko – potrząsa platynowym kudłem. – Jestem dziwką. Nie zaprzeczaj.

– Nie zaprzeczam.

– Świnia.

Zrywa się z łóżka. Słyszę stukot. Manolo Blahnik. Jeszcze tylko pierdolnie drzwiami i będę wolny. Nie otwieram oczu.

Sączy wrzątek z kubka.

– Trzeba pić wrzątek – dotyka mnie zimną stopą. – Pijesz wrzątek?

– Nie piję – odsuwam nogę. – Po przegotowanej wodzie chce mi się rzygać.

– Tybetańczycy piją wrzątek.

– Może Tybetańczycy nie rzygają. Ja rzygam.

– Ja też. Ale należy się przemóc. Wrzątek jest ważny.

Odstawia kubek na stolik. Będzie ślad. Nie myśl o tym, Kuba. Myśl o coli. O ciszy. O papierosie.

Kładzie mi się na klacie. Pachnie miłością i białą rzodkwią.

– Wrzątek rozwiązuje problem zatwardzeń – informuje.

– Ja nie mam zatwardzeń, Pola – oświadczam.

– Zazdroszczę.

Uśmiecha się i całuje mnie w szyję. Czuję zimną stopę na łydce. Jestem w raju. Mamo, zabierz mnie stąd.

Walimy wódę. Paweł jest podekscytowany.

– Za królów życia! – krzyczy.

Zaraz puszczę pawia. Odsuwam kieliszek.

– Chrzanić królów życia – mówię. – Nie piję za to.

Przygląda mi się uważnie.

– Jak nie pijesz? Chory jesteś?

Kurwa, co za baran.

– Nie, nie jestem chory! Potrzebuję odmiany, Paweł.

Myśli. Odgryza połowę ogórka. Sok cieknie mu po brodzie.

– To może zrobimy tak: ty bzykniesz moją Wiktorię, a ja którąś z tych twoich. Ninę albo Polę. Bez różnicy.

Chciałbym go obrazić. Ale nie znajduję odpowiednich słów. Więc sięgam po sok grejpfrutowy. Piję małymi łykami, licząc je do dziesięciu. Przeszło.

– Nie mówiłem o takiej odmianie. Nie zrozumiałeś mnie, przyjacielu! – stawiam akcent na „nie zrozumiałeś" i uśmiecham się.

Najwyraźniej zrozumiał, bo dostrzegam lekki skurcz na jego twarzy, zamieniony siłą woli w złośliwą pogodność.

– Bardzo dobrze cię zrozumiałem, przyjacielu – cedzi. – To się nazywa: starość.

Szura krzesłem. Tłumaczy, że musi wstać wcześnie, bo ma dubbing do japońskiej kreskówki. Nie zatrzymuję go. W drzwiach obraca się jeszcze.

– Pożyczysz mi klucze?

Może to rzeczywiście starość? Czytałem, że stare wilki lubią łazić samotnie.

Biorę dodatkowe dyżury. Zaglądam ludziom w głowy. Wycinam guzy, reguluję drżenie rąk, zmniejszam bełkot mowy. Czasami śpię w gabinecie. Jest mi dobrze, bo cicho.

– Przestałeś się uśmiechać, Kuba – mówi Bielska, ściągając fartuch.

– Nieprawda! – uśmiecham się.

No popatrz, jak szeroko. Szerzej się nie da.

– Prawda! – udaje, że tego nie widzi. – Po co ci to wszystko, skoro jesteś wiecznie smutny? Twój ojciec...

Kurwa, sześć godzin operacji, a tej się ciągle chce gadać!

– Tak, wiem! – przerywam jej. Szoruję ręce pod gorącą wodą. Piłat. – Mój ojciec był ideałem! Zdradzał matkę z tobą, ciebie z pielęgniarkami, pielęgniarki z setkami innych dup, ale to nic! Ważne, że się uśmiechał! Wiecznie się uśmiechał! Nawet jak umierał, to się, kurwa, uśmiechał! – uśmiecham się.

Mam nadzieję, że się odpierdzieli, kiedy odnajdzie w mojej twarzy grymas ojca. Stara nudziara. Nie rozumie, że ja nie pragnę mądrości. Wystarczy mi cisza.

– Twój ojciec sypiał z nami wszystkimi, bo to dawało mu radość – ciągnie ze śmiertelną powagą. – U ciebie tego nie widzę.

I jak tu z taką wytrzymać?

– Bo ja się śmieję do wewnątrz, Bielska – tłumaczę łagodnie. – Jak Tybetańczycy.

Mruga oczami, jakby uderzył ją samum.

– Tybetańczycy śmieją się do wewnątrz? – dziwi się.

– Owszem! Pijąc, kurwa, wrzątek!

Wpierdalam do brudów czepek chirurgiczny. Wychodzę. Wchodzę do mieszkania. Rzucam torbę na sofę. Przecieram twarz ze zmęczenia. Drzwi łazienki się otwierają. Jest naga. Wyciera włosy ręcznikiem.

– Miało cię nie być, zdaje się.

Rozglądam się, czy to aby moje mieszkanie. No, kurwa, moje. Klucze, podpowiada rozsądek, pełzając leniwie po ścianie, w którą wbiłem zakłopotany wzrok. Przecież pożyczyłeś temu idiocie klucze.

– Zapomniałem, cholera! – zerkam w jej stronę z ukosa. – Zrąbany jestem po dyżurze. Położyć się chciałem. Ty jesteś...? – zawieszam głos.

Przygląda mi się uważnie. Jest mniej skrępowana niż ja.

– Wiki.

Podchodzi. Ma ładne ciało i wie o tym. Wyciąga rękę.

– Wiktoria Nowak.

– Jakub Solański.

Przekrzywia głowę. Mokre włosy dotykają mi przedramienia.

– Znamy się ze szkoły – objaśnia.

Ma niski głos. I naprawdę ładne ciało.

– Chodziliśmy razem do szkoły?

– Chodzimy. Jestem mamą Bogusia.

– Wybacz, że nie poznałem. Na wywiadówkach wyglądasz inaczej.

Uśmiecha się. Stoimy. Ja zmęczony. Ona naga. Trudno w takiej sytuacji proponować kawę.

– Chcesz kawy?

– Nie, dzięki. Już sobie dziś wystarczająco podniosłam ciśnienie – spogląda w stronę mojej sypialni.

Kiwam głową, że w takim razie nie będę nalegał.

– Paweł śpi – wyjaśnia, choć nie prosiłem o wyjaśnienie. – Zostawię ci go, okej?

– Jasne. Marzyłem o tym.

Znowu się uśmiecha. Podaje mi wilgotny ręcznik. Podchodzi do sofy. Dopiero teraz zauważam, że rzuciłem torbę na jej sukienkę. Wkłada ją. Wzuwa buty. Jest swobodna, jakbyśmy znali się lata. Albo jakby mnie w ogóle nie było. Przygląda się półkom z książkami.

– Ty to wszystko przeczytałeś?

– Nie.

– To po co ci te wszystkie książki?

Przyglądam się, jak walczy z suwakiem na plecach.

– Ściągają kurz.

– Co?

Odwraca się zaskoczona. Milczę.

– Możesz mi pomóc?

Staję za jej plecami. Unosi włosy, żebym ich nie przyciął. Ma smukły kark, pokryty włoskami o barwie miodu. I pachnie moim żelem do kąpieli.

– Ściągają kurz w jedno miejsce mieszkania – przesuwam zamek ku górze. – Dzięki temu w innych miejscach go nie ma.

Opuszcza włosy i znowu się obraca. Patrzy mi prosto w oczy.

– Ładujesz mnie?

– Nie, skąd. To bardzo stara metoda. W Hiszpanii tak robią. Czy w Peru...

Jest naprawdę apetyczna. Zmęczenie gdzieś znikło. Zerkam w stronę sypialni.

– Kurde, w takim razie też muszę książki kupić – mówi. – Bo mój Boguś jest na kurz uczulony.

Kurwa, to nie był żart. Powiedziała to poważnie. I po nastroju. Chuj bombki strzelił.

– To chcesz tej kawy? Bo robię.

Zostawiam ją na środku pokoju. Mija chwila, zanim do niej dociera, że go zagraca. Zarzuca torebkę na ramię, a ja wyciągam z szafki papierowe filtry.

– To lecę.

– Leć.

W drzwiach obraca się raz jeszcze.

– Masz fajne łóżko, Jakub.

– Dzięki.

Wchodzę z kawą do sypialni. Wygląda jak pobojowisko. Ściągam spodnie i koszulkę. Kładę się na skraju, bo Paweł rozwalił się na środku i chrapie. Czuję chłód. Zanurzam rękę pod kołdrę. Kajdanki? Co za żenada. Odwracam się dupą. Jest dobrze, Kuba, myślę. Zawsze może być gorzej. Zamykam oczy. Ciężkie udo wpierdala mi się na biodro.

– Jeszcze pięć minut pośpię, kochanie, a potem znowu cię bzyknę – obiecuje przez sen mój najlepszy przyjaciel.

– Spierdalaj! – niweczę zawczasu jego plany i zrzucam z siebie piętnaście kilo wadliwej płci.

Nawet się, chuj, nie budzi.

Już nie usnę. Leżę na wznak ze skrzyżowanymi na piersiach rękami. Hieronim Bosch miałby ze mnie niezłą polewkę.

W którym momencie to wszystko spieprzyliśmy?

ROZDZIAŁ 4

1.

Tego dnia nie zapomnę do końca życia.

– Wiesz, co to jest?! – ryknął Adrian, kiedy tylko otworzyłem, i pomachał mi przed twarzą ciemnozieloną butelką.

Wcześniej torturował dzwonek tak wściekle, że zdążyłem niemal ogłuchnąć, zanim dobiegłem do drzwi.

Butelka była zakurzona i zalakowana. Poza tym wyglądała tak samo jak wszystkie pozostałe flaszki świata. Jednak mina Adriana świadczyła, że to, czym wywija mi przed oczami, jest co najmniej kielichem Świętego Graala.

Pierwszy trop okazał się chybiony.

– Zarąbałeś matce wino?

Popatrzył na mnie z pogardą.

– Jakie wino, powaliło cię?! To kodeks!

W komiksach piszą o takich chwilach: oczy gwałtownie mu rozbłysły. Tak właśnie musiałem wyglądać. Adrian zlustrował mnie triumfalnie, przepchnął się i wpadł do przedpokoju, nie czekając na zaproszenie.

– Dziadkowie w końcu zrobili remont kuchni – tłumaczył, przebierając nerwowo nogami, jakby mu się bardzo chciało sikać. – To było zamurowane w ścianie! W takiej wnęce, która kiedyś robiła za lodówkę, jak nie było lodówek!

Ciągle nie mogłem uwierzyć, że się nam udało.

– Skąd wiesz, że to jest właśnie ten kodeks?

Po raz kolejny spojrzał na mnie z wyższością.

– Dziadek mi mówił, że nasi ojcowie kiedyś zamurowali w ścianie jakąś tajemniczą butelkę, o której nikomu nie chcieli nic powiedzieć! To co to może być? Dawaj nóż! – zawył i pobiegł do kuchni, zanim zdążyłem cokolwiek z siebie wydusić.

Podreptałem za nim.

Trzeba przyznać, że zachował się jak prawdziwy przyjaciel i pozwolił mi osobiście otworzyć butelkę. Kiedy wyciągałem ze środka kartkę, czułem, jak drżą mi ręce.

Skręcony pożółkły rulonik. Tajemnica tajemnic. Skarb. Brama. Portal do dorosłości. Za chwilę będziemy wszystko wiedzieć.

Adrian kiwnął głową, żebym się nie ociągał. Ostrożnie rozwinąłem kartkę. Najpierw przeczytałem po cichu. Potem odwróciłem na drugą stronę. Znowu na pierwszą. To niemożliwe. Musiałem coś przeoczyć. Ale nie. Nie przeoczyłem.

Spojrzałem pytająco na Adriana.

– Czytaj wreszcie! – wykrzyknął.

Przełknąłem ślinę. Przeczytałem.

– „Osobistych kobiet wzajemnie nie ruchać, reszta jest dobrem wspólnym".

Zapadła tak dojmująca cisza, że słychać było silnik dostawczaka, który właśnie przywiózł pani Wilk ekologiczne warzywa.

– To wszystko? – jęknął Adrian. – To cały kodeks?

Wyrwał mi kartkę i zaczął ją obracać tak samo jak ja przed chwilą.

– Najwyraźniej – powiedziałem cicho, kiedy spojrzał na mnie z rozpaczą dziecka, do którego dociera, że nie ma ani Świętego Mikołaja, ani Zębowej Wróżki.

Siedzieliśmy na pustych trybunach. Na boisku jakiś facet usiłował nauczyć grać swojego synka. Malec miał ze dwa lata, więc częściej potykał się o piłkę, niż porządnie ją kopał. Ale w ogóle mu to nie przeszkadzało. Śmiał się w głos.

Nam z Adrianem zupełnie nie było do śmiechu.

– Ostatnio ciągle się spotyka z matką Bogusia – zaczął mój najlepszy przyjaciel, kiedy cisza stała się już nie do zniesienia. – Chyba to robią.

Miał w głosie tyle smutku, że nawet nie śmiałem na niego spojrzeć. Milczałem.

– Moja mama płacze w nocy – dodał i splunął pod nogi.

Milczałem nadal.

– Twoja nie płacze? – spytał.

– Nie – powiedziałem cicho.

– Dziwne.

– Czemu dziwne?

– Bo twój ojciec robi to z matką Kazika.

– Nieprawda!

Popatrzył na mnie jak na dziecko.

– Prawda, prawda. Boguś mi powiedział. Podsłuchał, jak jego matka to komuś mówiła przez komórę.

– Bzdura! – splunąłem między buty. Kałuża śliny była już naprawdę potężna, bo pluliśmy tak od godziny. – Mój ojciec bzyka matkę Grety. I matkę Oli i Marysi.

– Skąd wiesz?

– Dziewczyny mi powiedziały.

– Z panią Wilk? Bleee! – Adrian się skrzywił. – Przecież ona żywi się trawą! To jakby robić to z krową!

Wystarczyła sekunda, bym zobaczył tatę. Podnosił krowi ogon, opędzając się od much.

– Zamknij się, kurwa!

Milczenie. I śmiech brzdąca, który się znowu wypierdolił na piłce.

– Przepraszam – powiedział Adrian i splunął.

– Okej – machnąłem ręką. – Tylko nic już nie mów.

Patrzyliśmy na boisko. Żaden z nas się już nie odezwał. Myślałem o mamie. Zrobiło mi się jej żal, bo jeśli ja cierpiałem, to ona musiała cierpieć bardziej.

– Tęsknisz za tatą? – spytałem ją podczas kolacji.

– Co? – zamrugała, tak zaskoczona, jakbym się do niej odezwał w jakimś martwym języku.

– Czy za tatą tęsknisz, pytałem.

Odłożyła papierzyska z pracy, w które się wgapiała od pół godziny i popatrzyła na mnie już znacznie bardziej świadomie.

– Nie.

– Nie?

– Przecież jest codziennie – uśmiechnęła się, choć jakoś bez przekonania. – Prawie codziennie. Chcesz keczupu? – spytała i zanim zdążyłem powiedzieć, że sram na keczup, bo chcę teraz po prostu normalnie porozmawiać, już była przy lodówce.

Gmerała w niej tak długo, jakby keczup był ukryty w piekielnych czeluściach Mordoru, a nie stał, jak zawsze, na pierwszej półce od góry.

– Ale mi chodzi... – wpatrywałem się w plecy mojej mamy. – Czy ci smutno, że cię zostawił?

Odwróciła się. Już bez uśmiechu.

– To ja go zostawiłam, synku.

Trzymała musztardę.

Najwyraźniej nic nie było takie, jak sądziłem. Zrobiło mi się żal taty. Postanowiłem do niego zadzwonić.

2.

Idealny rytm. Jak wytrawna dżokejka w galopie. Bez wątpienia najlepsza kochanka, ja...

idealny rytm jak wytrawna dżokejka w galopie bez wątpienia najlepsza kochanka jaką kiedykolwiek miałem ale po kolei po pierwsze dziwna rzecz w tych momentach kiedy dawniej chciało ci się krzyczeć i płakać po czterdziestce chce ci się już tylko spać ale jednocześnie za cholerę nie możesz zasnąć po drugie ciągle wiszę im kasę z tą myślą się obudziłem była 19:47 spałem tylko trzy minuty trzy kurwa minuty od dwudziestu czterech godzin ja w ogóle prawie nie śpię od siedmiu dni chuj wie dlaczego musisz więcej o siebie dbać Kuba słyszę gdzieś z boku niespodziewanie jeśli nie będziesz dbał zdechniesz na wylew jak twój stary to głos wuja Teofila rozglądam się wuj Teofil nie żyje od sześciu lat więc zawsze miło byłoby go zobaczyć nie tylko usłyszeć pokój jest pusty słońce kładzie się za oknem wpuszczając oranżowe żegnaj przez zaciągnięte kotary spoglądam znowu na zegarek 19:46 kurwa albo czas się cofa albo powinienem odwiedzić okulistę wysyłam esemesa do Hani żeby przyszła zamykam oczy i wszystko na powrót staje się wyraźne to przecież był sen miałem w nim piętnaście lat umarł mój ojciec i niespodziewanie znalazłem się w środku rodzinnego sporu o majątek kilka budynków w kiepskim stanie do kapitalnego remontu trochę ziemi ale co to za ziemia w Polsce błoto po kolana ledwie spadnie deszcz a że pada niemal zawsze więc ogólnie zbutwienie grzyb i zimne mury mimo to dyskurs był zawzięty Hania odpowiedziała że wpadnie za dwadzieścia minut jeśli chodzi o pieprzenie ta kobieta nigdy nie daje na siebie długo czekać miałem wrażenie iż moja matka jest w propozycjach podziału niesprawiedliwie traktowana zacząłem więc się tym rodzinnym kłótniom przysłuchiwać uważnie by w odpowiedniej chwili stanąć w jej obronie z właściwą sobie gwałtownością i w pewnym momencie nie od razu ale jak to we śnie nagle i w okamgnieniu którego nie dostrzegasz zapewne przez to że masz zamknięte oko stało się oczywiste że ci wszyscy ludzie tak zawzięcie perorujący ze sobą kto ma większe prawa do spadku ci wszyscy wujkowie ciotki babcie bracia przyrodni tudzież cioteczni szwagierki bratowe oraz kuzyni że oni wszyscy są martwi Hania wpadła nawet wcześniej powiedziałam Grecie że muszę skoczyć do sklepu wyjaśniła więc nie mamy za wiele cza nie dokończyła bo usta były jej potrzebne do niemówienia potem usiadła na mnie i przyciągnęła moje ręce do swoich pełnych piersi był pośród nich na szczęście właśnie wuj Teofil zawsze go lubiłem bo bystry i szło się z nim dogadać a że miał w rodzinie największy posłuch postanowiłem rozmawiać tylko z nim i w trakcie tej rozmowy jakoś tak w sposób który nie wymagał nadmiernego tłumaczenia okazało się że cały majątek rodzinny ta cholerna spuścizna te pierdolone rodowe srebra czy jak to się określa w rodzinach majętniejszych niż nasza mieszczą się w mojej szczęce konkretnie w górnej a jeszcze bardziej konkretnie po prawej stronie i że te wszystkie trupy z którymi kiedyś spędzałem wakacje i święta kłócą się kto ma większe prawo do moich zębów właściwie nie chodziło im o zęby tylko o to co one w sobie kryją tak jak w kłótni o dom nie chodzi o uporządkowany układ cegieł i estetycznie przetworzonego drewna ale jedynie o pieniądze nietworzące struktury budynku lecz nadające jej jakże pożądany sens Boże jak mi dobrze mogłabym to robić godzinami darła się jakaś kobieta podczas gdy moi śmierdzący od nieżycia przodkowie równie podniesionymi w irytacji głosami które świszczały z powodu nadszarpnięć poczynionych przez cmentarną faunę komunikowali że chodzi im wyłącznie o powierzony mi a ukryty w moich zębach kapitał o geny byli tego co mnie zaskoczyło cholernie świadomi chcieli mieć prawo do dysponowania moimi genami albo przynajmniej niczym jakaś pierdolona rada nadzorcza do kontrolowania jak ów kapitał jest wykorzystywany rób mi to rób mi to uwielbiam jak mi to robisz niosło się gdzieś w zaświatach a ja w duchu przyznawałem im do tego prawo ale jednocześnie nie bardzo mi się to podobało na szczęście traf okazał się moim sprzymierzeńcem bo kiedy budowałem inteligentne choć z etycznego punktu widzenia mętne argumenty przeciw spadkowym oczekiwaniom zmarłej części mojej rodziny poczułem że górna szczęka po prawej stronie zaczyna mi się kruszyć wyjąłem ją moje własne zęby szczerze mnie zadziwiły kilka budynków w kiepskim stanie do kapitalnego remontu trochę ziemi ale co to za ziemia w ustach Polaka błoto po grdykę ledwie spadnie deszcz a że pada niemal zawsze więc ogólnie zbutwienie grzyb i popękane szkliwo weźcie to sobie powiedziałem i wręczyłem zaskoczonemu moim zdecydowaniem wujowi Teofilowi zęby z cegły otoczone drewnianym płotkiem przy którym rosły nie pierwszej świeżości dumne malwy dzyń-dzyń wzięli dzyń-dzyń zaczęto dzwonić we wszystkich dookolnych świątyniach ale ja wcale nie poczułem się uwolniony bo wiem że ciągle wiszę im kasę dzyń-dzyń poza tym jak ja będę wyglądał w świecie żywych z brakiem górnej szczęki po prawej nie teraz kurwa nie teraz otwieram oczy trzymam...

– Nie teraz! Kurwa, nie teraz!

Otwieram oczy. Trzymam komórkę. Na wyświetlaczu uśmiechnięta buzia mojego synka. Tylko dlaczego się trzęsie?

– Nie odbieraj, Kuba! – słyszę spazm. – Ja dochodzę...!

Dociera do mnie, że to nie Mati się trzęsie. To moja głowa, przytroczona do ciała, które ona wbija właśnie biodrami w materac. W idealnym rytmie, jak przystało na doświadczoną dżokejkę.

– To mój syn! – krzyczę.

– Później, błagam cię, później! – krzyczy jeszcze głośniej i łapie mnie za rękę.

Usiłuje wytrącić telefon na stolik. Wkurwiam się. Cofam dłoń z komórką, drugą zatykam jej usta.

– Stop!

Zamiera, muszę mieć naprawdę dziki wzrok. Nie zdejmując ręki z jej twarzy, odbieram telefon.

– Cześć, synek.

– Cześć, tatuś.

Brzmi niewyraźnie, biedak.

– Coś się stało? – dociekam.

– Nie, nic – odpowiada cicho. – Pogadać chciałem. Co u ciebie?

Co u mnie? Mama twojej koleżanki z klasy, wkurwiona i śliska od potu, siedzi mi na fiucie, a ja zatykam jej usta dłonią, żeby nie dyszała. Nie ma o czym mówić, synek.

– W porządku – upraszczam rzeczywistość. – W pracy jestem.

Szarpnięcie.

Idiotka!

Zaciskam dłoń mocniej i wysyłam ostrzegawcze spojrzenie, że jakiekolwiek powtórne fiknięcie zostanie już odebrane jako akt wypowiedzenia wojny.

– Przeszkadzam? – pyta Mati.

– Nie – uspokajam go. – Właśnie skończyłem zabieg. A u ciebie jak?

– Też w porządku. Właściwie...

Kurwa, o co chodzi?

– Coś się stało?

– Nie – zaprzecza, ale ja czuję, że zaraz się, chłopak, rozpłacze.

– Coś się stało? – powtarzam.

– Mówiłem, że nie. Tylko... – milknie.

Cisza jest nie do zniesienia.

– Tylko co? – pytam.

– Kocham cię. Chciałem ci powiedzieć, że cię kocham.

Rozłącza się. Nieprzespany tydzień spada na mnie jak gilotyna.

„Ja też cię kocham, synku".

Odkładam komórkę. Zwalniam uścisk z ust Hani.

– Opadł ci – zsuwa się ze mnie.

– Z synem gadałem.

W jej spojrzeniu próżno szukać zrozumienia.

3.

Kolejna nieprzespana noc. Już nie wystarczą Daniel Day Lewis, Al Pacino i Edward Norton. Więc oglądam filmy, w których sam robię za bohatera.

Mateusz. Ile on miał wtedy lat? Cztery, nie więcej.

– Jak ktoś umrze, to się mu kupuje klople i wlewa do buzi, i ten ktoś ożywa – mówi.

Boże, jak śmiesznie wygląda, taki pyzaty jeszcze, z burzą poskręcanych kędziorków, których nigdy nie pozwalał sobie rozczesać. Nienawidził czesania, nienawidził mycia głowy, darł się wniebogłosy, ciągle mam przed oczami, jak stoi w wannie, jeszcze mniejszy niż na tym filmie, góra dwa i pół roku, cały w pianie, odpycha moją rękę z prysznicem i krzyczy, że go oczy swędzą. Więc przekonuję:

– Mati, synku, jak nie chcesz, żeby cię piekło, trzeba zmyć tę cholerną pianę!

A on sepleni:

– Nie tseba! Nie tseba, klopka, peel!

A ten film jest chyba z Krynicy. Albo z Bukowiny. Nie, jednak chyba z Krynicy. Uczyliśmy go z Agą jeździć na nartach, a on przez cały pobyt opowiadał wyłącznie o umieraniu. Taki miał, gnojek, przelot.

Siedzi u mnie na brzuchu, w piżamce ze Scooby-Doo, i napierdala o śmierci, a mnie się oczy kleją, ale słucham, bo kiedy tylko przymykam je na dłużej, szarpie mnie za ramię.

– Mój miś umalł. Położyłem go do łóżeczka. Takiej tlumny. Napisałem żółtymi litelami, że on jest mój i że nie można go skrzywdzić ani lazu. To są odblaskowe litelki. Jak pilaci idą, to widzą, że tego misia nie można polwać, nie śpij, tatuś...

Śmiech Agi zza kamery i głos:

– Właśnie, nie śpij, tatuś!

Otwieram oczy.

– Potem poszedłem do misiowego sklepu z kloplami ożywiającymi. Tam się dostaje bilety. Te bilety, w któlych nie ma numelka, wyrzuca się na tlawkę. Za te bilety, w któlych jest numelek, można wyglać klople ożywiające i kubek.

– A propos kubka, kochanie, dokończ to kakao i idź wreszcie spać. Już późno.

– Nie przelywaj, mamo! – złości się.

– Nie przelywaj, mamo! – powtarzam i śmieję się do kamery.

Mati podnosi palec. Ucisza mnie. Najwyraźniej sytuacja była dramatyczna, a ja tego nie pojmowałem. Ale tylko przez moment, bo widzę teraz, jak kiwam głową, że już będę serio. Że zamieniam się w słuch. Opuszcza palec.

– Do kubka nalewa się klople – objaśnia. – Do kubka nalewa się klople – powtarza. Zawsze powtarza, gdy sprawa jest wielkiej wagi. – Te klople są w czelwono-zielonej tubce i nazywają się klew, znowu śpisz?

– Nie, skąd! – ożywiam się. – Jak mówisz? Krew?

– Klew – potwierdza.

– I co zrobiłeś z tą krwią? – dopytuję.

– No, wziąłem mojego umalłego misia i mu ją wlałem.

– Podziałało? – głos Agi zza kamery.

– Nie od lazu, mamo. Najpielw musiałem mu zatkać w łapce dziulę, przez ktolą mu cała klew wyciekła, kiedy się wywlócił. Zatkałem ją specjalną maścią i dziula się zasklepiła. Się zasklepiła – powtarza.

– I potem wlałeś mu te krople? – pytam.

– Tak. Wtedy on natychmiast wstał z maltwych. Ten miś.

– I był już zdrowy?

– Nie, był choly.

– Jak to chory? Przecież wstał z martwych!

Mam tak zaskoczoną minę, że Aga znowu chichocze zza kamery. Mati spogląda na mnie z politowaniem. Być może po raz pierwszy w życiu pojął, że ojcu trzeba objaśniać sprawy elementarne.

– Po maltwych misie są często chole, tato.

Jaki on był cudowny jako maluch! Do zjedzenia! Wymyślał nieprawdopodobne, wielopiętrowe historie, w których my wszyscy: on, ja, Aga i dziadkowie, czyli rodzice Agi, braliśmy sprawiedliwy udział na równi z krasnalami, robotami, pluszakami, kosmitami, czarownikami oraz – nie wiedzieć czemu – kaszalotami. A kiedy się dopytywałem: „Skąd ty to wszystko wiesz?", odpowiadał zawsze tak samo: „Splawdziłem we śnie".

Nie mówił „r" do pierwszej klasy.

Kolejny film. U nas w domu. Dopiero co się przeprowadziliśmy. Jeszcze pusto, prawie żadnych mebli. Trzymam kamerę. Mati siedzi na kanapie. Ma niewyraźną minę, widać wkurwienie, że go filmuję. Z tyłu Aga. Plecami do nas. Obrażona, bo Mati opluł ją szpinakiem. Mam ochotę powiedzieć, że go rozumiem, ale nie mogę. Jestem ojcem, a obowiązkiem ojca jest pokazać synowi różnicę między dobrem a złem.

– Musisz być dobry dla mamy – mówię. – Dobrzy ludzie mają lepiej. Jak człowiek jest dobry, to inni go lubią.

– I tak tego nie zapamiętam – burczy gdzieś w bok.

– Jak to nie zapamiętasz?

– Nie zapamiętam takich długich słów.

– Dobry to długie słowo?

Odwraca głowę. Patrzy prosto w kamerę.

– Nie zapamiętam go! – wydyma wargi.

Wybucham śmiechem. Staram się powstrzymać, ale to silniejsze ode mnie. Rżę. Dosłownie rżę.

W kamerze Mateusz chichra się również.

– Jesteście siebie warci – mówi z boku Aga, jednak za chwilę także się śmieje.

Wieczorem podsłuchujemy swojego syna, który mamrocze w łóżku pod nosem.

– Ploszę, dziękuję, przeplaszam... Ploszę, dziękuję, przeplaszam... To takie słowa są... Je się mówi... I jeszcze: pomalańcza... Wolę: pomalańcza...

Potem kochamy się długo i czule, dziękuję jej za Matiego, usypiam, trzymając ją za rękę. W nocy się budzę, bo wali mi serce. Ręka Agi. Ciągle ją trzymam. Ale teraz jest jakaś drobniutka. Otwieram oczy.

Kiedyś ty tu przylazł, chłopie?

Oddycha spokojnie. Jest tak kruchy i bezbronny, że nie śmiem się poruszyć. Powoli przytulam się do niego. Loki pachną mu dziecięcym szamponem. Niewinnością i zaufaniem. Zamykam oczy. Słyszę, jak miarowo bije mu serce. Moje również momentalnie się uspokaja. Przytulam go mocniej.

– Nie miłuj się do mnie – mamrocze przez sen i odkopuje kołdrę, bo za gorąco.

Boże.

Kiedyśmy to wszystko spieprzyli?

4.

– Kuba, to ty?

Stoisz w drzwiach, owinięta jedynie w ręcznik i zaskoczenie.

– Nie, Nina – uśmiecham się. – Proboszcz z kolędą. Mogę?

Po minie widzę, że wolałabyś jednak księdza.

– Czemu nie zadzwoniłeś wcześniej?

Bo wcześniej nie wiedziałem, że chcę cię rzucić, kochanie. To się pojawiło dość nagle. Chcesz wiedzieć dlaczego?

Kobieta, lat trzydzieści sześć. Ani brzydka, ani ładna. Dziś rano otworzyłem jej głowę. Glejak. Najwyższy stopień złośliwości. Góra dziesięć miesięcy życia, z których osiem zje radioterapia, zostawiając pozostałe dwa na umieranie. Jestem pewien, że też chciałaby wiedzieć: dlaczego? A co usłyszy? Bo tak chcę.

Trzeba się uczyć od Boga, Nina. Również zwięzłości.

Ale to nie wszystko. Przed operacją dopadł mnie na korytarzu jej mąż. Typowy korporacyjny szczur, zintegrowany z szarym garniturem. Całkiem byś na niego nie zwróciła uwagi.

Nie wiem, czy ci mówiłem, ale nie znoszę tych momentów, kiedy ciągle jeszcze nie mogę pogodzić się z własną niemocą, a już mnie osacza rodzina pacjenta i żebrze o nadzieję. Zazwyczaj bywam brutalny. Ale tym razem obok tego faceta stał mniejszy szczurek, może z rok starszy od Matiego. Miał ze sobą plecak i śpiwór, który ugniatał z miną żołnierza, co słyszy tuż nad głową napierdalanie z dział i wie, że trzeba będzie zaraz wyskoczyć z okopu i pobiec w ich stronę. I wiesz co, Nina? Poczułem ukłucie w sercu.

– Idealna pogoda na wyjazd, co? – zagadnąłem. – Mój syn też zaraz jedzie na zieloną szkołę.

Szczurek popatrzył na mnie jak na powietrze.

– Uparł się, że będzie spał w szpitalu – wyjaśnił jego ojciec. – Przy mamie.

To było – jak już wspomniałem – rano, ale do tej pory twarz tego gówniarza ze śpiworem nie może zniknąć mi sprzed oczu.

Kiedy zamykałem czaszkę jego matki.

Kiedy wrzucałem do kosza zakrwawione rękawiczki.

Kiedy myłem ręce.

Widziałem ją.

I uświadomiłem sobie, że od tej chwili ja będę jadł, spał, srał, czytał, operował, pił wódkę z Pawłem, bzykał ciebie czy kogokolwiek innego, a mały szczur będzie leżał w śpiworze przy umierającej matce. I że nie może inaczej. Bo trwanie jest ważne.

Bo trwanie jest ważne, Nina, a ja o tym całkiem zapomniałem.

I wyobraź sobie, po raz pierwszy od bardzo dawna pomyślałem o domu. Że chciałbym tam być. Z moim synem, z moją... Z Agnieszką. Tak po prostu. Po prostu chciałbym tam być.

Dałabyś wiarę, że tak mnie dopadnie znienacka?

A kiedy zaparkowałem na osiedlu, dopadło mnie po raz drugi. Co ty robisz, baranie? – pomyślałem. Co jej powiesz? Że wpadłeś na obiad? Że chcesz ich zabrać na lody? Że pragniesz się na chwilę położyć w sypialni? Popatrzeć na słoje w drewnie sufitu, z których przez całe lata sczytywaliście razem postacie zwierząt i ludzi? A może szczerze wyznasz, że przyjechałeś jedynie zwalić im gruz do salonu, bo nie dajesz już rady go targać? A potem znowu odfruniesz? Lekki tak i motylkowaty?

I wiesz, Nina, dotarło do mnie, że Bielska ma rację: wszystko, czego nienawidziłem w ojcu, wyłazi ze mnie jak pierdolone robactwo. Nie mam czasu dla mojego syna, ale mam czas dla waszych cycków, stringów, pończoch, szpilek oraz perfekcyjnie wygolonych i wyperfumowanych cipek.

Jak się możesz domyślać, kochanie, nie spodobało mi się to.

Oczywiście nie podobało mi się też, że żadnej z was już nie będę więcej pierdolił, ale postanowiłem choć raz być konsekwentny i odebrałem mojemu fiutowi dowództwo. Przynajmniej na ten jeden dzień, w którym będę was rzucał.

Jeśli może to nieco osłabić twój ból, kochanie, wiedz, że chciałem zacząć od Poli. Mam świadka, Maciej Wilk wykonał mi szereg zdjęć. Ale nie było jej w domu, więc rzuciłem tylko: „Szczęść Boże!", minąłem jego samochód i skierowałem swoje kroki do ciebie. Otworzyłaś dwie minuty temu, owinięta jedynie w ręcznik i zaskoczenie. Uznałem, że nie mogę tego wszystkiego powiedzieć w progu, i mimo braku zaproszenia wszedłem do środka.

I właśnie stoję w drzwiach salonu, który wygląda, jakbyś na mnie czekała. Zaciągnięte zasłony, kilka zapalonych świec, kadzidełko, na stoliku butelka whisky i dwie szklanki, pierwsza prawie pusta, druga napełniona do połowy. I tylko jeden element nie pasuje do układanki.

Młody, przystojny mężczyzna w obcisłej koszulce, który stoi na środku i mówi mi właśnie dzień dobry.

Mam szereg wątpliwości, czy to dobry dzień. Ale potrafię też docenić, że mięśniak jest kulturalny. I opalony. I że ma najwyżej z dwadzieścia pięć lat.

Umięśniony savoir-vivre. Nie ma szans, żebyśmy się zaprzyjaźnili.

– Chyba wpadłem nie w porę...

– Przestań, Kuba, my już po! – machasz ręką bagatelizująco. – Tak sobie tylko gadamy.

Już po? Sobie gadamy? Naprawdę, Nina, staram się wyprzeć z pamięci wszelkie epitety, jakimi pragnąłbym cię teraz obdarzyć, ale czy ja wyglądam aż na takiego kretyna? Przyszedłem ci powiedzieć, żebyś spierdalała z mojego życia, a ty stoisz przede mną z głupią miną, zawinięta w strzępek frotté i naoliwiona przez miedzianego trolla, lat dwadzieścia, kurwa, i pięć, i usiłujesz mnie przekonać, że jestem jedynie świadkiem zwykłej człowieczej konwersacji. Czy naprawdę, powtórzę raz jeszcze, wyglądam aż na takiego kretyna? Dzierżę w pompie, co przed chwilą robiliście i ile razy. Ale jestem wkurwiony, Nina, porządnie wkurwiony, bo jak mam w tych okolicznościach powiedzieć, że przyszedłem z tobą zerwać i że wpadłem na to wcześniej, zanim zobaczyłem pana Biceps Miesiąca, z którym, jak zapewniasz, jesteś już po? To tylko z pozoru dobra sytuacja, bo tylko z pozoru wszystko tak się ułożyło, że nie trzeba nic mówić, wystarczy w tył zwrot i jebnięcie drzwiami. Tak naprawdę jest bardzo źle. Bo wskazówka zegara, co przesypuje czas w twojej alkowie, dziwko, ukłuła mnie przed chwilą głęboko i śmiertelnie.

i dostrzegł mąż zraniony że nadchodzą barbarzyńcy walą w głośniejsze bębny gubią barwniejsze pióra teren znaczą świeższym moczem i pojął że wszystkich ich nie pokona bo cóż z tego że wypatroszy pierwszego setnego kolejnych skoro za horyzontem czai się już nowy legion pięta Pandory puszka Achillesa nieuchronna klęska

– Jakub? Jakub, co z tobą?

– Nic. Zamyśliłem się.

– Idę się ubrać – mówisz i znikasz, zanim zdołam zaprotestować.

Zostajemy sami: ja, troll i kilka niewypowiedzianych jeszcze uwag o pogodzie. Kurwa, słabo. Więc milczę i patrzę.

Szeroka, anglosaska szczęka.

Mocne kości policzkowe.

Konkursowe tricepsy.

Będzie naprawdę piękny, jak się zestarzeje. Ale na razie wygląda jak cipa. Przyciąga wzrok instynktownie, bez kontekstu.

Podchodzę do stolika. Patrzę na szklanki.

– Która twoja?

– Ta gdzie więcej.

Podnoszę butelkę i grubym denkiem przesuwam szklankę, którą wskazał. Pilnuję, by nie dotknąć. Wszystko, co zbrukały jego wargi, musi podlegać kwarantannie. Szklankę Niny uzupełniam po brzegi. Unoszę. Dotykam wargami. Jako pierwsza pojawia się na języku gorycz. Witaj, perfidny Albionie, pozdrowiony niech będzie twój wrzos, twój dym i twój Avalon. *God fuck the Queen*!

– To nie tak jak pan myśli – zapewnia tymczasem cipa.

– Nie masz pojęcia, co myślę – mówię wolno i wyraźnie, po czym wychylam do dna.

Nim kończę, słyszę w piersiach pomruk. To budzi się łowca.

– Ja pańską żonę tylko masuję – troll przestępuje z nogi na nogę. – My naprawdę nic. Jeśli mam być precyzyjny: tylko masaż i rehabilitacja.

Odstawiam szklankę na stolik.

– To nie jest moja żona. I jeśli mam być precyzyjny, ja ją tylko pierdolę.

Zaskoczony zastyga niczym jaszczurka. Niemal słyszę, jak skrzypią mu zwoje. W końcu zjawia się uśmiech.

– Bogu dzięki! Bo wie pan, ja strasznie nie lubię takich historii.

Podchodzi. Wyciąga szklankę w moją stronę.

– Michał.

– Jakub.

Nalewam po same brzegi, bo intuicja mi podpowiada, że tego nie lubi. Stukamy szkłem o szkło, potem przyglądam się, jak pije, grdyka tańczy mu pod skórą, to gorsze niż pornografia, krzywi się, walczy, usiłuje zapanować nad tężeniem szczęk, odpierdolić twardziela. Cienko to widzę, cipo. Jeszcze moment i rzygniesz.

– Jesteś pedałem, Michał?

Wybałusza zdumione oczy.

– Kocha seks, jest piękna i leży przed tobą naga, a ty nic – stwierdzam. – W bandzie, do której ja należę, takie rzeczy się nie zdarzają.

Odstawia szklankę. Oczywiście, nie dopił. Wyciera usta, zerka w stronę schodów, ścisza głos.

– Jestem zakochany.

Wybucham śmiechem. Nawet mój Mati powiedziałby to poważniej. Spogląda na mnie urażony.

– Co w tym śmiesznego?

– Wszystko – wyjaśniam. – Ale dzięki za podróż w czasie. Przez chwilę poczułem się jak w przedszkolu.

– Też się tak czuję.

Upycham do szklanki kolejną partię torfu.

– Już zapomniałem, jak to jest kochać tak przedszkolnie i platonicznie.

Patrzy na mnie zaskoczony.

– Ale to w ogóle nie jest platoniczne!

– Nie?

– Ani trochę! Zajebisty seks! W życiu takiego nie miałem!

Łapie butelkę i wali z gwinta. Tym razem nie krzywi się ani razu. Grdyka pracuje niczym silnik Wankla, a oczy błyszczą jak karbunkuły. Może jednak nie jest cipą?

– W takim razie pozazdrościć – klepię go po ramieniu.

– A żeby pan wiedział! Jest czego! – odstawia flaszkę i ponowie ścisza głos. – I niech pan sobie wyobrazi, po sąsiedzku – mruga zawadiacko.

– Po sąsiedzku?

– No, parę domów dalej – uściśla.

– Na naszym osiedlu?

– Na waszym osiedlu – pochyla się i szepcze mi do ucha: – Pod piątką.

Pod piątką?

Kurwa.

Pod piątką.

Kurwa?

Pod...

Kurwa!

– Widzę, że się dogadujecie? Jak pięknie! – słyszę z boku twój głos. Odwracam się. Stoisz w drzwiach i uśmiechasz się promiennie. – Który mi naleje? Odrobinkę bym się napiła.

Jak ty to robisz, Nina, że nawet w ubraniu wyglądasz nago?

5.

– Jak mogłaś?!

Kiedy tak miotam się po salonie, w którym ciągle wisi ślubne zdjęcie moich starych, a który przeszło rok temu opuściłem w pogoni za nielimitowanym ruchaniem, muszę wyglądać jak ostatni frajer. Ale mam to serdecznie w piździe, bo czuję się zirytowany istotnie i z uzasadnionego powodu.

– Jak mogłaś, Aga?! – powtarzam bez końca. – Do chuja pana, jak mogłaś?!

– Bez problemu, Kuba! Bez problemu!

Siedzi na fotelu i patrzy na mnie z rozbawieniem. Oj, nie podzielam ci ja jej dobrego humoru. Najchętniej rozpierdoliłbym pół salonu, ale trochę żal, w końcu przez lata go meblowałem. Pozostaje mi tylko wrzeszczeć, więc wrzeszczę.

– Żeby z takim idiotą?! Z takim tępym mięśniakiem?! Z takim napompowanym, kurwa, trollem?!

Lekko się krzywi.

– Czy ty zawsze musisz wszystkich obrażać?

– A dlaczego miałbym go nie obrażać?! Kto to niby jest? Ojciec Święty? Dalajlama?

– No, Dalajlama to nie.

– Właśnie! Tylko jakiś pierdolony trenerzyna!

– Bardziej pierdolący niż pierdolony – mruga filuternie.

– Nie bądź, kurwa, wulgarna!

Przez chwilę patrzy na mnie zaskoczona, po czym wybucha śmiechem tak głośnym, że nie mogę się przebić z żadną następną pretensją, choć mam ich jeszcze miriady. Lecz kiedy tylko milknę, raptownie poważnieje, a w jej oczach zaczynają błyskać pioruny.

– A co ty myślałeś, idioto? Że do końca moich dni będę żyła we wstrzemięźliwości?

Oczywiście, że tak nie myślałem, kochanie.

– Kuba?

Oczywiście, że tak myślałem, dziwko.

– Kuba, słyszysz mnie?

Zgadnij, która odpowiedź jest właściwa.

– Kuba, przestań się tak zamyślać, do cholery!

– Nie zamyślam się, Aga. Tylko zdumiewa mnie ten debilny zwyczaj, żeby odpowiadać pytaniem na pytanie! Od dawna było dla mnie całkowicie jasne, że kiedyś w twoim życiu pojawi się inny mężczyzna! Ale dlaczego akurat masażysta, do kurwy nędzy?

– Wiesz, co potrafią masażyści?

Znowu uśmiecha się jak okupant.

– Jesteś rozczarowująca!

– Ja? – gwałtownie podrywa się z fotela. – Raczej ty, kretynie!

Jest naprawdę wściekła. Chodzi po salonie jak lwica na wybiegu. Jeszcze chwila i zacznie we mnie rzucać talerzami.

– Alkoholiczka, nimfomanka i żywieniowa psychopatka! Walisz całą menażerię na tym osiedlu!

Wbijam w nią zaskoczony wzrok.

– Myślałeś, że o niczym nie wiem? Jesteś żałosny, Kuba! Całe osiedle o tym wie!

Kurwa, kto sypnął? Paweł? Niemożliwe!

– Zastanawiasz się, kto mi doniósł, tak? Nikt nie musiał donosić! Wystarczy, że Pola opowiada wszystkim, że jesteś jej facetem!

Ja pierdolę, co za idiotka! Zaraz pójdę i ją zabiję! I niech ten debil, jej mąż, to sfotografuje!

– Ależ kochanie, to jakieś totalne nieporozumienie! – staram się brzmieć ciepło, jakbym agitował za pokojem na całej Ziemi. – Nie mam pojęcia dlaczego, ale Pola zmyśla!

W okamgnieniu Aga doskakuje do mnie, zagląda mi w oczy i kręci głową z niedowierzaniem. Czuję się jak po raz pierwszy złapany na wagarach. Wtedy też matka miała podobną minę.

– Jesteś żenujący, Kuba! – krzyczy.

– Ale...

– Nawet, kurwa, nie zaczynaj! Pola niemal codziennie do mnie dzwoni, rozumiesz?

Jezu, i ja nic o tym nie wiem? Jak to w ogóle możliwe?

– Ale po co? – pytam Agę, choć tak naprawdę siebie.

– Jest kategoria ludzi, którzy kupują używany samochód, a potem czują się w obowiązku informować poprzedniego właściciela, jak się sprawuje – Aga uśmiecha się złośliwie. – Braterstwo w eksploatacji. Myślę, że to właśnie ten przypadek.

– Jaja sobie ze mnie robisz?

– Ani trochę! Pola dzwoni do mnie, kiedy jest jej z tobą dobrze i kiedy jest jej z tobą źle. Notabene, z tego drugiego powodu dzwoni częściej, ty wiecznie egoistyczny dupku.

– Nie zbaczaj z tematu, kochanie! – próbuję ją rozbawić, ale bez powodzenia.

Aga patrzy na mnie chłodno i cedzi słowo za słowem.

– Pola się skarży, że nie okazujesz jej tyle uczucia, ile powinieneś, że jesteś nieodpowiedzialny, niedojrzały, że sypiasz z innymi. Czasami odnoszę wrażenie, że ma do mnie pretensje, że nie umiałam cię wychować! Jakbym, kurwa, była twoją matką, a nie byłą żoną! I ciągle przy tym płacze! Myślisz, że to takie, kurwa, fajne ocierać łzy twoim nowym dupom?

– Na miłość boską, błagam: powiedz, że żartujesz!

– Chciałabym, Kuba, ale to wszystko prawda! Więc następnym razem, jak ci przyjdzie ochota, by oceniać moje życie, to się głęboko zastanów! Bo ja twojego nie oceniam! Chcesz tak żyć, to żyj! Tylko pamiętaj o jednym: to, że pieprzysz te wszystkie nieszczęścia, nie oznacza, że możesz odpierdalać zbawiciela świata!

Nie wiem, co powiedzieć. Siadam bezradnie na sofie. I w tym momencie drzwi otwierają się z hukiem.

– O, tata! Zostajesz na obiad?!

6.

Mimo nalegań Matiego nie zostaję na obiad. Szkoda. Gdybym został, nie wydarzyłyby się te wszystkie chujowe rzeczy po.

Ale po kolei.

Kiedy zamykam za sobą drzwi, czuję że dostaję wylewu. Gorzej. Że już dostałem. Mój łeb naprzemiennie eksploduje i zasysa się do środka. Słyszę tętent tętnic, skowyt poniżonego serca, krzyk rozstrzelanej dumy. Zgarbiony pod ciężarem ostatniego z istnień, jakie mi jeszcze zostało, przemierzam miasto, a właściwie ruiny i zgliszcza po nim. Słońce kładzie się nisko nad horyzontem. Jego purpurowe światło drży w potłuczonych szybach, które chrzęszczą mi pod butami. Na okaleczonym bruku dopalają się sennie szkielety aut. Wszędzie leżą ciała. Brunatne i rozdęte. Wiatr, zakleszczony w pułapce wysokich gruzowisk, roznosi we wszystkie kierunki śmieci i smród. Jesteś sam, myślę. Jedyny, który ocalał z rzezi.

– Twoje zdrowie, Kuba!

– Twoje zdrowie, Tamara!

Kiedy podaję jej kieliszek, lekko przytrzymuje moją rękę. Ma szczupłe i zadbane dłonie. Nigdy wcześniej tego nie dostrzegłem. Dziwne. Przecież znamy się tyle lat.

– Czasami odnoszę wrażenie, że macie nas za kompletne idiotki – uśmiecha się pobłażliwie.

Jest już nieźle wstawiona. Ja zresztą też. W końcu osuszamy drugą butelkę.

Żona Pawła.

Była żona Pawła.

Nie powinienem był tu przychodzić. Ale to naprawdę przy...

nie powinienem był tu przychodzić ale to naprawdę przypadek przysięgam bo kiedy Mati zapytał zostajesz na obiad? a ja odpowiedziałem że nie mogę że dyżur niespodziewany mi wypadł a potem wyskoczyłem z mojego byłego już domu niczym z wnętrza wulkanu czułem się naprawdę chujowo głowa a to eksplodowała a to zasysała mi się do środka przysiągłbym że słyszałem tętent własnych tętnic skowyt serca krzyk dumy wszystko co wiedziałem to że nie chcę być sam że sam być po prostu nie mogę Paweł to był pierwszy impuls głos instynktu Paweł mój najlepszy przyjaciel muszę go zobaczyć poskarżyć się wytłumaczyć posłuchać jak mówi chuj z tym stary może nie wszystko zrobiłeś idealnie ale przestań się zadręczać Paweł mój najwierniejszy amigo muszę się z nim natychmiast spotkać myślałem przedzierając się przez ruiny i zgliszcza zgarbiony pod ciężarem ostatniego z istnień jakie mi jeszcze zostało nacisnąłem dzwonek do jego bunkra zdumienie w oczach Tamary coś się stało Kuba? i dopiero w tym momencie do mnie dociera że Paweł już tu nie mieszka a ja o tym kurwa w stresie zapomniałem choć sam go przecież miesiącami namawiałem żeby stąd spierdalał idź w świat mówiłem roztaczając wizje pełnotłustych edenów tam gdzie skarby gdzie tajemnice przy tej sympatycznej ale przewidywalnej kobiecie nic cię już nie czeka zaklinałem i teraz sam czekam pod jego drzwiami zmiłowania a ta sympatyczna ale przewidywalna kobieta której nie chciałem przedłużyć licencji spogląda na mnie zaskoczona przepraszam Tamara mówię cicho jakby w zawstydzeniu chciałem pogadać z Pawłem ale zupełnie zapomniałem że się wyprowadził nie gniewaj się nie gniewam się Kuba zapewnia wejdź patrzy na mnie ciepło uśmiecha się jest mi coraz bardziej nieswojo nie chciałbym przeszkadzać mówię nie pierdol tylko właź wciąga mnie do środka przecież nie przestaniemy sobie mówić dzień dobry tylko dlatego że się rozwiodłam z twoim najlepszym kumplem napijesz się herbaty? kawy? wina? sama mam wielką ochotę na wino ale nikogo z kim mogę się napić kiedy podaję jej kieliszek lekko przytrzymuje moją rękę ma szczupłe i zadbane dłonie nigdy wcześniej tego nie dostrzegłem dziwne przecież znamy się tyle lat patrzy mi prosto w oczy jej dłoń jest gorąca i wilgotna nie powinienem

Patrzy mi prosto w oczy. Jej dłoń jest gorąca i wilgotna. Nie powinienem tu przychodzić.

– A czego ty się spodziewałeś, Kuba? Że po tym, jak ją zostawiłeś, będzie ci wierna do końca życia?

– Ty też nie jesteś wierna? – odwracam wzrok.

Czuję, jak jej palce zaciskają się na moich. Cofam rękę.

– Już wiesz, jak to boli, co? – mruga do mnie. – Twoje zdrowie, Kuba!

Zanim zdołam unieść kieliszek, pije do dna. Szybko, histerycznie, na jednym oddechu. Kiedy kończy, szarpie nią dreszcz. Krzywi się jak po lekarstwie.

– Wszystko w porządku?

– Kurwa, Kuba, przestań! – sprawia wrażenie urażonej. – Przecież wiesz, że zawsze mogłam wypić tyle co ty i Paweł!

To prawda. Dawniej miała tak mocną głowę, że potrafiła przepić nas obu. Kiedyś na nartach w Szczyrku trafiliśmy na cholernie twardych zawodników. Piliśmy wódkę pod ogórki kiszone, bo nic innego już nie było, nawet woda się skończyła. Paweł zaległ po trzeciej flaszce, ja w połowie piątej myślałem, że zejdę, a Tamara dojechała twardo do samego końca imprezy. Do chwili, kiedy tamci sami musieli przyznać, że mają dość. A następnego dnia rano – całe schronisko jeszcze rzygało po pokojach – już była na stoku. Naprawdę miała niesamowitą głowę. Całkiem o tym zapomniałem.

– Zapomniałeś już?

– No co ty, Tamara! – kłamię. – Takich rzeczy się nie zapomina!

Uśmiecha się w moll. Do twarzy jej w smutku. Kiedy się odwraca, by sięgnąć po talerz z serami, koszulka nieco jej się unosi. Zeszczuplała. Nie powinienem tu przychodzić, kurwa.

– Mam ochotę się dziś strasznie upić – mówi. – Nalejesz mi jeszcze?

Powinienem wyjść.

– Nie da się – pokazuję pustą butelkę.

Wzrusza ramionami.

– To otwórz następną, a ja w tym czasie skoczę do łazienki.

Ledwo znika, dostaję radiotelegram ze sztabu. Unikać działań zaczepnych! Nie podejmować walki! Natychmiast się wycofać! To właściwy rozkaz, wiem. Zyliard razy byłem w podobnych warunkach bojowych, dlatego nie mogę mieć złudzeń. Wiem, jak to się skończy, o ile zawczasu nie zareaguję.

Jeśli kobieta chce się wyszczać, to się po prostu idzie wyszczać. Niepotrzebna jej do tego proklamacja niepodległości ani oświadczenie woli. Ale jeśli mówi „otwórz następną, a ja w tym czasie skoczę do łazienki", to znaczy, że decyzja o ataku już zapadła, a za drzwiami kibla odbywa się wyłącznie przegląd arsenału.

Zbieraj więc dupę w troki, żołnierzu, zanim będzie za późno.

Wyciągam telefon. Wciskam numer Pawła. Jego żona najwyraźniej uznała, że najdoskonalszą zemstą będzie bzyknięcie jego najlepszego przyjaciela. Nie jestem na nią zły. Nic z tych rzeczy. Po pierwsze kobiety już tak mają, po drugie – chodzi w końcu o mnie. Muszę tylko Pawłowi powiedzieć, gdzie jestem. Rozbroimy bombę, zanim Tamara włączy silniki samolotów.

Nie odbiera, menda. Szkoda. Gdyby odebrał, nie wydarzyłyby się te wszystkie żenujące komplikacje po.

Ale po kolei.

– Więc pytałeś, Kuba, czy ja też nie jestem wierna, tak? – głos Tamary za moją głową jest równie mocny, jak aromat jej perfum.

Inwazja się rozpoczęła. Czas wycofać się na z góry upatrzone pozycje. A więc po pierwsze – dzwonili ze szpitala, mają epidemię wylewów oraz śmierć personelu i nalegają, żebym przyjechał. A po drugie – możesz mi wezwać taksówkę?

– Świetny ten ser – mówię. – Gdzie kupiłaś?

Wbija we mnie zszokowane spojrzenie.

– Chcesz rozmawiać o serze?

– To bardzo dobry ser – brnę, zdębiały własnymi słowami.

Przygląda mi się uważnie.

– Nudzę cię, Kuba? Może wezwać taksówkę?

– Jeszcze nie.

Jeszcze nie? Odbiło ci, żołnierzu?! Wypierdalaj stąd, ale już!

– To co z tą wiernością? – mówię zupełnie co innego, niż zamierzałem powiedzieć.

– Zdumiewa mnie, jak bardzo selektywny stosunek mają do niej faceci – uśmiecha się. – Możesz mi to wyjaśnić?

Niech to szlag, mimo upływu lat ma piękny uśmiech. Dużo ładniejszy niż ta sucz matka Bogusia.

– Zrobię, co w mojej mocy – obiecuję. – Co dokładnie chcesz wiedzieć?

– Może na początek powiedz, jak to jest, że kiedy Aga chce się napić kawy z innym facetem, wpadasz w histerię, a jednocześnie bez cienia wstydu obsługujesz te wszystkie osiedlowe chochoły?

Kurwa, a skąd ona to wie?

– Nie mam pojęcia, kochanie, o co ci chodzi – uśmiecham się, bo ciągle liczę na to, że uda się jeszcze uratować atmosferę.

Ale ona ma te wysiłki najwyraźniej za nic.

– Może nie trzeba się było rozwodzić, skoro aż tak cię boli, że ktoś inny pije teraz z jej źródełka – cedzi.

Pije ze źródełka? Chyba się przesłyszałem? No bo co to ma, niby, być? Pierdolona *Ulica Sezamkowa*?

– Wybacz, Tamara – robię wszystko, by mój głos brzmiał jak najspokojniej, co nie jest łatwe, kiedy wkurw ściąga szczęki – ale mówimy teraz nie o jelonku Bambi, tylko o przerośniętym konsumencie rozgałęzionych aminokwasów, który bzyka matkę mojego dziecka! Nie nazywałbym tego piciem ze źródełka, do chuja!

Mam nadzieję, że zrozumie, iż temat uznaję za zamknięty. Ale ku mojemu najgłębszemu zdumieniu ona wybucha tylko głupim śmiechem.

– Boże, Kuba, jakie to żałosne! – chichocze. – Jakie to żałosne, że przypominacie sobie, że jesteśmy matkami waszych dzieci, tylko wtedy, kiedy w pobliżu pojawia się inny penis!

– Czy mogłabyś się nie odgrywać na mnie za to, że inny penis się jeszcze u ciebie nie pojawił?

– Gdybym chciała, to by się pojawił! Ale nie mam takiej potrzeby. Po pierwsze jestem zbyt świeżo po rozwodzie, a po drugie... – milknie. – Możesz mi w końcu nalać?

Nalewam. Pije zachłannie.

– A po drugie?

– Wiem, że się będziesz z tego śmiać, ale mimo rozwodu my się z Pawłem ciągle kochamy!

– Dlaczego miałbym się z tego śmiać? To bardzo piękne, co mówisz.

Kurwa, dlaczego nie włączyłem dyktafonu? Paweł by umarł, jakby to usłyszał.

– I czuję, że on za mną bardzo tęskni.

O, tak! Jestem pewien, że właśnie teraz prezentuje jakiejś suczy tęsknotę za żoną na wiele akrobatycznych sposobów.

– On się po prostu zagubił...

Jasne! W bardzo wilgotnych tunelach.

– I trochę w tym twojej winy!

– Słucham?

– Zawsze uganiałeś się za spódniczkami! W końcu i jemu zaczęło to imponować!

Ta rozmowa najwyraźniej zmierza w złym kierunku. Ale chuj, do końca będę lojalnym kumplem.

– Paweł za spódniczkami? W życiu!

– Ja go nawet trochę rozumiem – kontynuuje swoją mantrę, jakby w ogóle nie słyszała ironii w moim głosie. – Ta sama żona od dwunastu lat, Adrianek trzy miesiące po ślubie, ja w szoku, bo już nic nie było jak dawniej. Byłam zestresowana, wiecznie zmęczona, chwilami zapominałam o seksie...

Chwilami? Od kiedy chwile liczy się w miesiące?

– Niepotrzebnie się obwiniasz – mówię.

– Nie, nie! Na pewno cierpiał. Jest taki męski, taki zwierzęcy wręcz... On ma ogromne libido, wiesz?

Nie jestem pewien: potwierdzać czy zaprzeczać? Na wszelki wypadek postanawiam milczeć. Przysuwa się. Łapie mnie za rękę.

– Z kim on się teraz spotyka, Kuba?

– Skąd ci przyszło do głowy, że się w ogóle z kimś spotyka?

– Bo mi się wydaje, że z matką Bogusia. Jak jej tam...? Z Wiktorią...

Czerwony alert! Torpeda na kursie!

– Nie, to niemożliwe!

– A jednak! Widziałam, jak na siebie patrzą!

Kurwa, za późno na „całą wstecz". Zostaje tylko samobójczy atak.

– To niemożliwe, bo to ja z nią jestem!

– Co?

– Ja jestem kochankiem Wiktorii!

Patrzy na mnie zaskoczona, a potem zaczyna się głośno śmiać.

– Wiem, że jesteś lojalnym przyjacielem, ale jeśli coś jest niemożliwe, to akurat to!

– A niby czemu?

– Kuba, jesteś kochanym człowiekiem, ale jako mężczyzna... – zawiesza głos i krzywi się, jakby patrzyła na przeterminowany jogurt. – No, wybacz...

Teraz to mnie naprawdę wkurwiła.

– Dzwonię po taksówkę.

7.

Pamiętasz, jak twój ojciec poprosił, żebym pomógł wam przy remoncie kuchni? Sam byłeś wtedy bezużyteczny, bo kilka dni wcześniej wyjaśniałeś jakiemuś debilowi na imprezie, jak bardzo się myli w ocenie twojej matki, i wybiłeś sobie bark. Więc potem mogłeś już tylko przy mnie siedzieć i szydzić, że krzywo docinam wykładzinę. W szafce pod oknem był otwór na zewnątrz budynku, taka niby lodówka, pamiętasz? Twój ojciec kazał nam go zamurować. *I to właśnie tam postanowiliśmy schować nasz kodeks. Osobistych kobiet wzajemnie nie ruchać, reszta jest dobrem wspólnym.* Jak mogłeś w ogóle pomyśleć, że o tym zapomniałem, ty tępy skurwysynu?!

Tuż przed wyjściem od Tamary próbowałem się do ciebie dodzwonić po raz kolejny. Z kibla. I po raz kolejny nie odebrałeś. Skąd miałem wiedzieć, że siedzisz w aucie pod domem Wiktorii, niecałe pięćdziesiąt metrów od nas? Tymczasem zadzwonili z korporacji, że taryfa już stoi pod domem. Pochłonięty odszukaniem właściwego numeru taksówkarz również cię nie zauważył. To naprawdę przydatny dar, żołnierzu – być niewidzialnym, kiedy ma się kobietę przytroczoną do penisa.

Snop świateł taksówki liże maskę twojego peugeota, a matka Bogusia unosi się znad twoich kolan. „Co to było?" – pyta. „Nic. Taksówka tylko – bagatelizujesz. – Nie przerywaj". Chcesz, żeby dokończyła. To normalne. Ale ona – nie wiedzieć kiedy – przeskoczyła już na inny level. Teraz chce się przytulać. „Jak bardzo mnie kochasz?" – pyta tonem, który jej został z Dziewczęcej Służby Maryjnej. Znam cię dobrze, nie znosisz podobnych pytań. Żaden facet nie znosi, a już zwłaszcza jako interwału przy robieniu laski. Dlatego – choć wiem, że mógłbyś na odczepnego powiedzieć coś miłego, rzucasz chłodno: „W ogóle cię nie kocham". „Dlaczego?" – pyta zaskoczona. „Bo lekarz mi zabronił" – odpowiadasz. Wiem, że myślisz wtedy o mnie. Doceniam to. Ona chyba mniej. Bez dwóch zdań ją wcięło, w milczeniu gapi się zaskoczona. Dopiero po dłuższej chwili wybucha śmiechem. Zbyt głośnym, by go można było uznać za naturalną reakcję. To musi być żart, myśli, przecież nikt nie powiedziałby czegoś takiego serio. Na wszelki wypadek chce jeszcze dopytać, czy to aby na pewno żart. Ty, oczywiście, w ogóle nie masz ochoty o tym rozmawiać. Co nie dziwne – ze stojącym chujem słabo się gawędzi o dowcipach. Więc łapiesz ją za rude pukle, na tyle delikatnie, żeby się nie przestraszyła, i na tyle zdecydowanie, żeby pojęła, że czas konwersacji się skończył, i ściągasz jej głowę w dół. A potem znowu opierasz się o szybę. W gruncie rzeczy chcesz już to mieć za sobą. Spuścić wodę z papugi i zająć się własnym życiem.

I wtedy mnie zauważasz. Jak wychodzę z domu, za który ciągle jeszcze spłacasz kredyt. Obok twoja była żona. Nie chciałem, żeby mi towarzyszyła, ale tego nie możesz wiedzieć. Nie możesz też wiedzieć, że mam jej na dzisiaj szczerze dość i chciałbym, żeby się już odpierdoliła. Ale nią najwyraźniej targają wyrzuty sumienia. Może myśli, że mi zbyt mocno dojebała, i chce to zrekompensować machaniem na do widzenia? Chuj wie. Kobiet naprawdę nie idzie czasami zrozumieć. Tak czy inaczej, chcę jak najszybciej uciec do taksówki, ale nie mogę, bo twoja była żona trzyma mnie za rękę. I szepcze do ucha, żebym się nie martwił, że jeszcze wszystko się ułoży, że zawsze mogę na nią liczyć, że czas leczy rany, całe to ich matczyne blablabla. Na koniec tuli mnie jak pluszaka i całuje w policzek. Uśmiecham się, bo to nic nie kosztuje. Ale gdybym mógł, wolałbym, żeby mnie nie dotykała. A przede wszystkim: żebyś na to nie patrzył. Bo to, co widzisz, musi ci odbierać przyjemność z tego, co czujesz. To uwaga teoretyczna, przecież nie mam pojęcia, że teraz na nas patrzysz. Dowiem się o tym dużo później.

„Kurwa mać!" – wykrzykują twoje zbielałe wargi, na co matka Bogusia przestaje mlaskać i znowu usiłuje się wyprostować. „Co się stało?" – pyta, a do ciebie dociera, że nie chcesz, by widziała to, co teraz widzisz. Więc wciskasz jej głowę z powrotem pod deskę rozdzielczą. „Nie podnoś się!" – cedzisz przez zaciśnięte zęby. „Ale mnie szyja boli!" – skarży się. „Chuj z szyją, nie teraz, mówię!" – syczysz, patrząc, jak twoja była żona macha mi na pożegnanie. Ten jej głupi gest wkurwia cię niepomiernie. Energicznie, niemal brutalnie, łapiesz rudy łeb i ściągasz w stronę kolan, a potem szarpiesz nim w górę i w dół, w górę i w dół, w górę i w dół. Pulsują ci szczęki, czujesz jednocześnie wściekłość i rozkosz. Po kilkudziesięciu sekundach nieruchomiejesz, a potem gwałtownie wyginasz się w łuk. Matka Bogusia wali głową w kierownicę. Klakson zaczyna wyć, jakby się skarżył. Potrzeba dłuższej chwili, nim na nowo docierają do ciebie kształty i dźwięki. Spoglądasz przed siebie. Pusto. Uspokajasz oddech i rozluźniasz uchwyt. „Oko mi podbiłeś, kretynie" – słyszysz spod kierownicy, ale nie reagujesz. Myślisz tylko o tym, że cię zdradziłem.

ROZDZIAŁ 5

1.

Człowiek jest jednak głupi.

Mam jedenaście lat i swoje już przeżyłem. Nie oczekuję, że rodzice będą kryształowi przez cały rok. Wiem też, że ufać im bezgranicznie to jak wierzyć w zwycięstwo polskiego klubu w Lidze Mistrzów. Ale jest kilka dni w roku – raptem trzy! – kiedy mogliby się bardziej postarać.

Urodziny.

Wigilia.

I Dzień, kurwa, Dziecka.

Wiem, miałem nie przeklinać. Jednak trudno nie przeklinać po tym, co nasi starzy odjebali w tym roku na Dzień Dziecka.

Ale po kolei.

Odkąd trafiliśmy do szkoły, rodzice organizują nam pierwszego czerwca osiedlową imprezę. Jest na niej wszystko, co, zdaniem dorosłego, jego szczeniak uwielbia. Malowanie buzi i przeciąganie liny. Balony i konkursy. Cukierki i torty. Oranżada i cola. Kiełbaski i karkówka. Wino i wódka. Wino i wódka. Wino i wódka.

Parę lat mi zajęło, zanim pojąłem, że oni to wszystko organizują dla siebie. My jesteśmy jedynie pretekstem. Jak zmartwychwstanie w Wielkanoc. Bez niego nie byłoby makowca.

Ale kiedy byliśmy mali, nie mieliśmy jeszcze o tym pojęcia, więc bawiliśmy się cudownie. I czekaliśmy na ten dzień przez wiele tygodni. Co tym razem wymyślą nam rodzice? W jakie niezapomniane krainy nas zaciągną? Pamiętam, że spotykaliśmy się na przerwach i każdy opowiadał, co podsłuchał w domu. Z tych ekscytujących strzępów staraliśmy się złożyć jeszcze bardziej ekscytującą całość. A potem się okazywało, że rodzice i tak wymyślali coś znacznie lepszego. Wskakiwaliśmy więc po uszy w ten zaczarowany świat, który przed nami otwierali, i było nam dobrze. Było nam tak, jak dzieciom być powinno.

A potem wszystko się zaczęło psuć.

Owszem, z każdym rokiem prezenty były coraz większe, a konkursy coraz bardziej wyrafinowane, ale z naszych pierwszoczerwcowych imprez ubywało radości. Wyciekała niczym z rany, głęboko ukrytej, jeszcze niebolącej i prawdopodobnie dlatego niemożliwej do zlokalizowania.

Zaczęło boleć dwa lata temu. Po feriach zimowych, pamiętam, wyprowadził się z domu pan Broszkiewicz. Normalnie bym chyba na to nie zwrócił uwagi, ale kilka dni później musieliśmy oddać walkowerem mecz ze szkołą z Ursynowa. Przez wyprowadzkę pana Broszkiewicza właśnie. Bo Kazio zamknął się w magazynku ze sprzętem sportowym i płakał. Mało płakał, darł się. „Tata! Mój tata! Dlaczego on mi to zrobił?!". Z początku nasz wuefista, pan Leciejewski, próbował spokojnie Kaziowi tłumaczyć, że jeśli natychmiast nie otworzy, to wysiłek kolegów – „ale także i twój, Kaziu!" – pójdzie na marne. Kazia to nie obeszło. Odkrzyknął, że pierdoli nie tylko wysiłek swój i kolegów, ale nawet – a może przede wszystkim – samego pana Leciejewskiego. Zwłaszcza jeśli nie przestanie mu truć dupy. Na te słowa pan Leciejewski się wściekł i uwiesił na klamce. Było co wieszać, bo ma ze sto kilo jak nic. Szarpał ją, wyginał i darł mordę, że doprowadzi do usunięcia Kazia z drużyny. A może i ze szkoły. Ale drzwi pozostawały zamknięte.

Pamiętam, że myśmy z chłopakami zachowywali się dużo spokojniej niż pan Leciejewski. Wkurw na to, że za darmo oddamy półfinał tym platfusom z Ursynowa, przeszedł nam nad wyraz szybko. Chrzanić to. Znacznie bardziej nas przeraziło, że Kazio tak strasznie skamlał i wył. Jeśli taki bezmózg jak Kazio potrafi cierpieć tak mocno z powodu tak beznadziejnego ojca jak pan Broszkiewicz, to jakżeby musiało boleć mnie, myślałem.

Nigdy o tym później z Adrianem nie gadałem, ale jestem pewien, że kiedy patrzył, tak jak ja, na naszego wuefistę uwieszonego na drzwiach magazynku sportowego, gdzie zabarykadował się Kazio Broszkiewicz, też musiał tak myśleć. Przecież my zawsze myślimy tak samo.

To był pierwszy i ostatni moment w życiu, kiedy współczułem Kaziowi. I przyznaję, nie trwał zbyt długo. Do chwili, kiedy pan Leciejewski w końcu wyważył te cholerne drzwi i krzycząc, że jest jeszcze pół godziny do meczu, kazał nam się przebierać. Złapaliśmy worki z ciuchami, zaczęliśmy w nich grzebać – „proszę pana, nie ma mojej koszulki! mojej też nie ma! i mojej!" – i dopiero wtedy do nas dotarło, że oprócz sportowych strojów brakuje w szatni również Kazia. Za to drzwi do pryszniców są zaryglowane na amen.

To właśnie od tego się zaczęło. Potem sikał nam na ubrania już ze znacznie bardziej błahych powodów, debil.

Kilka miesięcy później okazało się, że rozstali się też rodzice Bogusia Nowaka. Najpierw niespodziewanie znikła pani Nowak, nie było jej ze dwa miesiące. Potem równie niespodziewanie się pojawiła, za to wyprowadził się pan Nowak. Nikt z nas nie rozumiał, co się dzieje, Boguś chyba najmniej. Zmarkotniał i zrobił się jakby mniejszy. Może to zresztą nieprawda? Może to myśmy po prostu w tamtym czasie bardziej urośli? W każdym razie – choć nadal był z nas wszystkich najlepszy w kosza – już nie krzyczał: „Kurwa, jestem bogiem!". Prawdę mówiąc, nigdy więcej tego nie powiedział.

A potem był Dzień Dziecka. Pierwszy z tych, które miały już gorzki posmak.

Z rozdzielnika wypadało, że mieli go zrobić rodzice Bogusia, ale z oczywistych przyczyn było to niemożliwe.

Pan Nowak mieszkał już wtedy w Krakowie. Z jakąś aktorką. Kiedyś podsłuchałem, jak wujek Paweł mówił, że jej usta z wszystkiego zrobią arcydzieło, więc chyba dobrą. Tak czy inaczej – pan Nowak nie mógł się zjawić, bo tamta aktorka też miała dzieci, musiał więc na Dzień Dziecka zorganizować coś dla nich. A pani Nowak nie miała do tego głowy. Tak w każdym razie oznajmiła mojej mamie. Mama na to, żeby się niczym nie przejmowała. Że ona z moim tatą wszystkim się zajmą. I dlatego Dzień Dziecka odbył się u nas w ogródku. Drugi raz z rzędu, a pierwszy raz w historii naszej klasy. Byłem z tego powodu bardzo dumny.

Oprócz taty Bogusia nie było też pana Broszkiewicza. Chciał nawet przyjść i nieustannie dzwonił w tej sprawie do mojej mamy. Obiecała mu pomóc, ale niewiele wskórała. Pamiętam tę jej rozmowę z panią Broszkiewicz przed Lidlem. Było jasne, że mama Kazia kategorycznie nie chce widzieć byłego męża. „Niech spierdala na bambus!" – powiedziała, pakując do auta dwa kartony *prosecco brut*.

Zdziwiło mnie, że jest połowa maja, a ona robi zakupy na koniec roku. Nigdy nie widziałem, żeby ktoś pił szampana poza sylwestrem. Ale nie myślałem o tym zbyt długo, bo zaintrygował mnie bambus.

Dotarło do mnie, że pani Broszkiewicz potrafi być wyrafinowanie okrutna. Nieco wcześniej oglądałem w telewizji program o torturach. Było o niewyobrażalnych cierpieniach, jakie zadawali jeńcom japońscy żołnierze podczas drugiej wojny światowej. Za pomocą zwykłych pędów bambusa właśnie. Wieszali nad nimi ofiarę głową w dół, a ponieważ młody bambus rośnie wściekle szybko, to już wkrótce zaczynał im się wbijać w ciało i przeszywał nieszczęśników na wylot.

Ten program, o którym mówię, sprawdzał, czy to w ogóle możliwe. Zrobiono eksperyment, a naukowcy jako zamiennika dla ludzkiego ciała użyli balistycznej żelatyny. I okazało się, że kiełkujący bambus przebił ją w trzy dni. Ciekawe, co? Pani Broszkiewicz też musiała ten program oglądać. Potem mi się śniło, że powiesiła pana Broszkiewicza w salonie nad bambusem. I że on strasznie krzyczał na całe osiedle.

Okazało się, że to nie on krzyczy, tylko ja. Ze strachu. O trzeciej w nocy.

Kiedy się w końcu uspokoiłem, mama spytała, co mnie tak przestraszyło. Przecież nie mogłem jej powiedzieć prawdy. Więc skłamałem, że Voldemort mi się przyśnił. I dała już spokój. Ale ja pierdolę Voldemorta. Nigdy się go nie bałem.

Wracając jednak do imprezy: nie było taty Kazia i taty Bogusia, ale pozostali rodzice bawili się świetnie. A pani Broszkiewicz to chyba nawet lepiej niż przed rozwodem. Zanim jeszcze wjechał tort, usiłowała wejść na stół i zmuszała wszystkich, by z nią śpiewali *Whisky, moja żono* lub coś w tym stylu, nie pamiętam dobrze. W każdym razie jakiś staroć.

A potem uwiesiła się na moim tacie. Nie podobało mi się to i miałem nadzieję, że mama jakoś zareaguje. Zabroni jej albo co. Ale mama tylko się śmiała. Głupia.

Po roku moi starzy też byli po rozwodzie.

Prawdę mówiąc, do dziś nie wiem, jak to się stało. I dlaczego. Przecież mieszkałem z nimi pod jednym dachem i miałem dziesięć lat. No, prawie. W każdym razie nie byłem mały. Gdyby było między nimi coś naprawdę złego, musiałbym zauważyć.

Ale nic nie zauważyłem.

Do ostatniej chwili, do tego pierdolonego majowego wieczoru w belgijskiej czekoladziarni, kiedy między crème brûlée a tonikiem powiedzieli mi, że się rozwodzą, grali najlepiej dobrane małżeństwo na świecie.

Powiem wam, że nigdy nie myślałem, że to może mnie spotkać. Każdy, tylko nie ja, myślałem. Moi rodzice są przecież inni. Zawsze idealni, zawsze uśmiechnięci, zawsze zadowoleni, kurwa ich mać.

Naprawdę, nie da się nie przeklinać.

Zdmuchnęło nas tsunami, a ja do końca nie miałem pojęcia, że się zbliża. Po tym wszystkim obiecałem sobie, że już nigdy nie będę tak ślepy, żeby się dać zaskoczyć.

Bo wcześniej byłem na tyle głupi, że zamiast przyglądać się własnym rodzicom, przejmowałem się wyłącznie tym, że rozstają się starzy Marysi i Oli. Bo to, że się rozstają, wiedziałem akurat bardzo dobrze. Ba, wszyscy to wiedzieli. Transmisji *live* z awantur państwa Wilków słuchało całe osiedle.

Było mi żal Marysi i Oli. Rozumiałem, że się strasznie wstydzą, bo rodzice zamienili ich życie w pośmiewisko. Zacząłem z nimi rozmawiać. O wszystkim, nawet o duperelach. Byleby tylko nie myślały o tym, co się dzieje w domu. Namówiłem też Adriana, żeby mi pomagał je rozbawiać. Po jakimś czasie powiedziały, że jesteśmy ich chłopakami. Nie było sensu protestować, zwłaszcza że ich matka zaczęła w tamtym czasie jeździć na spotkania z uzdrowicielami, kupowała coraz to nowe amulety i rozstawiała po pokojach kamienie mające zatrzymać złą energię, a ojciec opowiadał na prawo i lewo, że ożenił się z kurwą. Więc już tak zostało.

A imprezę pierwszoczerwcową zorganizowali wtedy zamiast państwa Wilków rodzice Adriana. Mój najbliższy przyjaciel czuł się bardzo dumny, bo wujek Paweł i ciocia Tamara byli jedynymi rodzicami na osiedlu, którzy się jeszcze nie rozwiedli.

Tata już z nami nie mieszkał, ale przyszedł. Przyniósł mi grę do playstation. Tę, którą już sobie wcześniej kupiłem. Sam nawet dał mi na nią kasę. Nie, nie miałem do niego żalu. Widać ma za dużo na głowie, myślałem. Bo tata bez przerwy wtedy pracował. I choć ciągle nie mogłem się jeszcze przyzwyczaić, że nie widzę go codziennie, to czułem, że praca jest mu potrzebna dla równowagi. Więc nie miałem pretensji, że o mnie zapominał. A przynajmniej starałem się nie mieć.

Gdyby nasz zeszłoroczny Dzień Dziecka oglądał ktoś postronny, nigdy by się nie domyślił, że tata i mama są w trakcie rozwodu. Śmiali się i przytulali jak dawniej. Patrzyłem na nich i było mi miło. Miałem naprawdę wyjątkowych starych. Nawet oddzielnie musieli być razem. Stwierdziłem, że to tylko kwestia czasu, żeby tata znowu się do nas wprowadził. Potem pobiegłem się bawić i o nich zapomniałem.

Przypomniałem sobie dopiero, kiedy zaczepiła mnie Greta. Szukała swojej mamy i pytała, czy jej nie widziałem. Zacząłem się rozglądać. Najpierw dostrzegłem moją mamę. Miała zmartwioną minę i też się rozglądała. Pomyślałem, że i ona szuka pani Adamskiej, najwyraźniej Greta również ją musiała o to poprosić. Szukałem dalej i nagle się zorientowałem się, że nigdzie nie widzę taty. Zdziwiło mnie to. Tata raczej nie należał do takich, co mogliby dać się namówić na szukanie pani Adamskiej. Ale przyjąłem wyzwanie i postanowiłem, że muszę ją znaleźć przed nim. Obleciałem całe osiedle i nic. Za to w drodze powrotnej spotkałem wujka Pawła. Niósł na barana panią Broszkiewicz, a oboje śmiali się tak przeraźliwie, że aż but jej spadł. Przestraszyłem się, że i ona zaraz spadnie, bo wujek Paweł, który był już mocno pijany, usiłował pochylić się po tego buta. Cały czas trzymał panią Broszkiewicz na ramionach, a ona gibała się na prawo i lewo i piszczała, jakby ją ze skóry obdzierali. Widząc, że jest o krok od katastrofy, podbiegłem i podniosłem tego buta. Wtedy wujek mnie pochwalił i powiedział, żebym go wsunął pani Broszkiewicz na stopę. Nie chciałem, a on zaczął się śmiać.

– Przyjdzie czas, kiedy przestaniesz bać się kobiet – mruknął i pogłaskał mnie po głowie.

Ale jakoś tak dziwnie. Lekceważąco tak. Zrobiło mi się przykro. Przecież ja nie bałem się tej kobiety. Ja tylko czułem, że nie powinienem jej dotykać. Szkarłat paznokci. Błyszczący inaczej niż u mamy. Falowanie sukienki. Podwiniętej zbyt wysoko. Gładkość uda. O barwie cappuccino. Trójkąt majtek. Na wilgotnej szyi wujka Pawła.

Nie powinieneś dotykać tej kobiety, pomyślałem.

I uciekłem.

W międzyczasie tata się znalazł. I pani Adamska też. A mama najwyraźniej zatruła się tortem, bo wciąż powtarzała, że ją mdli. Poprosiła, żebym jej pomógł dojść do domu. Potem powiedziała, że jak chcę, to mogę tam wrócić, ale wolałem zostać z nią.

Więc w tym roku czekałem na Dzień Dziecka jak na katar w zimie. Wiadomo, że się pojawi, i nie ma na to rady. Lepiej od razu myśleć o tym, co po. Skupiałem się zatem na zielonej szkole, na którą mieliśmy jechać na początku czerwca. Do jakiegoś ośrodka nad jeziorem podobno. Wyobrażałem sobie, że pływam tam z Sunią. Ona opowiada o wieloszczetach, a ja jej bronię przed Jormungandem. Wiecie, tym gigantycznym wężem, który trzyma w uścisku cały świat i zjada własny ogon.

Przyznaję, myślałem o pani Groszek coraz częściej. I to w sposób, w jaki uczniowie zazwyczaj nie myślą o nauczycielkach. Ale też Sunia nie była typową nauczycielką. Jak na przykład pani dyrektor Żukowska, chimera łącząca urodę triceratopsa i łagodność tyranozaura. Albo matematyczka, pani Sroka, którą ze względu na osobliwe zagięcia twarzy nazywaliśmy wstęgą Möbiusa. Sunia wyglądała jak produkt firmy Pixar. Oczywiście, przy założeniu, że Pixar robi filmy dla dorosłych. Była piękna i do wielokrotnego oglądania.

Przede wszystkim miała niesamowite włosy. Długie i czarne. Moja mama też miała włosy długie i czarne, ale te Suni były znacznie gęstsze. I pachniały inaczej. Zupełnie inaczej. Niebezpiecznie. I przyzywająco.

Najczęściej były rozpuszczone. Kiedy się zamyślała, kręciła nimi wokół palca. Czasami chwytała je lekko wargami, ewidentnie bezwiednie. Później ich końcówki, nasycone karminem szminki, rysowały krwisto-tajemne smugi na jej plecach i ramionach. Jak czarodziejskie pędzelki.

Zdarzało się też – choć znacznie rzadziej – że wiązała włosy wysoko. Należało wówczas pod byle pretekstem stanąć za nią i... Żaden pluszak świata nie miał piękniejszego meszku na szyi, słowo honoru.

Kiedy siadała za biurkiem, zawsze zakładała nogę na nogę. Wtedy jej łydka się naprężała, a stopa zaczynała wykonywać powolny ruch po okręgu. Za każdym razem z prawej na lewą, nigdy na odwrót. Po chwili człowiek już nie wiedział, gdzie się gapić. Czy na tę nogę właśnie czy może na usta, które bardzo wyraźnie i bez pośpiechu objaśniały sekrety zwierzęcego świata.

Prowadząc lekcje, nigdy na nas nie patrzyła. Jej wzrok błądził gdzieś za oknem, daleko i w pozaszkolnych galaktykach. Czuło się, że jest z nami tylko ciałem. Przez wzgląd na tego ciała powab nigdy mi to nie przeszkadzało.

Uwielbiałem jej głos – niski i zdecydowany. Jakieś dwa miesiące temu dotarło do mnie, że wszystko, co mówi, brzmi jak zaproszenie na diabelski młyn. Aż dziw, że wcześniej tego nie zauważałem.

„Nie wiem, czy wiecie..." – zawsze zaczynała od „nie wiem, czy wiecie", po czym rozwijała: – „...ale niektóre ciała stałe są magnesami i przyciągają się...". – Niespodziewanie zawieszała głos, skupiając wzrok na czymś za oknem, a ja już sobie wyobrażałem, że jestem magnesem niebieskim, a ona czerwonym. I jakaś potężna siła mnie do niej ciągnie. Siła, której nie umiem się przeciwstawić. Ale przecież nie muszę, a nawet nie powinienem, bo jesteśmy mężczyzną i kobietą, zatem mamy przeciwstawne bieguny i przyciąganie jest całkowicie normalne.

Z każdym dniem to przyciąganie robiło się jednak coraz potężniejsze. Wystarczyło, że powiedziała: „Nie wiem, czy wiecie, ale rumowiska nagich głazów nazywamy gołoborzami", a już się czerwieniłem, bo właśnie w tym momencie wyobrażałem sobie nagi głaz jej ciała. I nie mogłem się skupić, kiedy tłumaczyła, czym różnią się trzy stany skupienia substancji. A kiedy mówiła: „Nie wiem, czy wiecie, ale każda materia zbudowana jest z drobin", miałem ochotę poderwać się z ławki i krzyknąć: „Moja jedenastoletnia materia z pewnością nie! Kocham panią jak jakiś, kurwa, Thor!".

Oczywiście, nigdy się nie zerwałem z ławki i nigdy tego nie wykrzyczałem. Ale za to uświadomiłem sobie, że przez te wszystkie myśli o Suni czuję się jeszcze mniejszy, niż kiedy miałem trzy i pół roku i nie mogłem sięgnąć do półki, na której mama chowała czekoladę. Kurwa, dlaczego nikt wcześniej nie mówi, że przestając być dzieckiem, nie przestaje się być bezradnym?

Więc kiedy nadszedł Dzień Dziecka, nie miałem najmniejszej ochoty na zabawę i najchętniej w ogóle bym nigdzie nie lazł.

2.

Jestem w świetnym humorze. I nic mi go nie popsuje. Nawet to, że przyszłaś z tym napompowanym trollem. Uwierz, nie rusza mnie. Przecież to ty się kompromitujesz, nie ja.

– Panie doktorze....

Ja to walę, ale tobie się dziwię. Bo że się z nim pierdolisz, mogę zrozumieć, jakiś fiut jest w końcu potrzebny. Ale bioprzystawka do fiuta? To już zupełnie coś innego, zwłaszcza kiedy się ją targa na szkolną imprezę dziecka.

– Panie doktorze...

Popatrz sama, czy ja się tu obnoszę z dupami? Pudruję się nimi? Jak jakaś ciota brokatem? A mógłbym, przecież wiesz. Nie robię tego jednak, bo nie chcę, żebyś się czuła poniżona. Splugawiona. Sponiewierana.

– Panie doktorze...

Ja naprawdę niewiele wymagam, Aga. Tylko jakiejś elementarnej klasy. Czemu pozwalasz mu się tak obejmować?

Czy ty masz szesnaście lat? No tak, po co pytam. Jasne, że robisz tak, by mnie prowokować. Siać gnój. Podsycać nienawiść. Ale nic z tego, kochanie. Bo dziś jestem w świetnym humorze i nic tego, kurwa, nie zmieni.

– Czy pan się dobrze czuje?

Kępki żółte.

– Czy pan się dobrze czuje, doktorze Solański? – wyłupiaste oczka przyglądają mi się badawczo. – Zbladł pan.

Grudkowate wykwity w kącikach powiek. Kępki żółte. Tak się właśnie nazywają. To podskórne złogi cholesterolu. Na co pani, choruje, pani dyrektor? Cukrzyca? Hiperlipidemia? Marskość wątroby? Zalecam sprawdzenia stężenia lipidów i biopsję skóry.

– Tak, wręcz doskonale! – uśmiecham się promiennie. – A pani?

Jest Dzień Dziecka, mam świetny humor i nic tego, powtarzam, nie zmieni.

– Oj, nie za dobrze – dyrektor Żukowska krzywi się. – Tak mnie jakoś wątroba boli, wie pan. Zjadłam wczoraj...

– No właśnie! Ja też nie przepadam za ostrą kuchnią! – przerywam jej, ignorując jej zaskoczenie. – Niechże sobie pani wyobrazi, że byłem wczoraj w jednej z tych modnych knajp, gdzie przychodzą młodzi ludzie. I bezwstydnie ich obserwowałem! Założę się, że pani też to robi, prawda?

Wyłupiaste oczka mrugają w zakłopotaniu. Wiem, że chciałyby zaprzeczyć, ale boją się otwarcie przeciwstawić. Ciągle mają nadzieję, że utulę je – wraz z otłuszczoną wątrobą – jakąś cudotwórczą radą. Ale nie dziś.

– Niech pani będzie ze mną szczera! – stroję twarz w belferski grymas. – Po oczach widzę, że tak!

– No, odrobinę – pochyla głowę, jakbym przyłapał ją na

ściąganiu. – Ale przecież wszyscy tak robią! – uśmiecha się przedkomunijnie i jest w tym mizdrzeniu się jakaś cuchnąca perwersja.

Każdy nauczyciel to ukryte dziecko, doktorze Freud?

– Oj, bo się poskarżę twoim rodzicom! – grożę palcem i coraz lepiej się bawię, bo w pierwszym odruchu dyrektor Żukowska zerka na mnie lękliwie.

Potrzeba dłuższej chwili, by synapsy zwęszyły żart. Jej nerwowy, przez co nazbyt głośny śmiech powoduje, że inni zaczynają się nam przyglądać, a podsłuchująca od dobrych paru chwil matematyczka – ta z pognieciona twarzą i o nazwisku, którego nigdy nie mogę zapamiętać – przysuwa się jeszcze kilka kroków.

– I da pani wiarę, co mnie uderzyło?! – mówię na tyle donośnie, by mój głos był słyszalny również kilka stołów dalej. – Że znaczną część współczesnych mężczyzn w okolicach trzydziestki charakteryzuje objawiająca się w wyglądzie i zachowaniu pożałowania godna heteroseksualna ciotowatość! Ma się nieprzeparte wrażenie, że pachną cipą! Niestety własną! Też pani to zaobserwowała?

Zamiast odpowiedzi kaszel. U obu naraz. Ta, co podsłuchiwała, kaszle nawet głośniej. Z wsadzania kija w mrowisko mam czarny pas.

– Przyniosę paniom wody – kłaniam się i odchodzę.

Heteroseksualna ciotowatość. Tak, Aga, właśnie tak powiedziałem. I wiem, że słyszałaś. Poznaję po wyrazie twojej twarzy. Taką minę widziałem już milion razy.

– Kuba...?

A w ogóle chcę ci oświadczyć, że to żałosne, co teraz robisz. Te wymuszone uśmiechy, te desperackie przytulania, te tandetne obłapianki. Wszystko, co tu dziś odpierdalasz, nie jest niczym więcej, jak tylko rozpaczliwą demonstracją. O, tak jak teraz! Całujesz go? Boże, jesteś żenująca!

– Kuba...?

A całuj, myślisz, że mnie to rusza? Sram na to! I nic mi dziś nie spierdoli dobrego nastroju!

– Kuba, wyluzuj...!

Tamara? Nie zauważyłem, kiedy podeszła.

– Boli, co? – nie stara się ukryć ironii. – Ale odpuść, Kuba. Nawet jeśli on ją posuwa lepiej od ciebie, a prawdopodobnie tak jest, to co cię już to obchodzi...

Łup!

Łup!

Łup!

Receptory adrenergiczne typu α_1 i α_2. Receptory adrenergiczne typu β_1 i β_2. Aminy katecholowe. Skurcz tętniczek krążenia skórnego, nerkowego i trzewnego. Rozkurcz tętniczek mięśniowych i wieńcowych. Wzrost ciśnienia skurczowego. Obniżenie ciśnienia rozkurczowego.

Serce.

Moje głupie serce.

Uspokój się, proszę.

– Nie wiem, o co ci chodzi, Tamara – uśmiecham się.

Wlepia we mnie przenikliwe spojrzenie.

– Chciałeś być wolny, to bądź. Zajmij się swoim życiem – mówi, a ja nie łapię, czy kpi, czy próbuje pomóc.

– O, tu jesteś, Kuba! Tyle cię szukałam! – Pola Wilk wyrasta jak spod ziemi, sam nie wiem kiedy. – Mogę cię prosić na chwilę? – mówi do mnie, ale gapi się na Tamarę.

Po minie widzę, że gdyby nie religijny stosunek do warzyw, zdzieliłaby ją tacą, którą ściska. Nigdzie się nie ruszam. Tak właśnie chcę powiedzieć. Ale Tamara mnie uprzedza. Kiwa pojednawczo ręką, że już się zmywa, i ze złośliwością, o którą jej nie podejrzewałem, ostentacyjnie całuje mnie w policzek tuż przy ustach.

Kołysze biodrami, kiedy odchodzi.

– Ona się do ciebie klei! – eksploduje Pola.

Jej pretensja ma niemal koloraturowe brzmienie. Prawdopodobnie z powodu dolnej wargi, która drży dystonicznie jak po udarze.

– Wydaje mi się, że zauważam u ciebie niedobór magnezu, Pola – mówię rozbawiony, bo właśnie sobie przypomniałem, że mam dobry humor. – Może powinnaś jeść więcej warzyw?

– Ty mi nie mydl oczu warzywami! – wykrzywia się. – Ta dziwka się do ciebie klei! Myślisz, że tego nie widzę?! – krzyczy.

Ups. Nie pora na żarty. To najwyraźniej jeden z tych dni, kiedy Pola Wilk słabo nad sobą panuje.

– Błagam, kochanie, nie ma o co kruszyć kopii – próbuję nadać swojemu głosowi aksamitny ton. – Z żoną Pawła rozmawialiśmy właśnie o wakacjach...

– Gówno tam o wakacjach! – jej przykry dyszkant tnie powietrze. – Czuję złe wibracje...!

Rzut oka po przekątnej. Aga? No, niestety! Pełen ironii, komentujący uśmiech. Jak ty w ogóle masz czelność się śmiać, skoro sama tu przyszłaś z pustym mięśniakiem?

Przenoszę wkurwiony wzrok na Polę.

A ty? Jak możesz mnie upokarzać przy żonie ujawnianiem własnej głupoty?

Klang! Klang! Klang!

Testosteron załadowany.

– Złe wibracje? – wprowadzam nabój do lufy. – Może

przez wibrator? Każdy wie, że go nadużywasz! – Naciskam cyngiel spustowy.

Giń, suko! Pocisk trafia ją między oczy, krople łez rozbryzgują się na wszystkie strony, plamiąc dobry nastrój tych, co się na nas gapią.

– Chwilami bywasz podły! – krzyczy Pola i umiera, a potem łapie marchewkę i zaczyna ją nerwowo gryźć.

Odwracam się. Czy jest ktoś jeszcze, kto chce się kłócić? Ale ostrzegam – mam dziś kurewsko dobry humor i nikt mi go nie spierdoli!

Chowają nosy w talerze. Rozglądam się dookoła.

I wtedy ją dostrzegam.

3.

Po raz pierwszy pomyślałem, że zabawa nie będzie miła, zaraz po przebudzeniu. Ale nie mogłem nie iść, bo niby co miałbym robić, skoro wszyscy, których znałem – dzieci, rodzice i nauczyciele – mieli tam być? A poza tym...

A poza tym Dzień Dziecka organizowała dla nas w tym roku Sunia. A jej przecież za nic nie mogłem sprawić przykrości. Już wolałem ją sprawić sobie.

Wszystko odbywało się na dziedzińcu naszej szkoły. Sunia podjęła się urządzić tę imprezę, bo wzajemne relacje naszych starych tak się już pokomplikowały, że nikt nie mógł zrobić jej u siebie. To znaczy chętnych nadal nie brakowało, ale wiadomo było, że pani Broszkiewicz nie wpuści pana Broszkiewicza, pani Wilk pana Wilka, wujek Paweł nie chce imprezy w domu, z którego się wyprowadził, a mój tata – choć cały czas się zaklinał, że z mamą dogaduje się jak nigdy wcześniej – oznajmił, że nie zniesie obecności Michała w swoim ogródku.

No właśnie. Michał. Mój kolejny problem. Życie byłoby pro...

kolejny problem życie byłoby prostsze gdyby okazał się zwykłą świnią ale Michał był całkiem w porządku i miał dobry wpływ na mamę zrobiła się jakaś taka nie wiem jak to powiedzieć fajniejsza to nie jest dobre słowo zawsze była fajna ale teraz złapała luz którego wcześniej u niej nie widziałem jakby unosiła się nad ziemią czy ty się nie brzydzisz że twoja matka całuje cię przed szkołą a wcześniej tymi samymi ustami dotykała jego fiuta? zapytał kiedyś na przerwie Boguś nie zdążyłem podjąć decyzji czy mam go zabić od razu czy kazać mu cierpieć zanim zdechnie a Greta wypaliła jego matka się myje w przeciwieństwie do twojej wszyscy ryknęli śmiechem Boguś spłaszczył się jak glizda na trasie rowerowej i tylko to go uratowało od błyskawicznej śmierci potem codziennie przez cały tydzień planowałem że go pobiję wyobrażałem sobie że klęczy cały we łzach smarkach a kto wie może i krwi i powtarza wszem i wobec oświadczam że dopuściłem się karygodnego nadużycia gdyż to nie matka Mateusza Solańskiego jest kurwą tylko moja ale im mocniej o tym myślałem tym gorzej się czułem aż przyszedł dzień kiedy musiałem wrócić do szkoły po lekcjach bo zapomniałem bluzy przyjechaliśmy z mamą powiedziałem żeby poczekała w aucie wszedłem na dziedziniec i wtedy zobaczyłem Bogusia na murku gadał w najlepsze z Adrianem w okamgnieniu poczułem w czaszce uderzenie gorąca jakby opluł mnie od wewnątrz bagienny gnom hańba i biada oto mój najbliższy przyjaciel i ta ludzka gnida obok roześmiani przekrzykujący się niemal w siebie wpatrzeni w pierwszym odruchu miałem ochotę podbiec i zdzielić jednego z drugim ale w tej samej chwili całkiem niespodziewanie ujrzałem siebie i tego debila Kazia jak patrzy w słońce i dotarło do mnie że Boguś i Adrian siedzą na tym samym pierdolonym murku jak my kiedyś bo też nikt po nich nie przyjechał tak jak wtedy po nas co prawda się nie biją bo żaden z nich nie jest psycholem jak Kazio ale wybuchają głośnym śmiechem jeden przez drugiego tylko po to by zagłuszyć kłopotliwe zdziwienie które ich pali od środka że jakże to tak wszyscy inni starzy równie zalatani i zapracowani jakoś się jednak po resztę dzieci przywlekli a po nich nie? i w tym momencie poczułem że się duszę ale wcale nie dlatego że znowu widzę siebie i Kazia tym razem tarzających się po asfalcie splątanych w śmiertelnym uścisku dyszących z gniewu i niedotlenienia on rzęzi bym rozluźnił uścisk ja nie puszczam boję się że kiedy to zrobię debil znajdzie kamień i mnie zatłucze otóż poczułem że się duszę bo ujrzałem tatę i panią Broszkiewicz właśnie wbiegają na dziedziniec szkolny i usiłują nas rozdzielić trwa to długo bardzo długo zaciśnięte w skurczu palce nie chcą się rozcapierzyć tak właśnie muszą trzymać żywe trupy myślę Kazio ciska we mnie nienawistne spojrzenia pierdolę cię pojebie może chcesz wiedzieć czy bzyknąłbym twoją matkę? tak mam ochotę mu wystrzelić w oczy oczywiście nic takiego nie mówię bo nie wypada ten dzień to popołudnie ta chwila mi się przypomniała kiedy teraz patrzyłem na siedzących na murku Adriana i Bogusia i nagle wszystko stało się jasne miliard słońc wystrzeliło mi w głowie w jednej sekundzie zaraz tu się zjawią wujek Paweł i pani Nowak w tym samym momencie niby przypadkiem nie inaczej zjawiali się zawsze spóźnieni tata i pani Broszkiewicz tata i pani Adamska tata i pani Wilk i powtarzali co za niesamowita rzecz że akurat znowu spotkaliśmy się tuż przed szkołą i pojąłem że nasi starzy będą to powtarzać jeszcze wiele razy żeby tym idiotom Adrianowi Bogusiowi Grecie Marysi Oli i Mateuszowi całe to kłamliwe gówno wlało się we łby i tam zastygło jak beton żeby się to na zawsze utrwaliło tym idiotom naszym dzieciom kochanym gdzie jest bluza? spytała mama kiedy wróciłem nie wiem w szatni jej nie było ani w klasie musiałem zostawić u taty skłamałem nie mogłem przecież powiedzieć że w ogóle nie wszedłem do szkoły uciekłem bo się przestraszyłem przestraszyłem się i uciekłem albowiem w tej samej sekundzie kiedy dotarło do mnie że wujek Paweł robi to z panią Nowak poczułem że rodzi się we mnie my precious! my precious! i zapragnąłem do nich podejść cześć Boguś ładna pogoda i tak dalej może chcesz wiedzieć czyjego fiuta dotykają usta twojej matki suki? o jakże pragnąłem w tamtej chwili wypalić mu to między oczy nie miało znaczenia jak zareaguje Adrian mój najlepszy przyjaciel jaki szok w nim wywołam i jaki ból mu zadam bo z wszystkich ważnych spraw w życiu mężczyzny my precious! ważniejsze od przyjaźni jest zwycięstwo mamrotał w głowie bagienny gnom przestraszyłem się i uciekłem Mateusz! Mateusz! Co...?

– Mateusz! Mateusz! Co z tobą?

Popatrzyłem w bok. Greta, Adrian, Marysia i Ola wpatrywali się we mnie, jakbym przyleciał z z8_GND_5296. Pamiętacie, to ta najbardziej odległa od Ziemi galaktyka. Trzydzieści miliardów lat świetlnych. Co o tyle ciekawe, że cały wszechświat nie ma jeszcze czternastu miliardów. Kiedy byłem mały, ni cholery nie mogłem skumać, co jest grane z tymi odległościami w kosmosie. A to przecież żadne halo. Po prostu od Wielkiego Wybuchu wszechświat rozszerza się jak pojebany. I już.

Myślę, że mam to samo co on.

Kosmos, znaczy się.

Po rozwodzie starych na każdy dzień kalendarzowy przypada mi najmarniej jeden tydzień świetlny. Kiedyś chciałem nawet o tym pogadać z Marysią, ale powiedziała, żebym nie pierdolił głupot, bo jej intelektualiści nie kręcą. Co innego notariusze. Albo chirurdzy plastyczni.

Boguś chce zostać notariuszem, kurwa jego mać.

– No i co się tak na mnie gapicie? – spytałem oschle, bo choć Bogusia z nami nie było, to już sama myśl o nim powodowała moją irytację.

– Bo ujawniłeś niepokojącą twarz – wyjaśniła Marysia.

– Ciągle zresztą ujawniasz – uściśliła Ola.

– W jakim aspekcie niepokojącą? – spytałem.

Nie miałem pojęcia, o co im chodzi, a czułem, że powinienem mieć.

– W wielotorowym – Adrian spojrzał wymownie na Gretę.

To nie była odpowiedź, jakiej oczekiwałem.

– Wszechaspektowym wręcz – potwierdziła Greta.

Ani ta.

– Zaryzykowałabym nawet termin: polifunkcyjnym – przytaknęła Grecie Ola.

– Holistycznym, masz na myśli? – marysia uśmiechnęła się promiennie do Oli.

Cała czwórka sprawiała wrażenie, jakby mnie tu w ogóle nie było. Jakbym stał się niewidzialny. Albo widzialny na podobieństwo tablicy dań w barze z kebabami, kiedy twój głód stoi przed dylematem: kurczak na cienkim czy baranina na grubym. Odrobinę mnie to wkurwiło. A może, szczerze mówiąc, nawet bardziej zdziwiło. Bo bredzili jak potłuczeni. Postanowiłem nadać tej zawstydzająco chaotycznej wymianie myśli precyzyjniejszy wymiar.

– A możecie jaśniej?

Spojrzeli na mnie zdziwieni jeszcze potężniej.

– Nie da się tego precyzyjniej zdefiniować. – Marysia wydęła wargi. – Przynajmniej ja nie umiem.

– Ani ja – mruknęła jej siostra zołza. – Może ty? – łypnęła na Adriana.

No, mój najbliższy przyjaciel z pewnością nie będzie dłużej ciągnąć tej żałosnej farsy.

– Wydaje mi się, że umiem – dotarło do mnie. – Ale wydaje mi się, że nie powinienem.

Zdziwił mnie. To się zdarza bardzo rzadko, ale mnie zdziwił.

– Jak to nie powinieneś?

Złapałem go za guzik koszuli. Trochę bezwiednie, przyznaję. Może dlatego, że – jak by to powiedzieć – miałem wrażenie, że wymyka mi się z rąk.

– Urwiesz – powiedział łagodnie.

– Dlaczego nie powinieneś? – dociskałem.

– Po prostu nie chciałbym cię urazić, Mati – wyszeptał ze śmiertelną powagą i natychmiast opuścił oczy.

– To niezwykle szlachetne z twojej strony. – Greta popatrzyła na niego z wyraźnym podziwem. – Zaimponowałeś mi, Adrianie.

Zaimponowałeś mi, Adrianie? Co tu się dzieje?!

– Rozumiem, że ty też nie chcesz mnie urazić? – machnąłem palcem tak zamaszyście, że o mało nie wybiłem Grecie oka.

– Ja akurat mam to w dupie. I dlatego ci powiem, kochany. – Greta się uśmiechnęła. – Twarz miałeś po prostu draczną.

Spojrzałem na nią totalnie zaskoczony.

– Draczną?

– I operetkową – zamrugała powiekami. – A nawet, wstyd to powiedzieć, frymuśną.

Zanim zdążyłem się zastanowić, o co jej chodzi, dolna warga Grety zaczęła drgać w rytmicznym skurczu. W jednej chwili wszystko stało się jasne i zamknęło w dwóch kłopotliwych punktach: a) mają ze mnie mega bekę; b) za późno na ripostę. Ryk śmiechu całej czwórki spowodował, że już drugi raz tego dnia pomyślałem, że tegoroczny Dzień Dziecka to chujowy pomysł. Co gorsza, ich jazgotliwy zaciesz od razu skierował na nas uwagę innych. Dostrzegłem, że w tym samym momencie zaczęli gapić się w naszą stronę tata i ciocia Tamara, którzy kołysali się nieco z boku na bok, oparci o stół z krakersami i tartinkami, oraz pani Wilk, stojąca na środku placu z tacą pełną ekologicznych warzyw. Najwyraźniej nie mogła sobie znaleźć żadnego towarzystwa, bo trwała w katatonicznym bezruchu i niczym waran albo kura obracała głowę raz w lewo, raz w prawo. Kiedy chichot tych debili obok mnie wyrwał ją z przykurczu niezdecydowania, wygięła usta w uśmiechu i uniosła tacę, jakby oznajmiała, że to właśnie ona jest jedną z Hesperyd, strażniczką pokarmu bogów. Widziałem jednak kiedyś o Hesperydach film na Discovery, a potem pornograficzne karty z greckimi bogami, które przyniósł do szkoły Natan Popiołek z szóstej, i muszę powiedzieć, że pani Wilk nie przypominała żadnej z nich.

– Kurwa, tylko nie to! – syknęła jedna z jej córek.

– Odwróćcie się szybko, bo tu przylezie! – zaordynowała druga.

Była w ich głosie taka siła, że wszyscy jak jeden mąż obrócili się w tym samym momencie. Ja też, choć byłem ciągle nieziemsko wkurwiony za draczną twarz. Zdążyłem jeszcze tylko zauważyć, że uśmiech na twarzy pani Wilk gaśnie, a taca, przed sekundą dźwigana tak podniebnie i z dumą, obniża się, jakby raptownie wzrosło ziemskie przyciąganie, a potem o tym zapomniałem.

Bo w przeciwległym rogu dziedzińca stała Sunia.

I kołysząc się tak lekko, jakby grawitacja naszej planety na nią akurat w ogóle nie działała, uwalniała wielkie mydlane kule z dwóch sznurków, rozpiętych na cienkich listewkach i zanurzanych co chwilę w plastikowym wiadrze.

Nigdy nie widziałem, żeby ktoś tak pięknie puszczał bańki.

Niestety, obok Suni stał pan Leciejewski i po świńsku się na nią gapił.

– Ale się ślini. Nie jesteś zazdrosny? – Greta mrugnęła.

– Nie rozmawiam z tobą! – syknąłem. – Poza tym dlaczego miałbym być zazdrosny o starego oblecha, któremu spod przykrótkiego dresu zawsze wystaje tłuste dupsko?

Oczywiście doskonale wiedziałem, że tłuste dupsko jest w rozmowie z Gretą jazdą po bandzie, ale – jak kiedyś rzucił tata – kiedy się zaczyna grać w *no mercy*, nie czas na ślozy i pedalię.

Cholera, zawsze zapominam sprawdzić, co to są te ślozy.

– Ale ja nie mówię o Leciejewskim! – Greta uśmiechnęła się i znowu do mnie mrugnęła.

– A o kim?

Nie odpowiedziała. Ale po raz kolejny ujawniła uśmiech swojej matki. Instynktownie powiodłem wzrokiem za jej spojrzeniem. I dostrzegłem tatę. Stał z ciocią Tamarą i szeptał jej coś do ucha.

Co ty insynuujesz, gruba?

Że mój ojciec i mama Adriana?

Już chciałem się porządnie wkurwić, gdy usłyszałem z boku:

– Kurwa, co za nudy! Podpalimy kota?

Zupełnie nie zauważyłem, kiedy Kazio się przy nas znalazł. Obgryzał gigantycznego lizaka-biedronkę i wyglądał przerażająco. Jak dzieciństwo Hitlera. W każdym razie tak bym je narysował, gdyby ktoś mi kazał.

Tymczasem z twarzy Grety uśmiech nie schodził.

– Kaziu, a jak tam w szkole dla debili? Luzują wam kaftany na wuef?

Popatrzyłem na nią z podziwem, bo to było naprawdę wyrafinowanie złośliwe.

Od czasu kolejnej awantury Kazio nie chodził do szkoły. Był na zwolnieniu lekarskim i podobno brał nawet jakieś leki uspokajające. Niektórzy jednak utrzymywali, że to nie żadne zwolnienie. Mówiło się, że Kazio jest zawieszony, a od nowego roku trafi do szkoły dla debili, znaczy się specjalnej. A może integracyjnej? Nie wiem dokładnie, bo nigdy do tego nie przywiązywałem wagi. Po prostu nie wierzyłem, że go wyrzucą. Ten kredyt pani Żukowskiej w banku taty Kazia, pamiętacie? Owszem, nauczyciele potrafią być lekkomyślni, ale nie aż tak. Poza tym, gdyby mieli usunąć naszego klasowego tłuka, to skąd by się on teraz wziął na szkolnym Dniu Dziecka? Bo niby jak: zwyzywał dyrektorkę od kurew, a ona teraz stoi z jego ojcem przy zupach i sprawia wrażenie, jakby chciała mu wylizać talerz? No chyba że... Że to jednak był naprawdę potężny kredyt.

– Nie rozmawiam z tobą, gruba świnio! – Kazio wbił w Gretę wściekłe spojrzenie. – Wrobiłaś mnie!

– Sam się wrobiłeś, świrze! – rzuciłem ostro. Owszem, byłem ciągle zły na Gretę, ale nie znaczyło to, że mogę pozwolić temu debilowi ją przy mnie obrażać. – I nie mów do niej „gruba świnio"! – syknąłem przez ściśnięte zęby.

Dla lepszego efektu, oczywiście.

– Bo co? – zapytał hardo.

– Bo ci wsadzę grilla w dupę, szaszłyku!

Nie było to nadmiernie błyskotliwe, wiem. Ale zadziałało, bo wszyscy ryknęli śmiechem.

– Oj, to by było epickie! – Marysia się rozmarzyła, a Greta od razu położyła mi rękę na ramieniu.

Nawet Adrian – ten cholerny zdrajca, który jeszcze przed chwilą uczestniczył w spisku prześmiewców – stanął przy mnie i spojrzawszy spode łba na Kazia, mruknął:

– Niczego nie próbuj, pojebie!

Zatem znów byliśmy zespołem.

Postanowiłem więc, że im przebaczę.

Kazio taksował nas w milczeniu, zapewne rozważając szanse na udany atak, po czym niespodziewanie się uśmiechnął.

– Kurwa, macie szczęście, że zostałem buddystą! – klasnął w dłonie.

Zanim umarliśmy ze zdumienia, dopadła nas pani Wilk.

– Dzieci, może sałatkę z rzodkwi? Albo wywar z naci? – zaczęła ponownie wymachiwać tacą z warzywami. – Witaminki!

Kazio zlustrował ją jak kosmitkę.

– Zielsko? Bleee! – skrzywił się i ciepnął lizakiem o ziemię, a potem rozgniótł go butem, jak dorośli zwykli czynić z niedopałkami. – Chodźcie na karkówkę!

Podreptaliśmy w stronę grilla, po raz kolejny zostawiając panią Wilk z jej zielskiem i rozczarowaniem.

– Ola! Marysia! – ciągnęło się za nami, ale kiedy jej córki z ostentacją wgryzły się w karkówkę, pani Wilk wykrzywiła się, jakby wlano jej w gardło rozgrzany ołów.

Prawie zrobiło mi się jej żal.

Podeszła do mojej mamy i podsunęła jej tacę pod nos, ale mama odmówiła ruchem głowy.

Błąd, mamo!

Gdybyś wzięła którąś z tych cholernych marchewek, musiałabyś puścić w końcu rękę Michała! Bardzo chciałem, żebyś puściła! Nie chodzi o mnie, oczywiście, mi to właściwie zwisa, ale tata! Jemu na pewno to się nie podoba! Po co robić sobie przykrości, których można uniknąć?

Nawet nie chciałem popatrzeć w jego stronę, bo i tak wiedziałem, że jest wściekły. Zająłem się żarciem.

Mama Grety dała mi trzy skrzydełka i kiełbaskę. I powiedziała, że zawsze mogę liczyć na dokładkę.

– A ja? – pan Broszkiewicz, który wił się obok pani Adamskiej od początku imprezy, uśmiechnął się ślisko.

Powtarzał, że pilnuje żaru w palenisku, ale nawet niewidomy by dojrzał, że ślini się do jej cycków.

Pani Adamska nic nie odpowiedziała. Sprawiała wrażenie, jakby w ogóle unikała patrzenia na tatę Kazia. Byłem pewien, że to z powodu bakterii Gram-ujemnych, które wraz z amylazą ślinową tkały w kącikach jego ust beżową pajęczynę. Jak zwykle zresztą.

Widziałem kiedyś w Animal Planet film o waranach z Komodo i pomyślałem, że pan Broszkiewicz to właśnie taki waran. Polując na kobietę, próbuje ją z początku tylko dziabnąć zębami. A potem lezie po śladach krwi i czeka. Aż jego toksyczna ślina zatruje jej organizm. Aż ona zacznie się słaniać. Mieć dreszcze. Mroczki. I już nie będzie mogła dłużej uciekać.

Przyznaję, też miałem ochotę zmitrężyć chwilę w towarzystwie dekoltu pani Adamskiej. Ale było mi głupio. Przecież obok stała Greta, a w dodatku podszedł tata. Więc krzyknąwszy: „Kto pierwszy do kotłów?!", bez zastanowienia pognałem przed siebie.

I to był błąd. Bo przy zupach wpadłem na Bogusia. Chlipał żurek. Nie miałem szans dostrzec go wcześniej, tak sprytnie skrył się za wielorybim gabarytem dyrektor Żukowskiej.

– Ja pieprzę, ale głodny byłem! – mamlał z pełnymi ustami, dopychając zupę chlebem. – To już drugi talerz!

– Twoja stara też ci żreć nie daje? – zainteresowała się Ola, która dobiegła tuż po mnie.

– Bo naszej to już dokumentnie odbiło! – zawtórowała jej Marysia. – Może powinniśmy założyć stowarzyszenie ofiar bio żywności?

Boguś nie podjął żartu. Sprawiał wrażenie, jakby poza żurkiem nic go nie interesowało. Rytmicznie pracował łyżką, wolną ręką zasłaniając równocześnie plastikowy talerz. Bał się, że ktoś mu go ukradnie? W poprzednim wcieleniu musiał być psem, pomyślałem.

– Zazwyczaj daje mi jeść – ciamknął. – Ale dzisiaj łazi jakaś nieprzytomna od rana.

– Te, a co ona ma z tym limem? – zainteresował się Kazio. – Pobił ją ktoś?

Wszyscy jak jeden mąż popatrzyliśmy na mamę Bogusia. Kroiła ciasto, skrywając twarz za przeciwsłonecznymi okularami o monstrualnej przekątnej szkieł, niemal jak ekran w kinie. Ale istotnie: baczniejsza obserwacja pozwalała dojrzeć pod nimi zastraszających rozmiarów śliwę.

– A skąd mam wiedzieć? – wyseplenił jej syn, międląc słowa i kęsy. – Jak się kładłem, nie miała tego. A rano już tak.

– Pewno lunatykuje – zawyrokowała Marysia. – Widziałam kiedyś program o lunatykach. Czasami się nawet zabijają. Jak spadną ze schodów. Albo z dachu.

– A karkówka gdzie jest? – Boguś odstawił pusty talerz, ujawniając spory dystans i do lunatykowania matki, i do wynikających z niego niebezpieczeństw.

Wskazałem mu pana Broszkiewicza, który nadal gibał się przy pani Adamskiej.

– Jego spytaj.

– A może to coś więcej niż lunatykowanie? – rzuciła Marysia, kiedy Boguś odszedł. – Może jest opętana?

I znowu łypnęliśmy na panią Nowak. W końcu niecodziennie widzi się opętanych. Więc każda sposobność popatrzenia na nich jest bezcenna. Chociażby po to, by w przyszłości łatwiej rozpoznawać ich w tłumie. Może dzięki temu uratuje się kiedyś życie setkom niewinnych ludzi, kto wie?

– Mamy dwudziesty pierwszy wiek! – zauważył Kazio. – Przestańcie bredzić o opętaniu! Istnieje milion racjonalnych powodów, dla których można mieć podbite oko! Co innego jest ważne!

– Co? – spytała Greta.

– Przecież to proste! – wydął pogardliwie wargi.

– Jak proste, to powiedz! – Marysia wbiła w Kazia zniecierpliwiony wzrok.

– Ale z was debile, rany! – obdarzył nas spojrzeniem, jakim do tej pory obdarzaliśmy jego. – Wiecie, jaki jest nasz największy problem? Że nasi starzy są takimi samymi idiotami jak my, tylko więcej mogą! Przecież gdybyśmy my się zachowywali jak oni, byłaby nieustanna zjebka!

Popatrzyłem na Kazia za zdumieniem, bo to, co z siebie wydobył, było jak drybling Messiego. No, może przesadzam. W każdym razie chyba po raz pierwszy w życiu ten debil powiedział coś niedebilnego. I już go chciałem pochwalić, kiedy Adrian zrobił pół kroku do przodu.

– Przestań pieprzyć, Kaziu! – odsunął go gestem, który wydał mi się jednoznacznie lekceważący. – Ta suka, matka Bogusia, naprawdę wygląda, jakby była opętana!

W oczach Adriana dostrzegłem stal. Nigdy wcześniej jej tam nie widziałem. I poczułem dziwny mróz w środku, a przecież ciągle był wściekły upał. I silny głos, dobywający mi się ze środka, powiedział: zło się już oblizuje, Mati, uważaj! I pomyślałem, że tylko żart może nas uratować. Złapałem Adriana za rękę.

– Oblejmy ją zupą święconą! Jeśli jest opętana, zacznie krzyczeć!

Niestety, Adrian się nie roześmiał. Miał dziwną twarz. Jak pani Taube, kiedy opowiadała o dziewictwie Maryi albo lewitowaniu świętej Katarzyny.

– Trzeba jej koniecznie zrobić zdjęcie! – uniósł palec, w który Marysia, Ola i Greta poczęły się wpatrywać z zadziwiającym napięciem. – Widziałem jeden stary horror, gdzie każdy, kogo szatan chciał zabić, miał taki jakby znak śmierci, który wyłaził dopiero na fotografii! Na przykład, kiedy komuś głowę miała uciąć szyba, to jeszcze przed tym obcięciem, przed tą śmiercią znaczy, ujawniał mu się w okolicach szyi cień tej szyby właśnie! Albo na przykład był tam taki ksiądz...

– Ja pierdolę, ona musi mieć znak śmierci! – podniecona Marysia spojrzała w stronę pani Nowak, która wsuwała właśnie ekologiczne warzywa pani Wilk i wyglądała raczej na diabelsko głodną niż opętaną. – Poczekajcie, ja jej tę fotę trachnę! – wyciągnęła komórkę.

– Ani się waż! – pisnęła Ola. – Boję się!

I przylgnęła mi do ramienia. Adrian od razu zrobił minę, z której wynikało, że to mu się nie podoba. Błyskawicznie wykonałem kontr minę zapewniającą, że mnie również. Ale wyszła chyba słabo, bo grymas na twarzy mojego najlepszego przyjaciela tylko się powiększył. W następstwie podjąłem desperacką próbę wyszarpnięcia ręki. Bez powodzenia, niestety, bo zołza wczepiła się jak rzep.

– Jaki tytuł miał ten film? – spytałem więc w rozpaczliwej nadziei, że może to odwróci uwagę Adriana od mojego ramienia.

Ale nie odwróciło.

– Co to ma teraz, kurwa, za znaczenie! – odwarknął i wywalił na mnie ślepia z jaszczurczą nienawiścią.

I wtedy się przestraszyłem.

Bo Adrian nigdy wcześniej tak na mnie nie patrzył.

Wyglądał jak opętany.

Chciałem mu natychmiast powiedzieć, żeby przestał. Że mam w dupie Olę, Marysię, Gretę, Kazia, Bogusia, cały ten idiotyczny Dzień Dziecka, z kim to robi jego tata, z kim to robi mój, a nawet – tu byłem gotów nieco naciągnąć rzeczywistość – Sunię, która gdzieś tam w rogu ciągle puszczała mydlane bańki i sprawiała wrażenie, jakby miała jeszcze mniej lat od nas. I że jestem jego najlepszym przyjacielem, a on moim. I że nic nigdy tego nie zmieni. I żeby już tak nie zezował, bo po prostu ciary przechodzą.

Ale nie powiedziałem.

Bo zanim zdążyłem otworzyć usta, usłyszałem ogromny huk, jakby coś potężnego spadło nagle z nieba, i kątem oka dostrzegłem mniej więcej na godzinie dziesiątej, że długi bufet z sałatkami – zrobiony z ławek, wystawionych na dziedziniec parę godzin wcześniej – łamie się i składa niczym domek z kart. W dodatku pod ciężarem ciała mojego taty. Przez ułamek sekundy zdawało mi się, że po...

zdawało mi się że postradałem zmysły ale nie to świat je postradał najwyraźniej mój tata naprawdę sunął plecami po złączonych blatach i wymachując bezradnie rękami strącał półmiski jeden po drugim wyglądało to zupełnie jak w filmie przysięgam i kiedy potem przywoływałem w pamięci tę chwilę a przywoływa-

łem ją setki razy zawsze byłem gotów dać sobie rękę uciąć że widziałem to wszystko w wielu planach i z wielu kamer a przecież to niemożliwe bo stałem jak wryty w jednym miejscu i ściskałem Olę mocno za ramię tak mocno że potem przez całą zieloną szkołę z wyrzutem pokazywała mi siniaki podobno też krzyczała żebym ją puścił w ogóle tego nie pamiętam pamiętam za to że patrzyłem jak mój tata który znalazł się na stole z żarciem w sposób dla mnie zupełnie niepojęty teraz z niego spada a razem z nim papuzia tęcza sałatek nicejskiej greckiej ziemniaczanej śledziowej pieczarkowej caprese cezar coleslaw z czerwonych buraków i koziego sera z rukolą i pomidorami oraz wszystkich pozostałych jakie tylko zdołała tego dnia zestawić wyobraźnia kulinarna naszych matek i widziałem też jak tata wali plecami o bruk niczym ten cholerny fortepian Chopina o którym bez przerwy pieprzył mi dziadek kiedy w drugiej klasie chciałem wystartować w konkursie recytatorskim ze Stefkiem Burczymuchą a on się upierał że stać mnie już na coś poważniejszego i słyszałem jak tata krzyczy kurwa twoja mać, Paweł! i było to najłagodniejsze z wszystkiego co tata jeszcze krzyczał w powietrzu można było wyczuć odór gniewu zmieszany z zapachem warzyw ryb i grzybów spojrzałem na Adriana miał szarą twarz jakby wilgotną zdziwiło mnie to bo przecież nie padało nie był też spocony wprost przeciwnie raczej suchy a wilgoć jego twarzy paradoksalnie wypływała bardziej z barwy skóry niż z jej nawodnienia gryząc wargi niemal do krwi wodził struchlałymi oczami za wujkiem Pawłem który doskakiwał do kolejnych stołów i łapiąc co popadnie talerze wazy ciasta torty butelki szklanki ciskał tym w mojego ciągle leżącego w sałatkach tatę dostrzegłem stal w spojrzeniu wujka Pawła niemalże świszczała i przyszło mi do głowy że to on jest opętany być może od seksu z matką Bogusia niewykluczone że opętanie przenosi się drogą płciową pomyśla-

łem i wtedy Adrian odwrócił się i spojrzał na mnie poczułem jak momentalnie zaciskają mi się pięści a serce zaczyna dudnić niczym subwoofer tylko się spróbuj zbliżyć a ci przypierdolę zachrypiało coś we mnie ale twarz Adriana była daleka od agresji on nie chciał walczyć on wyglądał jakby przepraszał wpatrywał się we mnie z miną słonia Dumbo do którego dotarło że wszyscy śmieją się z jego karykaturalnych uszu Boże jak ja nienawidziłem tej bajki kiedy byłem mały niestety kochała ją moja mama i nieustannie próbowała to ze mną oglądać dlaczego nie chcesz kochanie czyżbyś nie kochał tego słodziutkiego słonika? a ja przecież go kochałem i właśnie dlatego nie znosiłem patrzeć jak z niego szydzą bolało mnie że nie mogę go ochronić a teraz dotarło do mnie że Adrian ma takie same wystraszone oczy jak tamten mały słoń i że też się obwinia z powodu swoich kompromitujących uszu które właśnie rozpierdalały kolejne stoły zrzucając z nich termosy z kawą i herbatą i nikt nie protestował choć byli tu prawie wszyscy nauczyciele i wszyscy rodzice i nawet Michał ze swoimi wielkimi mięśniami ci wszyscy ludzie tak zawsze dobrze wiedzący jak mamy postępować my dzieci teraz stali bez ruchu jak sparaliżowani jak spętani trudno powiedzieć czym bardziej zaskoczeniem żenadą czy strachem cokolwiek to jednak było nie robili nic tylko patrzyli tymczasem mój ojciec dźwignął się w końcu z ziemi i cisnął słoikiem musztardy w tatę Adriana ten zdążył się uchylić święci pańscy i aniołowie! krzyknęła pani Taube bo beżowa maź eksplodowała pod jej nogami drugi rzut okazał się już dokładniejszy i wujek Paweł zaliczył fangę w twarz na szczęście nie szklanym słojem tylko najzwyklejszą kiełbasą z grilla która odbiła mu się śmiesznie od czoła była miękka więc nie mogła go zamroczyć ale najwyraźniej zdekoncentrowała na chwilę i ta chwila wystarczyła tacie by doskoczyć i złapawszy wujka za koszulę wywrócić go na stół z zupami pamiętaj synu praca nóg praca nóg jest najważniejsza powtarzał zawsze tata ilekroć uczył mnie sztuki walki tym razem jednak jak amen w pacierzu o tym zapomniał co spowodowało że zwalił się wraz z tatą Adriana między żurek a kapuśniak pod ich ciężarem stoły złożyły się w jednej chwili a zaraz potem kotły rzygnęły gęstą breją na pobliski rząd żółtych tulipanów dyrektor Żukowska złapała się za serce wszyscy wiedzieli że klombik jest jej oczkiem w głowie wszyscy oprócz mojego taty i taty Adriana którzy tymczasem znaleźli się już w innym miejscu dziedzińca i dewastowali sekcję ciast oraz tortów ich ruchy jednak robiły się coraz wolniejsze a oddechy stawały się krótsze i płytsze jeszcze tylko zdołali połamać wielki parasol ogrodowy ale potem nie mieli już siły na nic rozluźnili więc żelazne uściski i stali teraz naprzeciw siebie w poszarpanych ubraniach utytłani w tłuszczu sosach trawie i ziemi i patrzyli jeden na drugiego z nienawiścią świszcząc z wyczerpania wypierdalasz...

– Wypierdalasz z mojego życia! – wyrzęził w końcu wujek Paweł.

– Nie, to ty wypierdalasz z mojego! – odcharknął mu tata.

Zapadła śmiertelna cisza. I nikt inny nie wydobył już z siebie ani słowa.

Tak oto w Dniu Dziecka, co do którego od początku miałem podejrzenia, że się nie uda, skończyła się przyjaźń, co skończyć nigdy się nie miała.

4.

Zjawia się jak *déjà vu*.

Niespodziewanie i z ogromną pretensją do wzniecenia burzy.

Zastygam w zaskoczeniu.

Nie mam pojęcia, kim jest, ale przecież znam ją od dawna. Noszę jej wizerunek, wrzucony niedbale w jedną z przegródek poczytalności, gdzie upycha się rachunki za szczęście i obietnice poprawy. Więc mój mózg powinien już raczej przywyknąć do jej obecności. Najwyraźniej nie przywykł. Bo oto teraz – kiedy dostrzegam na dziedzińcu szkolnym rude włosy, jasnozieloną sukienkę i pomarańczowy rower – krztusi się i w okamgnieniu doznaje globalnej amnezji. I nie mogę już sobie przypomnieć, kim jest ta czerwonowłosa zjawa, zatopiona w bursztynie pamięci. I – co znacznie ważniejsze – dlaczego robi na mnie takie wrażenie. Na próżno przetrząsam w głowie czas przeszły, przedzierając się przez miriady stopklatek: szpital – nie, koncert w Kongresowej – nie, knajpa na Mokotowskiej – nie, wakacje na Krecie – nie, Złote Tarasy, stadion Legii i sylwester w Zakopanem – nie, nie i nie! Na miłość boską, gdzie ja ją widziałem?

– Znasz ją?

Tamara? Nie zauważyłem, kiedy znowu podeszła.

– Nie. Tak.

Uśmiecha się.

– Rozumiem.

– Nie rozumiesz – odburkuję ze złością. – Ja też nie rozumiem.

Trwamy w milczeniu, patrząc, jak rudowłosa zgaduj-zgadula zeskakuje z pomarańczowego roweru i odpiąwszy wiklinowy kosz, znika w budynku szkoły.

– Piękna kobieta – mówi Tamara. – Jak z filmów Felliniego.

Naprężona struna pamięci pęka w jednej chwili i zwija się niczym spirala, a „nie wiem" uderza o „wiem".

– Widziałem ją raz w życiu na ulicy, kilka miesięcy temu – oznajmiam jednym tchem. – A potem dwanaście razy we śnie.

Patrzy na mnie zdumiona.

– Dwanaście razy?

– Albo sześć – wzruszam ramionami. – To akurat nie ma większego znaczenia.

Nie muszę spoglądać w jej stronę, by wiedzieć, że przypatruje mi się teraz, jakbym był niespełna rozumu.

– A co ma? – pyta.

– Że zawsze to ten sam sen – uśmiecham się do samego siebie. – Akcja dzieje się w wielkim mieście, które składa się wyłącznie ze szklanych wieżowców. Środkiem komunikacji są w nim szybkie windy. Żeby się nimi poruszać, trzeba sprawnie wskakiwać w biegu i uważać, by nie wypaść.

– Niezbyt wygodne rozwiązanie w starzejących się społeczeństwach – zauważa przytomnie.

– Dobrze wiesz, że w snach takie rzeczy są bez znaczenia – tłumaczę. – I mogę nie opowiadać, jeśli masz mi przerywać.

– Przepraszam, Kuba – matczynym gestem wsuwa rękę pod moje ramię. – Mów dalej!

– Obserwuję ją. Ale z daleka. W pewnym momencie widzę, że rozmawia z Mateuszem...

– Z twoim synem?

– Tak, z moim synem. Słyszę dokładnie ich rozmowę. Ona wręcza mu dwa egzemplarze grubej, ciężkiej książki, przypominającej stare inkunabuły. Prosi, by jeden przekazał mnie. Drugi może sobie zatrzymać.

– Co jest w tych książkach?

– Jeszcze nie wiem. Na razie widzę, jak Mati je zabiera. Cały czas go obserwuję. Nagle zauważam, że wchodzi do budki telefonicznej. Takiej starej, zielonej, pamiętasz? Nie ma już takich.

Kiwa głową, że pamięta.

– I dzwoni do kogoś, tak? Do Agi? – pyta z mimowolnym uśmiechem, a ja nie mogę pozbyć się wrażenia, że swojego syna pochwaliłaby, gdyby tak zrobił.

– Do nikogo, kurwa, nie dzwoni! – zżymam się. – Otwiera książkę i zaczyna czytać! Co jest znacznie gorsze! Bo tam są wszystkie rozmowy między mną a tą kobietą! Także te najintymniejsze!

– Ja pierdolę, co za masakra! – ściska mnie za ramię tak mocno, jakby chodziło o jej ukradzioną intymność. Ciekawe z kim. – A co się dzieje potem? – szarpie mnie w zniecierpliwieniu.

– Potem spotykam Matiego na ulicy – uśmiecham się gorzko. – Pytam, czy ma coś dla mnie, on twierdzi, że nie, a ja wiem, że kłamie. Budzę się. Wszystko – kończę ledwo dosłyszalnie.

Gapi się na mnie, a w oczach ma aksamit. Gdybym robił w ubezpieczeniach, mógłbym jej teraz wcisnąć każdy szajs.

– I zawsze śni ci się to samo? – pyta głosem dziewczynki.

– Zawsze – potwierdzam.

– Wszystkie sześć razy?

– No, może cztery! – drapię się w nos, który nagle mnie zaswędział. – Ale na pewno więcej niż raz!

– Kuba!

Odpycha mnie gwałtownie, a jednocześnie wybucha nerwowym śmiechem. Najwyraźniej, by przykryć tę dziecięcą naiwność, którą objawiła przed momentem.

– Wszyscy faceci to kłamcy! Wszyscy faceci to kłamcy! Wszyscy faceci to kłamcy! – powtarza rytmicznie, jakby puszczała serie z automatu lub wypowiadała magiczną formułę zamiany księcia w gówno.

I ciągle się śmieje, więc śmieję się razem z nią.

– Co się tak śmieszy? – chichocze.

– Nie mam pojęcia! A ciebie?

– Że oboje jesteśmy w dupie! – zarykuje się. – Tobie nieustannie się wydaje, że dziewiczy i seksowny Dzwoneczek zaciągnie cię do Nibylandii! A ja wciąż czekam na powrót Odysa, choć pożegnałam Don Kichota! – mówi, z każdą łzą śmiejąc się coraz głośniej.

A potem wtula we mnie mokrą twarz. Równie gwałtownie, jak gwałtownie mnie odepchnęła.

I trwamy tak na środku szkolnego dziedzińca: ja – okrążony przez wkurwiające kochanki i ekszonę, obściskującą się z atlasem anatomii, pochłonięty myślami o rudowłosym aniele, który w rzeczywistości przyśnił mi się zaledwie raz, i ona – beznadziejnie zakochana w byłym mężu, który nie może wrócić do Itaki, póki tyle jeszcze wiatraków do wyruchania.

– Przyniosę ci oranżady, chcesz? – mówi w końcu.

– Nie chcę – odpowiadam, bo nie chcę przede wszystkim, by odchodziła.

Jest mi dobrze teraz. Bezpiecznie. Dziwne, bo znamy się tyle lat, a ona nigdy jeszcze nie była mi tak bliska jak w tej chwili.

– Oczywiście, że chcesz. Chłopcy zawsze chcą oranżadę – uśmiecha się. – Widzisz, do jakiego stopnia siebie nie znasz, Kuba? – wciąga nosem ostatnie łzy i nie czekając na moją reakcję, rusza do stołu z napojami.

Odwracam się. Spoglądam w stronę szkoły. Faktycznie, myślę. Nie znam się zupełnie, a czterdzieści lat to najwyższy czas, by w końcu poznać siebie. W ustach czuję smak landrynkowej lury z bąbelkami. Jak wtedy, gdy byłem chłopcem naprawdę.

– Muszę z tym skończyć – mówię.

– Ty skurwysynu! – pada w odpowiedzi.

A potem coś potężnie wali mnie w plecy. Zanim osunę się w ciemność, słyszę jeszcze, jak ktoś gdzieś tłucze talerze.

5.

O bijatyce naszych starych nigdy z Adrianem nie rozmawialiśmy. Nie chcę powiedzieć, że ją wyparliśmy z głowy czy coś w tym stylu. Wszyscy widzieli, co się stało pierwszego czerwca na dziedzińcu szkoły, my też. Nam jednak roztrząsanie tego sekunda po sekundzie wydawało się zupełnie zbędne, wręcz niebezpieczne.

Woleliśmy zaufać intuicji, która od pewnego czasu przemierzała kosmosy starsze niż jedenastoletni i podpowiadała, że to, co położyło trupem przyjaźń ojców, może zniszczyć i naszą. Nie omieszkała przy tym dodawać, że najwyżej rozwinięte cywilizacje pozaziemskie to te, które trzymają się z dala od nie swojego gówna. A jeśli już w nie wdepną, pilnują kwarantanny.

Nie muszę chyba mówić, że pilnowanie kwarantanny w warunkach zielonej szkoły było zadaniem kłopotliwym, chwilami niewykonalnym.

– Strasznie się głośno pierdolą! – rozdarł się Boguś, patrząc jak głowy żab rozrywają gruby kożuch zielska pokrywającego przy brzegu taflę jeziora.

Wychylały się raz po raz, zapewne dla złapania oddechu, zawsze we dwie, połączone w groteskowym, a zarazem przerażającym uścisku, i w rzeczy samej – niemiłosiernie przy tym rechotały.

– Żaby się nie pierdolą, tłuku! – Greta z politowaniem popatrzyła na Bogusia. – Nie pamiętasz, co tłumaczyła Sunia? To jest ampleksus, taki uścisk godowy! Dzięki niemu samica wydziela jaja do wody, a samiec wylewa na nie nasienie! Ale zapłodnienie ma miejsce poza organizmem matki! Więc trudno to nazwać pierdoleniem!

Jak ona wszystko potrafi pięknie wytłumaczyć, pomyślałem. Istotnie, Sunia opowiadała nam wczoraj o żabach i ampleksusie. Mieliśmy taką nieco wymuszoną lekcję przyrody, bo się okazało – szkoda, że dopiero po przyjeździe! – że zabrano nas nad jezioro, które jest całe porośnięte zielonym glutem. To się nazywa zakwit czy jakoś tak i szkodzi na skórę, więc nie można się kąpać.

– Wszystko jedno! – Boguś nie dawał za wygraną. – Może i nie pierdolenie, ale wygląda równie pokracznie! Jak wasi starzy, kiedy się tłukli – zarechotał żabio i poklepał mnie po ramieniu. – Sorry, Mati, a co jeśli oni są pedałami? I pobili się, bo mają kryzys w związku?

Pierwsza myśl: zabij!

Druga: to tylko zakwit. Ludzki zakwit. Poniechaj, Mati.

Więc wystawiłem twarz do słońca.

Siedzieliśmy na wzdętych cielskach rowerów wodnych, które niczym ogarnięte samobójczym szałem wieloryby – widziałem o nich kiedyś program na kanale Nat Geo Wild – zamieniły mulisty brzeg jeziora we własne cmentarzysko. Fale uderzały leniwie o burty, śmierdziało butwiejącym życiem, a brak wiatru czynił ten dzień prawdziwie upalnym.

– Ta homoseksualna hipoteza z pozoru tylko jest absurdalna. Nie od dziś wiadomo, że najciemniej bywa pod latarnią – Ola wydęła policzki, najwyraźniej podrażniona przedłużającą się ciszą. – W końcu wszyscy słyszeliśmy, jak tata Adriana powiedział do taty Matiego: „Więc ci go teraz włożę w dupę!". Tak powiedział, prawda? – pochyliła się nad Adrianem.

Mój najlepszy przyjaciel nawet na nią nie spojrzał. Międlił w ustach źdźbło trawy i z obojętną miną kontemplował przesuwające się ślimaczo po niebie chmury.

– Istotnie tak powiedział, ale nie zapominaj, kochanie, że to była tylko riposta – siostra zołzy podjęła prowokację. – Bo wcześniej ojciec Mateusza krzyknął do niego: „Całkiem ci odbiło od tego ruchania!" – rzuciła okiem w moją stronę, zapewne w nadziei, że połknę haczyk.

Głupia. Przecież mnie tu w ogóle nie było. Owszem, moje ciało – tak jak ciała pozostałych – kołysało się sennie na rozgrzanym plastiku jednostki pływającej, napędzanej siłą mięśni, ale tak naprawdę znajdowałem się jakieś pięćdziesiąt metrów dalej. Tam gdzie mój raj i życie wieczne. Amen.

Z tą jednostką napędzaną siłą mięśni ani trochę nie przesadziłem. Tak właśnie było napisane na nalepce obok steru. „Rower wodny Gerwazy-2. Jednostka pływająca, napędzana siłą mięśni przez osobę nią kierującą za pomocą przekładni mechanicznej. Dzieci mogą korzystać z roweru tylko pod opieką osób dorosłych. Produkt nie chroni przed utonięciem". Pomyślałem, że to ewidentnie instrukcja dla nikogo. Przecież jeśli ktoś jest aż takim lamusem, że nie potrafi skumać, jak działa rower wodny, to z całą pewnością nie był też w stanie nauczyć się czytać.

– Owszem, ojciec Mateusza tak powiedział! – krzyczała tymczasem Ola. – Ale wcześniej jego ojciec... – i tu wskazała ponownie na Adriana – powiedział: „Podeptałeś kodeks!". Czy jakoś tak...

Zgadza się. Tak właśnie powiedział. Podeptałeś kodeks. Ale po co o tym teraz gadać? Nie lepiej kontemplować czyste piękno natury? Zwłaszcza gdy jest tak blisko, niemal na wyciągnięcie ręki? Trzeba być ślepym, żeby go nie widzieć! I bezdusznym, by się nim nie zachwycać!

Najwyraźniej siostry Wilk były ślepe i pozbawione duszy, bo klekotały bez końca.

– Ale ojciec Mateusza wcześniej powiedział: „Ja puknąłem? Może lepiej ty się puknij w łeb, kretynie!"...

– Ale ojciec Adriana wcześniej powiedział: „Zatłukę cię, gnido!"...

– Ale ojciec Mateusza się wcześniej zaśmiał...!

– Ale ojciec Adriana powiedział mu coś wcześniej na ucho, chociaż nikt nie wie co...!

Ja jednak już ich nie słuchałem. Odnalazłem w mózgu przycisk *turn off*, a potem – w całkowitej izolacji od jazgotu płazów i ssaków – zacząłem w ciszy kontemplować Sunię.

Czyta na leżaku, wygięta zmysłowo.

W skąpym bikini wygląda bosko.

Jak zwykle nieobecna, wyobcowana z samej siebie.

Wmyślona w książkę, którą trzyma?

Odpędza muchę bezwiednie, nie dostrzega jej istnienia.

Taką muchą ja też dla niej jestem, to się musi zmienić.

Unosi się lekko, widzę teraz jej plecy, są wilgotne.

Na brzoskwiniowej skórze stempel leżaka o ciemniejszej barwie.

Ujmuje czule puszkę coli light.

Jej usta.

Boże, czemu mnie nie uczyniłeś plastikową słomką?

Zdmuchuje piasek ze stolika, bierze krem, faktor trzydzieści czy coś, wciera.

Wciera.

Wciera.

Nadal wciera.

W ramiona.

W ramiona i brzuch.

W ramiona, brzuch i dekolt.

W ramiona, brzuch, dekolt i uda.

Panie Boże, korekta: nie chcę już być słomką, kremem chcę być, jej balsamem! Ona jest taka piękna.

– Mateusz!

...ona jest taka piękna...

– Mateusz!

...ona jest taka piękna...

– Mateusz, kurwa!

– Nie drzyj się na mnie, Ola!

– Jestem Marysia, idioto! – moja eksnarzeczona popatrzyła na mnie wściekle. – Jak możesz nas nie rozróżniać?!

– Przecież jesteśmy dwujajowe! – syknęła z irytacją jej siostra. – Kurwa, nawet ten debil Kazio się tak nie kompromitował!

– Zamyśliłem się! – mruknąłem na odczepnego. – Czego chcecie?

– Wołają na obiad!

– Nie jestem głodny – skłamałem.

6.

Było jasne, że kodeks naszych ojców jest do dupy i trzeba stworzyć własny. Poświęciliśmy na to niemal wszystkie wieczory na zielonej szkole. Początkowo miał cztery kartki, ale potem uznaliśmy, że trzeba się ograniczyć do spraw naprawdę fundamentalnych, a te zbędne należy powykreślać. Na koniec okazało się, że zostało nam jedno zdanie. Trochę skąpo jak na konstytucję, ale przecież nie w gadulstwie tkwi prawdziwa mądrość.

W zieloną noc zielonej szkoły postanowiliśmy ukryć oryginał naszego kodeksu tam, gdzie – jak się wyraził Adrian – nikt go nie znajdzie przez najbliższe milion lat. Jezioro wydało się do tego idealne, zwłaszcza kiedy powiedziałem, że z tym cuchnącym glutem na powierzchni, mętną wodą pośrodku i grubą warstwą oślizgłego mułu na dnie jest idealną metaforą ludzkiego życia. Mój najlepszy przyjaciel mnie pochwalił i nie omieszkał przy tym zauważyć, że mam zadatki na poetę, z czego byłem bardzo dumny. W rewanżu pozwoliłem mu sporządzić manuskrypt kodeksu, choć byłoby lepiej, żebym to ja zrobił, bo mam ładniejszy charakter pisma. Potem go uroczyście podpisaliśmy i wsadziliśmy do butelki po winie chianti. Znaleźliśmy ją w trawie obok domku, gdzie nocowały Sunia i pani Falba od niemieckiego. Ta, która ma strasznie długie zęby i nas nie uczy. Tych butelek leżało w trawie znacznie więcej, ale tylko jedna miała napis „chianti". Wszystkie pozostałe nazywały się „primitivo", a to nam bardzo nie pasowało do kodeksu.

Późnym wieczorem, kiedy już było ciemno, wykradliśmy się z naszego domku i pobiegliśmy z kodeksem nad jezioro. Oczywiście, wcześniej nakapaliśmy na korek parafiny z rozgrzanej świecy i dokładnie obwiązaliśmy butelkę sznurkiem. Na jego drugim końcu wisiał spory kamień. Jako ciężarek, ma się rozumieć.

– To co? Gotowy? – spytał Adrian, kiedy stanęliśmy na skraju pomostu, który był śliski i w świetle księżyca wyglądał naprawdę upiornie.

Przytaknąłem.

– A więc minuta ciszy.

Stanęliśmy na baczność, w końcu chwila była uroczysta. *Nigdy w życiu żadna kobieta nie zniszczy naszej przyjaźni!* Tak właśnie brzmiał nasz kodeks. Nasz jednozdaniowy dekalog. Reguła najświętsza ze świętych.

Nigdy nie sądziłem, że minuta może tyle trwać. Ta nasza – co było trudne do zniesienia – ciągnęła się w nieskończoność, zwłaszcza od chwili, kiedy przypomniałem sobie tę scenę ze *Szczęk*, w której rekin-ludojad wyrywa pomost z wędkarzami i ciągnie w głąb oceanu. Chciałem nawet krzyknąć, żebyśmy już ciepnęli tę cholerną butelkę i wracali, ale to Adrian był szefem ceremoniału i z pewnością by się obraził, że rozkazuję. Koniec końców się jednak ulitował i wyszeptał: już. Byłem mu za to naprawdę wdzięczny.

– Nigdy w życiu żadna kobieta nie zniszczy naszej przyjaźni! – wydeklamowaliśmy równocześnie i rzuciliśmy nasz kodeks jak najdalej.

Jeszcze patrzyliśmy, czy butelka idzie na dno, a kiedy błyskawicznie znikła, przybiliśmy piątkę i pognaliśmy do łóżek.

Jednak w ogóle nie mogłem zasnąć. Oczywiście cieszyłem się, że w wieku, w którym naszym ojcom się nawet o tym nie śniło, my mamy już własny kodeks, ale zaczęło mnie dręczyć, jak to, co właśnie sobie obiecaliśmy, ma się do Suni. Czy mogę ją...? Czy mogę ją lubić? Dręczyło mnie to przez kilka godzin, w końcu jednak uznałem, że Suni kodeks nie dotyczy, bo jest dorosła. A nam przecież chodziło o takie intrygantki jak Marysia i Ola.

Potem miałem sen. Jezioro, ale krystalicznie czyste, bez fitoplanktonu czy jak mu tam. Stoję na brzegu, patrzę: Sunia. Wychodzi z wody. Jednak nie tak po prostu, jak wychodzisz wtedy, kiedy czujesz, że zmarzłeś. Albo kiedy ci rodzic mówi, że zmarzłeś i masz natychmiast wyłazić. Ona wychodzi filmowo. Kołysząc biodrami i w zwolnionym tempie. Z muzyką z *Piratów z Karaibów*. Albo z *Dawno temu w Ameryce*, nie pamiętam dobrze. Tego ostatniego filmu co prawda nie oglądałem, ale świetnie znam muzykę, bo mama jej ciągle słucha. Zatem widzę, jak Sunia wychodzi z jeziora, a krople w ogóle po niej nie spływają. Wtuliły się jak zaczarowane w jej ciało i błagają, żeby pozwoliła się pieścić jak najdłużej. Ale ona nie słucha. Strąca je i rusza w moją stronę.

Kiedy nadejdzie Ragnarök, czyli dzień zmierzchu bogów, gigantyczny wąż Jormungand wyłoni się z oceanu i zacznie pluć jadem, chcąc zatruć niebo i ziemię. Wówczas zjawi się Thor, by go pokonać. Tak mówi legenda.

Otworzyłem rano oczy i okazało się, że Ragnarök właśnie nadszedł. W nocy przeszła burza, zostawiła ciężkie chmury, za oknem szalał wiatr, był naprawdę okropny syf i ziemia, a zwłaszcza niebo istotnie są zatrute jadem. Niestety, mężny Thor nie mógł się zerwać z łóżka, by ratować świat. Nie mógł, kurwa, nawet wyjść spod kołdry, żeby się odlać, bo ciągle tkwił w pułapce własnego snu. W potężnej desperacji – chcąc się uspokoić – zaczął w końcu przywoływać w pamięci najgorsze okropności świata: niegodziwości Lokiego, śmierć w *Call of Duty*, klasówkę z matmy. Nie pomagało. Opadł mu dopiero, kiedy pomyślał o mistrzostwie dla Realu. Przez to wszystko spóźnił się na śniadanie. To rozczarowujące, myślał potem, że sagi i mity mówią o wszystkim, tylko nie o tym, jak sobie poradzić z porannym staniem lachy.

Przed powrotem do Warszawy poszedłem pożegnać się z jeziorem. Owszem, było wstrętne, ale przecież skrywało w trzewiach nasz kodeks. Nad brzegiem stała Sunia. Rozmawiała przez komórkę. Pomachałem jej, ale chyba mnie nie dostrzegła. Wymachiwała rękami i wyglądała na mocno zdenerwowaną. Wiał silny wiatr, więc nie słyszałem, co mówiła, choć bardzo chciałem. Usiadłem na rowerze wodnym i udając, że puszczam kaczki, wrzuciłem do wody dziesięć mentosów owocowych i osiem miętowych. Wszystkie, jakie znalazłem w kieszeni. Potem w autokarze mi ich brakowało.

Jak długo ona może tak gadać przez tę komórkę? I z kim?

– Miraż, złudzenie i syreni śpiew! – głos zza pleców wyrwał mnie z zamyślenia.

To była Greta. Stała trzy metry za mną i spoglądała na Sunię. I całe szczęście, że nie na mnie, bo poczułem, że się czerwienię.

– O czym ty mówisz? – zapiszczałem jak gumowa zabawka.

Ja pierdolę, nienawidzę się za ten głos!

– O Suni. – Greta uśmiechnęła się z politowaniem. – Na którą się gapisz od tygodnia!

– W ogóle się na nią nie gapię! – zaprotestowałem, na szczęście już w znacznie niższych rejestrach.

– Gapisz się, gapisz! – usiadła obok, ciągle ze wzrokiem wbitym w Sunię. – I ślinisz się przy tym jak pies.

Teraz to mnie wkurwiła. I porównaniem do psa, i tym, że mnie obraża i nawet na mnie nie patrzy.

– Odbiło ci, gruba? – spytałem, kładąc akcent na ostatnie słowo.

Wiem, będę się za to smażył w piekle, ale dopiero w tym momencie się do mnie odwróciła.

– Masz jeszcze czas – wyszeptała z zaskakującą łagodnością. – Wszyscy mamy jeszcze czas. Ten cholerny seks spadł na nas za szybko. Nie ma się przed nim jak schronić.

Zabrzmiała tak zdumiewająco dorosło, że przez chwilę mi się wydawało, że rozmawiam z mamą.

– Ja nie chcę się przed nim chronić! – krzyknąłem.

– Oczywiście, że chcesz – ciągnęła Greta, nie zważając na moje protesty. – Ja też chcę. Mamy tylko po jedenaście lat. Po cholerę mamy myśleć o seksie, skoro i tak nie możemy nic z tym zrobić?

Krople wody na brzoskwiniowej skórze. Stempel leżaka na brzoskwiniowej skórze. Krem-faktor jedenaście lat na brzoskwiniowej skórze.

– Możemy! – zbuntowałem się. – Ja patrzę na Sunię i czuję się fajnie!

– I to jest właśnie syreni śpiew, Mati. – Greta przeszyła mnie wzrokiem. – Bo Sunia ma cudowne cycki, ale nie zapominaj, że zanim dorośniesz, będzie nimi szorować podłogę.

Nie mogłem uwierzyć, że to powiedziała.

– Jesteś wulgarna! – skrzywiłem się.

– Owszem – zgodziła się zadziwiająco chętnie. – Jestem jak moja matka i nic na to nie poradzę. Ty zresztą też nie możesz nic poradzić, że jesteś taki jak twój ojciec.

– Nie jestem – ryknąłem i zaraz powtórzyłem, bo było to ważne. – Nie jestem taki jak mój ojciec! Ja...

– Nie bądź dzieckiem! – przerwała mi zniecierpliwiona. – Od Adama i Ewy ludzie są wewnętrznie powyginani! I z pokolenia na pokolenie ten wirus popierdolenia się namnaża, nic więc dziwnego, że wszystkie wady rodziców multiplikują się w dzieciach! Czyli w nas!

Przez chwilę miałem wrażenie, że się po prostu wygłupia. Ale nie. Ona najzwyczajniej w świecie zwariowała.

– Możesz przestać?! – mój głos znowu zapiszczał, ale było mi to teraz zupełnie obojętne. – To okropne!

Popatrzyła na mnie z jakimś opętańczym smutkiem, który mnie przeraził.

– Wiem, że okropne. Zwłaszcza że nic, czego się wstydzimy u naszych starych, nie zostanie nam oszczędzone – wyszeptała tak cicho, że z trudem rozróżniałem słowa.

Zapadła cisza. Tylko fale tłukły wściekle o pomarańczowe pływaki jednostki pływającej Gerwazy-2. Patrzyłem na Gretę. Wyglądała jak staruszka. Zastanawiałem się, czy ją wziąć za rękę. I kiedy postanowiłem, że wezmę, usłyszeliśmy:

– Dzieci! Dzieci!

To była Sunia.

Wołała nas do autokaru.

No to pobiegliśmy.

ROZDZIAŁ 6

1.

Skalpel cierpliwie oddziela białą galaretę nowotworu od różowych struktur mózgu. Przez lupkę mikroskopu widzę, jak „co mogłoby być" przeistacza się w „z pewnością nie zaistnieje". Mężczyzna, którego operuję, lat dwadzieścia cztery, chciał się żenić za pół roku, tak mi przynajmniej mówił. Miał jeszcze wiele innych planów, którymi zdążył mnie obarczyć. A teraz siedzę w jego czaszce i jeden po drugim je weryfikuję. Bo już znam jego przyszłość, niestety. Nazywa się strach. Rozpacz. Bunt. Ból. Skowyt. Żal. Zobojętnienie. I bezruch. A dopiero po tym wszystkim wieczne wesele.

Do cudzych głów tak łatwo się zagląda. Różowe – mózg. Białe – rak. Cała reszta – nieważna. A u mnie?

Jak by pan zdiagnozował pacjenta Solańskiego, doktorze? Czy nie odnosi pan wrażenia, że od pewnego czasu coraz więcej u niego białego?

– Czy mój ojciec cię kochał?

Wszystkie trzy – instrumentariuszka, pielęgniarka i salowa – wbijają we mnie zaskoczony wzrok. Tylko Bielska nie. Jak zawsze siedzi na stołeczku i gapi się w kardiomonitor.

Więc powtarzam, głośniej i dobitniej:

– Czy mój ojciec cię kochał?

Powoli odwraca głowę.

– Kurwa, Kuba, źle spałeś dzisiaj czy jak? – odzywa się tym swoim ochrypłym i jakby wiecznie znudzonym głosem, który tak fascynował człowieka, który mnie zrobił.

– Po prostu chcę wiedzieć – uśmiecham się pod maską. – Kochał cię?

Widzę, jak instrumentariuszka prostuje się, by zobaczyć twarz Bielskiej.

– Skup się na pracy, kochanie! – mruczę. – I podaj nici! – wyciągam do niej rękę.

Błyskawicznie opuszcza głowę. Jednocześnie o moją czekającą dłoń uderza imadło z igłą.

– Tak, kochał mnie – słyszę. – Bardzo.

– To dlaczego nie odszedł do ciebie? – ponownie pochylam się nad pacjentem. – Możesz już sprzątać narzędzia – mówię do instrumentariuszki.

Zaczynam szyć. Równocześnie słyszę, jak stukają o siebie trepany, odgryzacze kostne, kleszczyki do bikoagulacji, haczyki do odciągania nerwów, disektory, szpatułki mózgowe, przebijaki, skrobaczki i wszystkie części piły drutowej Gigliego. Lubię ten dźwięk. Jest jak syrena statku, który chwali się, że po kolejnym trudnym rejsie wpływa właśnie do portu. I uspokaja mnie, bo to przecież mój statek.

– Nie odszedł do mnie, bo nie mógł – mówi tymczasem Bielska.

– Nie mógł czy nie chciał? – dociekam. – Wacik poproszę!

– Czy nie chciał, nigdy się nad tym nie zastanawiałam – odpowiada. – Po prostu wiedziałam, że nie może.

– Bo?

Spogląda na mnie zirytowana.

– No, nie bądź idiotą, Kuba! Bo kochał też ciebie, a ty byłeś mały i go potrzebowałeś!

– Tylko mi nie mów, Bielska, że zrobił to ze względu na mnie – mrugam do niej.

Podrywa się i wyskakuje zza swojego królestwa respiracji i anestezji. Podchodzi blisko. Bardzo blisko. Gdyby nie maski, można by pomyśleć, że będziemy się gryźć. Albo całować.

– Potrzebowałeś go, szczeniaku, czy nie? – mówi ze smutną łagodnością, która nie współgra z gwałtownością jej ruchów.

– Potrzebowałem – potwierdzam.

– To o co ci, kurwa, teraz chodzi! – syczy i się odwraca.

Pochylam się nad ciągle niezaszytym łbem i myślę, o co mi, kurwa, chodzi. O prawdę chyba, bo o co?

– I twoją matkę też kochał! – odzywa się Bielska, która zdążyła już z powrotem klapnąć przed monitorem.

– Jasne! – mamroczę, zastanawiając się, po chuj tak się męczę, by szew wyszedł zgrabnie, skoro ten nieszczęśnik nie przeżyje nawet pięciu miesięcy. A może właśnie dlatego? – I kochał też te wszystkie setki dup, które w międzyczasie posuwał, prawda? – wyrzucam z siebie.

– Nie wiem, czy wszystkie – odpowiada Bielska – ale wiem, że ją, ciebie i mnie kochał na pewno.

– Boże, jaka ty jesteś głupia, Bielska! On był tylko egoistą! – wykrzykuję przerażony, bo ni cholery nie mogę sobie przypomnieć jego twarzy. – Wacik jeszcze! Do kurwy nędzy, czy muszę ci o tym wiecznie przypominać?!

– Przepraszam, panie doktorze – szepcze wystraszona instrumentariuszka.

– Nie bądź głupi, Kuba! – Bielska omiata mnie zdegustowanym wzrokiem, po czym odwraca głowę, jakby w obrzydzeniu. – Twój ojciec się zapił, bo chciał uciec od wszystkiego, co go przygniatało! Przerażało go, kim się stał! Człowiekiem, który stracił kontrolę nad życiem! Tak, był okropnie słaby, ale z pewnością nie był egoistą! A wiesz dlaczego? Bo najmniej w tym wszystkim kochał siebie, niestety! Może gdyby kochał siebie bardziej, nadal by żył! Może gdyby... – Milknie.

Zauważam, że trzęsą się jej ramiona...

– Opróżnij ssak – nakazuję salowej i odkładam narzędzie. Podchodzę do Bielskiej. – A ty? Kochałaś go?

– Kochałam – mówi z odwróconą twarzą. – Skurwysyn umarł dwadzieścia pięć lat temu, a ja go ciągle kocham.

Kładę zakrwawioną dłoń na jej ramieniu.

– Możesz go wybudzać.

2.

Wakacje okazały się prawdziwą torturą.

Najgorzej było z dziadkami na działce. Musiałem bez przerwy grać z nimi w scrabble'a i czułem się naprawdę bliski śmierci, bo ile razy można przechodzić *Art of Murder*, *Gears of War* i *Fallout 3*, a tylko takie starocie miał ten przygłupiasty Jasiek z Poznania, który przyjechał do sąsiadów dwa domki dalej. Jak na piętnastolatka był w dodatku zawstydzającym pachołem. Twierdził na przykład, że faceci nie mają mięśni Kegla, a już całkowicie osłabił mnie twierdzeniem, że Barcelona to hiszpański klub, bo nie ma czegoś takiego jak Katalonia.

Choć szczerze mówiąc, ja już nawet i Barcelonę miałem gdzieś. Odkąd wróciłem z zielonej szkoły, nie mogłem przestać myśleć o Suni. Marzyłem więc, żeby ten cholerny lipiec i ten cholerny sierpień jak najszybciej się już skończyły, i odliczałem dni do pierwszego września, kiedy ją znowu zobaczę.

O wyjeździe z mamą do Chorwacji nie chcę nawet pamiętać. Na miejscu okazało się, że jest tam Michał i jego kumple z obozu płetwonurkowego. Owszem, bawiłem się świetnie, ale to jeszcze gorzej, bo wstyd mi za to do tej pory. Zwłaszcza w takich chwilach jak teraz, kiedy siedzę obok taty.

Tata czyta właśnie gazetę i udaje, że nie widzi, jak mama robi się na bóstwo, bo ma gdzieś tam uroczystą kolację. To dlatego tata przyszedł. Żeby ze mną posiedzieć. I najwyraźniej nie wygląda na zadowolonego.

Prawdę powiedziawszy, od dawna nie wygląda na zadowolonego. Jest jakiś nieswój i ma coraz bardziej matowe oczy. Ostatnio znalazłem przedpotopowy album rodzinny – jeszcze z czarno-białymi zdjęciami – i zdziwiło mnie, że tata patrzy zupełnie jak dziadek Aleksander. To ten z moich dziadków, którego nie poznałem, bo umarł bardzo dawno temu. No więc dziadek Aleksander też miał takie oczy jak tata teraz. Powiedziałem o tym mamie, a ona:

– Zaklinam cię, Mati, tylko nie palnij tego ojcu!

No to nie palnąłem. Zwłaszcza że tata – jak już wspomniałem – od dawna jakiś nieswój. Od dawna, to znaczy od bijatyki z wujkiem Pawłem. Nic dziwnego, stracił najlepszego przyjaciela, to musi boleć. Mnie by bolało. Parę razy chciałem nawet zapytać, o co im tak naprawdę poszło, tyle że nie było dobrej okazji, a może zabrakło mi odwagi. A może liczyłem, że jednak sam zacznie mówić? Opowie swoją wersję tego, czego wszak byłem świadkiem, w dodatku nie sam? Ale tata nigdy do tego nie wracał. W końcu zrozumiałem, że tak jest lepiej. Przecież nie wszystko musi być powiedziane. Uznaliśmy więc wspólnie – to znaczy ja i ja w imieniu taty – że takiego faktu jak rozpieprzenie naszej szkolnej imprezy pierwszoczerwcowej po prostu nie było. A nawet jeśli był, to nie różnił się niczym od tych setek banalnych i codziennych rzeczy, o których się nie mówi. Właśnie z tego względu, że są banalne i codzienne.

– Jak wyglądam?

To mama. Wyrosła nagle przed nami i uśmiecha się promiennie.

– Pięknie! – zapewniam, bo to zresztą prawda.

Opalona, w fioletowej sukience, z odsłoniętymi ramionami i włosami spiętymi jak Sunia, prezentuje się naprawdę zjawiskowo.

I ma inną twarz.

To znaczy ciągle swoją, ale inaczej uśmiechniętą.

A może po prostu nigdy przedtem się tak nie malowała?

– Nie pięknie, tylko wulgarnie! – odzywa się tata ni z gruchy, ni z pietruchy, bo przecież nawet na nią nie spojrzał.

W okamgnieniu cień gradowej chmury przesłania uśmiech na twarzy mamy. Czerwony alarm, żołnierzu! Zaraz dojdzie do wymiany ognia. Potrzebna szybka interwencja!

– Jak królewna! – wysyłam oddział swoich najlepszych komandosów. – Wyglądasz jak królewna, mamo! Wcale nie wulgarnie!

Mama ponownie się uśmiecha.

– Jesteś kochany, synku!

– Jesteś głupi, synku, i nie znasz się na królewnach – mamrocze tata znad gazety. – Królewny się nie ostrzykują – dodaje, a potem, wyraźnie rozbawiony tym, co przed chwilą powiedział, spogląda na mamę z uśmiechem. – Kiedy wrócisz, kochanie?

– Kiedy uznam, że należy wracać! I nie mów do mnie „kochanie", proszę!

Bez wątpienia mama jest teraz potężnie zła.

Co znaczy: ostrzykiwać?

Sprawdzić w internecie.

Tymczasem tata dalej nie odpuszcza.

– A co? Czyżby ten przywilej przysługiwał już wyłącznie twojemu napompowanemu trollowi? – mówi z ironicznym grymasem, a potem wskazuje na mnie. – Dziecku też zabronisz?

Kurwa, dlaczego używasz mnie jako żywej tarczy? Przecież to hańba dla żołnierza! Sam tak mówiłeś, tato!

I mama jest tego zdania, bo nachyla się do taty i z dezaprobatą kręci głową.

– Kuba, naprawdę nie możesz się ośmieszać za każdym razem, kiedy mnie widzisz. Powinieneś to sobie jakoś dozować.

To dziwne, ale wcale nie wygląda na obrażoną. Nawet się uśmiecha.

– No, chłopaki, bawcie się dobrze!

– Ty też, mamo! – krzyczę, zanim zamknie drzwi.

– Odwołaj to, głąbie! – tata wbija mi sójkę w bok.

Niby żartem, ale jednak zdecydowanie za mocno. Cholera, dopiero co przyszedł, a już zaczynam go mieć dość. Chyba czas na zwiększony pressing. Robię niewinną minę sześciolatka i szczebioczę z niekłamanym zachwytem:

– Ale Michał nie jest napompowany, tato! Michał ma supermięśnie!

Żebyście widzieli jego minę. Bezcenne. Poczułeś Messiego, tato? Właśnie ci założył klasyczną siatę.

– Lekcje zrobione? – krzyczy, wyjmując piłkę z bramki.

– Tato, nie pogrążaj się! – mówię spokojnie, a cały Camp Nou wiwatuje ma moją cześć. – Przecież wakacje są!

– To żadne wytłumaczenie! Jak się nie będziesz uczył, zostaniesz masażystą.

Co?

On to na poważnie?

Gapię się zaskoczony i muszę mieć naprawdę idiotyczną gębę, bo tata – choć ze wszystkich sił próbuje zachować powagę – w końcu nie wytrzymuje, parska śmiechem i zaczyna klepać się po udach.

– Jeden jeden, synku! – rży jak koń.

Niech to szlag, znowu dałem się nabrać! Muszę nad tym jeszcze popracować. Ale kiedy indziej, bo teraz śmiejemy się już razem, przecież bez sensu się kłócić. A potem biegamy po całym domu i walimy się poduszkami. I tata już wcale nie ma smutnych oczu.

Później siedzimy na podłodze i oglądamy *Dzień świstaka*.

Bardzo lubię tę komedię, pierwszy raz tata mi ją pokazał trzy lata temu, kiedy byliśmy na Krecie. Główny bohater, Phil, zakleszczył się w jednym dniu – to był drugi lutego, nigdy już nie zapomnę! – z którego za cholerę nie mógł się wydostać. Najpierw był zrozpaczony – co zrozumiałe, bo utknął w czasie – ale potem dotarło do niego, że życie daje mu szansę, by przeżyć ten dzień perfekcyjnie. A co ważniejsze: by naprawić wszystkie błędy, które uniemożliwiają mu przeżycie prawdziwej i wielkiej miłości.

Naprawdę, kocham *Dzień świstaka* i często o nim myślę. Na przykład zastanawiam się, który z przeżytych dni chciałbym udoskonalić, gdybym miał taką możliwość. A potem myślę, że wolałbym trzymać tę możliwość jeszcze w zapasie. Tak na przyszłość. Na wszelki wypadek.

No dobra, kocham ten film jeszcze dlatego, że aktorka, która w nim gra, ma identyczne włosy jak Sunia.

– Chciałbyś się zakochać? – pytam, kiedy tata chowa płytę z filmem do pudełka.

– Co? – spogląda na mnie zaskoczony.

Czerwienię się. Niech to diabli, jak ja tego nie znoszę. Ale za późno, już się nie mogę wycofać, bo jak wiadomo, odwrót w panice to pewna śmierć. Więc okopuję się za pierwszym napotkanym wykrotem:

– Pytam, czy chciałbyś się znowu zakochać. Tak jak w mamie kiedyś, wiesz...

– Oczywiście, że chciałbym! Kto by nie chciał...

Podchodzi do sofy. Siada. Ale jakoś tak dziwnie, na samym skraju. Jak nie tata.

– I wiem, że gdybym... – zaczyna i od razu milknie.

Gapi się na półkę z filmami i bezdźwięcznie porusza ustami, jakby odczytywał tytuły. W pierwszej chwili czuję się dziwne. No bo jak? Gadał ze mną i nagle znikł? A może to ja zniknąłem dla niego? Jedno i drugie do dupy, więc mam ochotę podejść i pomachać mu ręką przed oczami: heloł, tu Ziemia, odbiór! Ale coś mi podpowiada, żeby dać mu tę chwilę, bo najwidoczniej jest ważna. A za moment się odwiesi. I rzeczywiście.

– ...teraz spotkał taką miłość, synku, już nie pozwoliłbym jej odejść – dopowiada i znowu ma te swoje przesmutnie matowe oczy.

Patrzę i nie mogę się nadziwić. Bo z jednej strony tata wygląda tak staro, jakby chodził do szkoły jeszcze przed Wielkim Wybuchem, ale z drugiej... No właśnie – jakby miał tyle samo lat co ja.

I równie niewiele wiedział.

Po raz pierwszy w życiu czuję – to kompletny idiotyzm! – że Jakub Solański jest moim kolegą.

Podchodzę. Siadam na sofie. Przytulam się.

Do żadnego kolegi nigdy w życiu bym się nie przytulił. Ale ten kolega jest moim tatą, tak się złożyło.

– Bo ja się zakochałem...

Głaszcze mnie po głowie.

– Wiem, synku.

– Nie wiesz.

– Oczywiście, że wiem! – wraca mu spojrzenie rodzica, który od lat przypomina, by nosić kapcie. – W jednej z córek Poli Wilk. Wybacz, ale ciągle nie mogę zapamiętać w której – uśmiecha się kwaśno.

– Nie, tato! – krzywię się. – To już dawno skończone!

Poważnie mnie rozczarował. Jak mógł tego nie zauważyć?

Zdezorientowany. Mruga oczami.

– To w kim?

– W Suni.

– W kim? – dezorientacja się powiększa.

– W pani Kasi Groszek!

Wybałusza oczy.

– W tej nauczycielce? – znowu mruga oczami. Ma szczęście, że go żaden neurolog teraz nie widzi. – Od tego rysunku z pochw.... Co go zjadłeś...?

– Tak, tato. Właśnie w niej.

It's done. Wreszcie to powiedziałem. Uff!

Teraz ważne, co powie on.

Nic.

Nic.

Ciągle nic.

Nagle, ni stąd, ni zowąd, wybucha śmiechem. Stary idiota! Wszystkiego mogłem się spodziewać, ale nie tego. Patrzę wkurwiony.

– Co w tym śmiesznego?

– Przepraszam!

Fatal error, grzybiarzu! Tracisz ruch i wracasz na koniec kolejki.

– Co w tym śmiesznego? – daję mu kolejną szansę.

– Nic – pochyla głowę, jakby z pokorą. – Śmieję się sam z siebie. Że potraktowałem cię jak dziecko, a tu się okazuje, że mój syn ma całkiem dorosłą wybrankę serca. I całkiem dorosły gust. To bardzo ładna kobieta, z tego co pamiętam.

Dorosły gust? No dobra. Przeprosiny przyjęte. Podrywam się z sofy.

– Bardzo ładna? Tato, ona jest najpiękniejsza na świecie!

Chce mi się tańczyć. Ale stop, żenada! Nie będę przecież tańczył przed własnym ojcem! Więc trwam nieruchomo i patrzę, jak tata w skupionym milczeniu usiłuje przypomnieć sobie Sunię. I naprawdę mu się dziwię, że nie pamięta.

– Tak, to bardzo piękna kobieta – mówi w końcu. – I bardzo pięknie, że się zakochałeś, synku.

– No, akurat nie bardzo. Bo mi teraz częściej smutno.

Siadam na skraju sofy, a tata znowu gładzi mnie po włosach.

– Mimo wszystko warto, synu. Bo w życiu nie ma nic ważniejszego niż miłość.

– Naprawdę? Myślałem, że dla dorosłych najważniejszy jest seks.

– Daj spokój, Mati – całuje mnie w głowę. – Seks, owszem, jest ważny, ale tak naprawdę liczy się tylko miłość. Bez niej życie nie ma żadnego sensu.

Przytulam się jeszcze mocniej. Tata mnie obejmuje, a ja łapię go za rękę. Dawniej miał takie wielkie dłonie, teraz wydają się delikatne, wręcz drobne. Całkiem podobne do moich.

– Dobrze, że jesteś, tato.

Myjemy zęby w milczeniu. Patrzę na niego w lustrze, jak patrzy na siebie w lustrze. I zdumiewająca rzecz: lustrzanemu szklą się oczy, prawdziwy ma je suche. A w łóżku usiłuję sobie przypomnieć, czy kiedykolwiek widziałem, by tata płakał.

Nie widziałem.

Kiedy mama wraca, już śpimy. To znaczy śpi tata, ja nie. Leżę z półprzymkniętymi oczami i myślę, że życie stało się znacznie dziwniejsze od czasów, kiedy wierzyłem we wróżki, smoki i czary.

Udaję, że śpię, ale widzę, jak mama stoi w drzwiach sypialni i patrzy. Raz na mnie. Raz na tatę. Raz na mnie. Raz na tatę. Jak tak leżymy przytuleni.

Wydaje mi się, że się uśmiecha.

Ale jest ciemno, więc mogę się mylić.

3.

Seks na wielu frontach? Tak właśnie przegrał Hitler. Więc nie popełniaj tego błędu, chłopie. Było fajnie, ale czas z tym skończyć. Pożegnać smarkatego motyla i na powrót przeobrazić się w stateczną gąsienicę. Zakotwiczyć w porcie. Składać jaja w jednym i tym samym gnieździe. Od dawna wiesz, że z tą kobietą najdoskonalej ci się umiera. Zatem niech się stanie.

Wynurzam się.

Łapię powietrze otwartymi ustami. Właśnie pobiłem rekord głębokości we fristajlowej rozkoszy. Otwieram oczy. Ciągle liże mi brzuch. Ma słony język, czuję to przez skórę. Szepcze:

– To niesamowite...

– Tak, Hania, to niesamowite.

Będzie ci z nią dobrze. Będzie ci z nią naprawdę dobrze.

Przysuwam się i całuję najpiękniejsze usta, jakie wyprodukowano poza chirurgią plastyczną. I zastanawiam się, co zabrzmi lepiej: „Tak bardzo bym chciał, żebyś już była ze mną, kochanie!" czy może: „padło na ciebie, suko, od dziś jesteśmy razem!"?

Chyba jednak to pierwsze.

– To niesamowite – powtarza Hania, ale już z zupełnie innym wyrazem twarzy niż poprzednio. – To niesamowite, że każdy z was jest inny!

Każdy inny? Przez moment mam wrażenie, że już zabrakło mi tchu, a jeszcze się nie wynurzyłem. O czym ta suka mówi?

– O czym ty mówisz, skarbie?

– No jak to o czym? – spogląda szczerze zdziwiona. – O tobie i o Pawle.

O tobie i o Pawle. Równie dobrze mogła powiedzieć: „Właśnie zaraziłam cię ebolą".

Odsuwam ją od siebie. Ale nie jakoś gwałtownie. Odsuwam lekko. I nie że wkurwienie monstrualne czy coś. Po prostu moje myśli potrzebują dystansu.

– Ciągle z nim to robisz? – pytam nad wyraz spokojnie, bo za późno na złość czy żal, za to warto przed zgonem poznać fakty. – Miałaś z tym skończyć.

Wzrusza ramionami. Kurwa.

– Miałam nie robić tego, co robię z tobą...

– Właśnie o tym mówię!

Spogląda, jakbym prosił o pożyczkę we frankach.

– Ale ja z nim nie robię tego co z tobą, kochanie. Z tobą się czule kocham, a z nim się dziko rżnę! – przysuwa się i zaczyna gładzić mnie po włosach. – Och, gdyby tak tylko można było was połączyć! – rozmarza się. – Powstałby prawdziwy supersamiec...

– Przestań!!!

– Mógłbyś nie krzyczeć? – cofa rękę z miną, jakbym ją uderzył. – Przerażają mnie mężczyźni, którzy krzyczą.

Milknę.

Milknę, bo ma rację.

Nie powinienem krzyczeć.

Powinienem ją, kurwę, zabić w całkowitej ciszy.

– Kochanie, nie wydaje mi się, aby było możliwe połączenie nas z Pawłem w jeden satysfakcjonujący cię superorganizm – mówię, ogromnie z siebie dumny, bo na ściągniętą twarz udaje mi się przywołać naprawdę imponujący uśmiech.

– To może nie trzeba was łączyć w jeden...? Może...?

Może...? – widzę jej rozgorączkowanie. – Może powinniśmy spróbować w trójkącie? Co ty na to?

– Pozwolisz, że to przemyślę? – pytam.

A po przemyśleniu już wiem, że wolałbym jednak, by krzyczała, kiedy ją będę zabijał.

– Przy okazji moglibyście się pogodzić, wiesz? – mówi tymczasem Hania. – Jak chcesz, mogę nad tym popracować.

Rozbrajająca. Jak skazaniec pod szubienicą, który każe sobie podać program telewizyjny na następny tydzień.

– Nie, Haniu, myślę, że to byłby błąd – oglądam własne paznokcie, bo cóż innego mi pozostało.

– Nie chcesz się godzić z Pawłem?

Uśmiecham się. Już sam nie wiem, po raz który.

– Nie o to chodzi, skarbie. Wydaje mi się tylko, że znacznie wydajniej możemy cię pierdolić, ciągle się na siebie gniewając.

Przez jej twarz przechodzi nagły skurcz.

– Nie bądź niemiły tylko dlatego, że on to robi lepiej od ciebie!

Na miłość boską, myślę, przecież ja w ogóle nie jestem niemiły. Po prostu do mnie dotarło, że od wilgotnego prześcieradła strasznie mi marzną jaja. Więc mówię:

– Kochanie, nie chcę cię dłużej zatrzymywać. Byłbym zobowiązany, gdybyś niezwłocznie opuściła moje łóżko, moje mieszkanie i moją dzielnicę.

Spogląda, jakbym jej proponował trójkąt co najmniej bermudzki.

– Nie rozumiem...

– A co tu rozumieć? Spierdalaj!

– Naprawdę chcesz się ze mną związać?

– Tak, kochanie – oświadczam z uroczystą miną. – Długo się nad tym zastanawiałem i myślę, że do siebie pasujemy.

Moje palce śmierdzą małżami. Płuczę je w wodzie, patrząc, jak Nina płucze w winie usta. Jest wzruszona i pijana. Nie wiem, co bardziej.

– Czuję się szczęśliwa! Czuję się taka szczęśliwa! – powtarza. – Jaka ja się teraz czuję szczęśliwa, kurwa jego w dupę mać!

Siedzimy w naprawdę przyzwoitej restauracji, więc ostatnie zdanie mogła sobie darować. Bywam tu z profesorem Friedmanem, ilekroć jest w Warszawie. Ciągle namawia mnie, bym rzucił polski grajdoł i pracował z nim w Baltimore.

„W Johns Hopkins Hospital mamy najlepszą neurochirurgię w Stanach Zjednoczonych, w sam raz dla ciebie, Dżejkob!" – mówi raz na pół roku, a ja raz na pół roku odpowiadam: „Dzięki, Aaron, ale takich tumorów mózgu jak w Polsce nigdzie na świecie nie uświadczysz!".

I śmiejemy się głośno, a potem Friedman dodaje, że nie tylko rozrosty w głowie, ale i mule w winie wychodzą nam wyśmienicie, bo takich jak właśnie je, nie jada nawet w tej pedalskiej Brukseli.

Ale teraz nie myślę o Baltimore. Teraz myślę o tych dwóch starszych paniach, które najwyraźniej usłyszały niekonwencjonalny zachwyt Niny, bo łypią na nią złowrogo. A ponieważ wiem, czym się może skończyć, kiedy i ona je dostrzeże, modlę się w duchu do Boga, by jednak nie dostrzegła.

Ale Boga, jak wiadomo, nie ma.

Jest za to wino, niezbędny atrybut każdego Dnia Sądu.

– No i co się tak, kurwa, gapicie?! – Nina wykrzywia się, odrywając usta od kieliszka. – Płaczę, bo jestem szczęśliwa...!

– Nina, kochanie! – ujmuję ją za rękę. – Nie pij już może...

– Ale jak tu nie pić w taki wieczór, Kuba! – wyszarpuje się i wychyla do dna, po czym szybko unosi kieliszek, a kelner jeszcze szybciej podbiega i niepomny ostrzegawczych znaków, które mu wysyłam, dolewa do pełna. W tym czasie Nina dalej się wzrusza. – Myślałam, że już mnie nic w życiu nie spotka, a tu taka radość! Czy ty wiesz, kochanie, ile ja lat czekałam, aż mi to w końcu powiesz?

I znowu pije do dna. Boże, jak ona to robi? Ja już bym się porzygał.

A przy tym jej oczy błyszczą nieziemsko i muszę przyznać, że jest teraz naprawdę piękna. Ba, piękniejszej nigdy jej jeszcze nie widziałem. Najwyraźniej alkohol ma na nią identyczny wpływ co kwas hialuronowy na resztę kobiet.

– Obciągnę ci, chcesz? – uśmiecha się, ocierając łzy.

Rany boskie!

– Nina, przestań się wygłupiać! – rozglądam się jak w wojnę, ale pozostali goście są teraz w swoich mięsach, kluchach i musach z jarzyn.

I całe szczęście, bo Nina już przechyla się przez stół.

– Nie wygłupiam się, Kuba! – mruczy. – Tylko czuję, że teraz mogłabym zrobić wszystko, o co poprosisz!

– Przede wszystkim zapamiętaj, że nie proszę o obciąganie! – mówię powoli i drukowanymi, jak do obcokrajowca. – A przynajmniej nie teraz! – uszczegóławiam.

– Dlaczego nie teraz? – chwyta butelkę i sama sobie nalewa. – Zawsze powtarzasz, że idealny seks to samospalenie! I że dzieje się nie między nogami, tylko w głowie! Otóż gdy myślę o tobie teraz, Kuba, a zwłaszcza o tym, że mi się przed chwilą prawie oświadczyłeś, mam pierdoloną łunę we łbie aż po horyzont!

Niestety, kiedy demonstruje, jak daleko sięga ów horyzont, butelka wypada jej z rąk.

Jak się łatwo domyślić, zaczynają się nam przyglądać już nie tylko wścibskie staruszki, ale także ludzie z sąsiednich stolików. Jednak Nina nie zwraca na to uwagi.

– Mam ogień w głowie, Kuba! I dlatego, jeśli ci teraz zrobię laskę, to w całkowitym bezwstydzie! – szepcze tak głośno, że boję się, iż słychać ją także w kiblu, i to w budynku obok. – A przez bezwstyd rozumiem nie jakieś kurewskie wyuzdanie, którym zazwyczaj robienie laski w miejscach publicznych jest! Bezwstydem nazywam poczucie bezgrzeszności, wynikające z przekonania, że żar, który mnie właśnie trawi, nie ma w sobie nic z brudu!

W innych okolicznościach dałbym się oczarować temu zaskakującemu wybuchowi romantycznej egzaltacji, ale teraz nie czas na płoche zachwyty, bo Nina zaczyna wchodzić pod stół. Podrywam się, by ją powstrzymać.

– Nina, błagam! Tu są ludzie!

– I co z tego, że tu są ludzie?! – unosi się gwałtownie, wywracając krzesło.

Nie muszę się rozglądać, by wiedzieć, że do zaciekawionych stolików sąsiednich dołączyły właśnie i te z końca sali. I że wszyscy się już na nas gapią. Przecieram twarz w geście bezradności, a Nina, niczym zraniona lwica, rozgląda się dookoła i krzyczy:

– A co to, ja nie mogę zrobić przy ludziach laski swojemu ukochanemu mężczyźnie...?! Swojemu narzeczonemu...?!

Królestwo za konia! Cesarstwo za dematerializację! Zwłaszcza że w tej samej chwili Nina przypomina sobie o staruszkach i zatacza się do ich stolika.

– To jest mój narzeczony! – pokazuje mnie palcem. – Popatrz, rento, jaki piękny! Też byś mu chlapnęła gałkę, nie? Tylko żeby ci proteza nie wypadła! – zaczyna się gwałtownie śmiać i w tej samej chwili, zupełnie nieoczekiwanie dla obserwujących, a najbardziej dla samej siebie, wywraca się na podłogę i rzucając kurwami na prawo i lewo, próbuje się wyplątać z własnej sukni.

Oczywiście, nikt się nie rusza, żeby jej pomóc, ja też. Choć wiem, że wszyscy się na mnie gapią i czekają, co zrobię.

No jak to, co zrobię, szanowni państwo?

Powoli, bardzo powoli – wszak naprawdę nie ma się dokąd spieszyć – usiądę ponownie przy stole i skoro nie mogę zniknąć – a wierzcie mi: chciałbym bardzo! – to przynajmniej ukryję twarz w dłoniach.

– Nie odsłaniaj oczu! Nie odsłaniaj jeszcze oczu!

Stoję z zakrytymi oczami na środku kuchni. Jak kretyn, ale czego nie robi się dla stałości związku.

– Już?

– Jeszcze chwila! Jeszcze chwila! Już!

Otwieram oczy. Nie widzę się, ale jestem pewien, że muszę mieć cholernie zdumione oczy.

– Co to jest? – pytam.

– Prezencik! – Pola Wilk się śmieje.

– Wiem, że prezencik, ale co to jest? – powtarzam i czuję się jak debil, ponieważ nie zadaje się dwa razy pytania retorycznego, bo przecież wiem, co to jest.

To jest, kurwa, wlewnik doodbytniczy.

Pola Wilk trzyma mi go przed oczami i uśmiecha się, szczęśliwa jak przy Pierwszej Komunii.

– Kochanie, to właśnie wlewniczek! – demonstruje z miną Prometeusza, który pierwszy raz pokazuje frajerom, jak działa ogień. – Do tego zbiorniczka wlewasz roztwór oczyszczający, a tę końcóweczkę wkładasz sobie do dupki! Prościzna!

– Muszę?

Spogląda, jakbym jej uświadomił, że quinoę i jarmuż robi się z mięsa.

– Ależ Kuba, przecież już o tym mówiliśmy! W jelitach są

metale ciężkie, są grzyby, są tasiemce, owsiki, glisty, włosogłówki, węgorki, lamblie, cały kosmos pasożytów...!

– Przestań, bo rzygnę!

– A przede wszystkim są złogi kałowe! I właśnie, by się ich pozbyć, robimy lewatywkę!

W jednej chwili ustępują mi wszystkie erekcje, jakie zaplanowałem do końca życia.

– Dlaczego użyłaś liczby mnogiej? – dociekam zaniepokojony.

Uśmiecha się promiennie.

– Bo wreszcie mam kogoś, z kim będę to mogła robić razem!

Spoglądam na zegarek.

– Ja pierdolę, dyżur mam przecież! Jak mogłem zapomnieć?!

Za drzwiami łapię głęboki wdech. Związek z biofaszystką wpychającą mi rurkę w czarcie oko. Boże-Którego-Nie-Ma, wybacz, ale tego bym nie zniósł!

– Pieprzysz moją żonę, tak?

Kurwa, jeszcze ten! Wyskoczył z hyundaia i robi mi zdjęcia.

– Czekaj, Maciej, przyczeszę się! Będziesz miał lepsze fotki!

Kiedy poprawiam włosy, opuszcza aparat.

– Nie lubię cię, Jakub!

Opieram się o maskę jego strucla.

– To benzyna, tak? Ile pali?

– Wiem, że pieprzysz moją żonę!

– Ty nie masz żony, Maciek!

– Moją byłą żonę – koryguje. – Pieprzysz ją, tak?

– Osobiście nie lubię kombi. Są zbyt mieszczańskie.

– Pierdolisz ją?!

– Nie, Maciek – mówię spokojnie. – My sobie tylko robimy lewatywy.

– Co?

– Lewatywy. Dla zdrowia. Wiesz, żeby te wszystkie pierdolone tasiemce, włosogłówki, grzyby i metale ciężkie wylazły nam z dupy. A jak już wyjdą, to je sobie oglądamy.

Mruga oczami, a ja się uśmiecham do świata jak wyzwoleniec.

– Tylko mi nie mów, że też tego z Polą nie robiłeś.

Łapie powietrze wielkimi haustami. Lecz zanim zdoła cokolwiek wystękać, ja ruszam już w stronę nowego życia.

4.

Otwieram gwałtownie oczy i...

żołnierzu nie patrzcie na tę kobietę otwórzcie oczy otwórzcie je natychmiast tylko w ten sposób możecie się uratować z początku robi co każę otwiera oczy i gapi się tępo w sufit niestety za chwilę jego drugie oczy bo okazuje się że on ma jeszcze drugą parę oczu które nazywa wszystkowidzące wychylają się zza pierwszych dostrzegam to zbyt późno by skutecznie zareagować mogę już tylko krzyczeć nie róbcie tego szeregowy nie patrzcie na nią eksplozja za chwilę nastąpi eksplozja i wyparują wody próbuję go ostrzec ale na próżno wbija wzrok w jezioro i we własną zgubę która się z niego wyłania uśmiechnięta z ręką diabelsko uniesioną na znak że go dostrzegła wynurza się z wody i rusza ku niemu kołysząc biodrami nie spoglądaj na tę niewiastę zaklinam cię otwórz oczy drę się ile sił w płucach otwórz oczy niestety już mnie nie słyszy jej kuszący śpiew zagłusza moje ostrzeżenia a słońce z wężowym sykiem wżera się nieszczęśnikowi w źrenice odbijając w nich wszystko co nie powinno być odbite a zatem krople na jej policzkach krople na jej ustach krople na jej szyi i krople na całym jej syrenim ciele gę-

ste i białe co spływają wolno i co spływają szybko szybciej jeszcze szybciej już gnają a jezioro wrze niczym w X-Menach i fala rośnie i zagina lustro na jej piersiach biodrach udach na jej piersiach biodrach udach na jej piersiach biodrach udach otwórz oczy Mati otwórz oczy i patrz na sufit nie na jej piersi biodra uda piersi biodra uda piersi biodra uda za późno bo właśnie staje w płomieniach umiera choć się nie wywraca to mój ostatni meldunek krzyczy jest okropnie gorąco krzyczy jest cudownie gorąco krzyczy za chwilę skończy się amunicja krzyczy i zginiemy krzyczy to dziwne że śmierć jest naga krzyczy że jest naga naga naga i gorąąą... cy... cy... cy... oookurwaaa...

O, kurwa! Otwieram gwałtownie oczy i gapię się tępo w sufit. Powoli dociera do mnie, że to nie plaża. To mój pokój. Moje łóżko. I prześcieradło. Dotykam. Bleee. Mówili, że jest lepka, ale żeby aż tak? Kłopot. Rzut oka na komórkę: czwarta czterdzieści pięć, pierwszy września. „Schleswig-Holstein", myślę. Tym niespodziewanym wystrzałem rozpocząłeś właśnie swoją wojnę z dorosłością, żołnierzu. Dźwigam się z łóżka. Razem ze mną dźwiga się moje jedenastometrowe działo kaliber dwieście osiemdziesiąt milimetrów. Ciągle gotowe do walki. Muszę się jakoś przedrzeć do łazienki. Spoglądam z czułością na frezje – nie, nie zwiędły przez noc, mam wrażenie, że wręcz się mają lepiej – a potem z lękiem na ścianę. Śpi za nią kobieta, która mnie urodziła. Kłopot. Ewidentnie kłopot.

Garbię się nad wanną. Kto by przypuszczał, że sperma tak źle schodzi z prześcieradła „bawełna 50%, poliester 50%"? Dlaczego o tym nie uczą w szkołach?

Naprawdę, nie sądziłem, że moment, w którym stanę się mężczyzną, ukoronuję praniem. Ale za żadne skarby nie mogę dopuścić, żeby mama się o tym dowiedziała. Kiedy miałem dwa lata, powiedziała do cioci Tamary: „A wiesz, że Mati robi już kupkę do nocniczka?".

Siedziałem wtedy w piaskownicy, ale wszystko słyszałem. Na szczęście Adrian nie słyszał, bo musiałbym go chyba zabić.

Matkom się wydaje, że jak jesteś mały, to jesteś głuchy. Albo głupi. Albo głuchy i głupi naraz. I że mogą cię w twojej obecności odzierać bezkarnie z każdej intymności, bo nie może mieć intymności ten, kto sepleni.

A innym razem z zaskoczenia nagrała komórką, jak siedzę na nocniku, a potem pokazywała to całej rodzinie. Przysiągłem, że nigdy więcej nie pozwolę się upokorzyć. I dlatego wyszoruję teraz to cholerne prześcieradło do ostatniego plemnika, choćbym miał sobie skórę z palców zedrzeć.

– Mateusz?!

– Mama?!

Pierdolone pięćdziesiąt procent bawełny i pięćdziesiąt procent poliestru wpada do wody.

– Ale mnie przestraszyłaś! – uspokajam początkowy pisk w głosie, uśmiechając się przy tym gamoniowato.

Łypie na mnie podejrzliwie.

– Co ty tu robisz?

O, Jezu, mamo, po co tak z rana męczyć wora? Nie lepiej odpuścić? Proponuję remis, hę?

Zamieniam gamoniowaty uśmiech na promienny. Ale na próżno, bo kobieta, która mnie urodziła, najwyraźniej nie zamierza odpuścić.

– Pytam, co ty tu robisz.

– Piorę – mówię, dosłownie czując, jak mydliny gęstnieją mi w ustach. – Nie widać?

– O piątej rano? – gapi się głupkowato to na mnie, to na wannę. – Czemu?

– Bo, kurwa, lubię!

Odwracam się i wychodzę.

I siedzimy. Ja u siebie, ona u siebie. Pewno przetrawia tę moją kurwę. Pierwszy raz w życiu usłyszała „takie słowo od dziecka, od mojego małego synka! Pierwszy raz!". Tak właśnie pewno teraz myśli! „Pierwszy raz!" No trudno, mamo. Mam dopiero jedenaście lat, ale zdążyłem się już boleśnie zorientować, że świat jest codziennie pełen czyichś pierwszych razów. I że nikt ich nie szanuje. Na przykład wchodząc bez pukania do łazienki.

Aha, i jeszcze jedno, mamo: mówią, że największym szokiem dla człowieka jest odcięcie pępowiny. Nie wiem, skąd to wytrzasnęli, bo przecież nikt nie pamięta tego, jak go odłączali od matki. Za to mój dzisiejszy sen, a dokładnie rzecz biorąc, jego następstwa, to... to... to... Okej, powiem inaczej: nadal cię strasznie kocham, mamo, ale jeszcze nigdy nie czułem się tak daleko od ciebie jak teraz. Jakby po Wielkim Wybuchu rzuciło nas w przeciwległe krańce kosmosu. Więc nie gniewaj się, ale esemesa o treści PRZYŚLIJCIE HELIKOPTER I ZABIERZCIE MNIE Z TEGO PIEKŁA wysyłam na adres TATA.

5.

W autobusie wszyscy się na mnie gapią. Bo jest piąta czterdzieści pięć i dzieci raczej śpią. Na szczęście wszyscy to teraz jedynie dwie staruszki, którym marzą się pierwsze numerki do lekarza, i czterech zmiętych, co im się weekend rozciągnął. Ale się gapią, bo wyglądam jak debil: bukiet frezji, galowe ubranie i wypisane na twarzy, że jadę w przeciwną stronę niż szkoła. Mam to w dupie, drodzy państwo. Muszę po prostu dorwać tatę, zanim wyjdzie do szpitala. I pogadać o prześcieradle, zanim zadzwoni mama i opowie mu wszystko w sposób, w jaki zawsze o mnie opowiada, a którego nienawidzę.

Właśnie w takich chwilach jak ta brakuje mi taty najbardziej. Bo że ze mną nie mieszka, to już właściwie przywykłem. Owszem, z początku było źle, nawet bardzo źle. Co noc budziłem się z płaczem. Nie była to jakaś szczególnie rozdzierająca rozpacz, raczej smutek. Trochę taki jak miał w sobie Pinokio, choć to chyba nie najszczęśliwsze zestawienie, bo jego akurat tata nie zostawił. Tak czy inaczej chodzi mi o to, że uświadomiłem sobie wówczas bolesną prawdę: mimo że ciągle jestem kochany, to jednak nie tak mocno, jak do tej pory ufnie myślałem. I poczułem się niczym chłopiec z drewna.

Co we mnie jest nie tak, że tata nie chce ze mną mieszkać?

Po jakimś czasie przestałem jednak płakać i już tylko słuchałem, jak za ścianą płacze mama. Dotarło do mnie, że nasze smutki się różnią, bo ja nigdy nie przestanę być jego synem, a ona już nigdy nie będzie jego żoną. Do dziś nie wiem, które z tych „nigdy" bardziej mnie wtedy przeraziło. By dłużej o tym nie myśleć, postanowiłem zostać Messim. Grałem więc nieustannie w piłkę i po jakimś czasie wszystko zaczęło się z wolna układać. Mama przestała płakać i całymi nocami rozmawiała przez telefon lub siedziała przed komputerem, a tata zaczął nas odwiedzać i coraz częściej zabierał mnie do siebie. Nie tak często, jak bym chciał, ale po pierwsze – wspominałem już o tym – miał masę pracy, a po drugie popełnił błąd świeżaka, przez który obaj cierpieliśmy.

Nie wiecie, co to błąd świeżaka? Dziwne. Myślałem, że wszyscy dorośli to wiedzą. Powiem wam, jak rozumie to tata. Podsłuchałem w tę noc, kiedy pili z wujkiem Pawłem po jego rozwodzie.

– Każdy facet, który się rozwodzi, ma tylko jedno marzenie:

żeby jego była stara nie widziała, co teraz będzie wywijał! I dlatego wynajmuje mieszkanie w najdalszym krańcu miasta, jak ostatni frajer! Bo dość szybko się okazuje, że tego legendarnego ruchania, o którym tyle marzył, jest znacznie mniej, za to całymi godzinami trzeba przepychać się przez zajebane samochodami miasto, by z wywieszonym jęzorem wpaść w ostatniej chwili do szkoły i nie mając czasu, żeby się nawet wyszczać, targać dzieciaka w jeszcze większych korkach na angielski, konie, kółko teatralne, tenisa, basen czy chuj wie jeszcze, na co je zapisał, zanim się rozwiódł! A potem musi go odwieźć do domu, w którym już nie mieszka, i wysłuchać zjebki od byłej żony, że coś znowu spierdolił! A w takim pędzie, Paweł, nie ma bata, musisz gdzieś wykonać fakap! Więc jak już po tym wszystkim wraca, zjebany jak bura suka, do swojej nieposprzątanej kawalerki, która wita go wyłącznie solą kurzu i pleśnią na chlebie, to ma ochotę jedynie na sen, a nie seks, zwłaszcza kiedy pomyśli, że tę laskę, do której zadzwoni, trzeba jeszcze zabrać gdzieś na kolację, a potem pogadać z nią o pierdołach, bo bez kolacji i gadania o pierdołach rzadko która dupy daje! Tak właśnie wygląda błąd świeżaka, Paweł! Za to doświadczony żołnierz doskonale wie, że na wojnie najważniejsza jest łączność i logistyka, a nie to, jak grube masz działo! I właśnie dlatego wynajmuje nowe mieszkanie jak najbliżej starego!

Niestety, jak wiadomo, mądry Polak po szkodzie i tata na to wszystko wpadł długo po tym, jak wynajął mieszkanie właśnie na drugim końcu miasta. Można więc powiedzieć, że kłopotliwe skutki błędu świeżaka poznał na własnej skórze, a trochę i na mojej, bo znaczną część życia zmarnowaliśmy w korkach wspólnie.

Na szczęście teraz jest na tyle wcześnie, że zatorów nie ma, i już po czterdziestu dwóch minutach jazdy lekko zarzyganym autobusem stoję przed domem taty i rozglądam się, gdzie by tu ukryć frezje. A muszę je ukryć, bo wolałbym uniknąć głupkowatych uśmieszków taty, kiedy wejdę do jego mieszkania z kwiatami dla Suni. Zatem gdzie? Może śmietnik? Wystarczy schować bukiet za zielony kontener, załatwić swoje i wrócić, a spora wilgotność powietrza sprawi, że w tym czasie frezje się wręcz odświeżą. Tak, śmietnik jest idealny.

Więc nurkuję między szkło, plastik i odpady zmieszane, moszczę miejsce dla kupionych poprzedniego wieczora dwudziestu dziewięciu frezji – „pani Kasiu, chciałem ofiarować tyle, ile pani ma lat, ale wiem, że nietaktem jest parzysta liczba kwiatów, więc jeden dorzuciłem...!" – i wyczołgując się ostrożnie, omijam podpaski, obierki oraz kocie gówna, po czym łapię głęboki wdech i...

I wtedy ją zauważam.

„Mgr Katarzyna Groszek. Doktorantka. Katedra Bioróżnorodności i Taksonomii Ewolucyjnej. Uniwersytet Warszawski". Tak sama się określiła na wizytówce, którą jej ukradłem na zielonej szkole. W czasie wakacji pieczołowicie dopisywałem na niej nowe epitety, które – w moim mniemaniu – precyzyjniej ją definiowały: „cudowna, wspaniała, jedyna, niepowtarzalna, sexy, mega, *I love you*". Robiłem to tak zapamiętale, że już w połowie sierpnia zabrakło na wizytówce miejsca. A szkoda, bo teraz, kiedy tak stoję z otwartą gębą w tym zasranym śmietniku, widzę, że ewidentnie zabrakło miejsca na definicję najważniejszą, którą od pięciu sekund uznaję za kluczową dla opisania kondycji mojego Wszechświata.

„Ty głupia kurwo, jak mogłaś?!".

Dlaczego od pięciu sekund? Albowiem:

– pięć sekund temu mgr Katarzyna Groszek otworzyła drzwi klatki schodowej i z uśmiechem, którego nigdy u niej nie widziałem, stanęła na podwórku (w tym momencie Wszechświat był jeszcze pełnowymiarowym tworem, w którym istniała idealna symetria między sercem i rozumem);

– cztery sekundy temu wyszedł za nią dr Jakub Solański i też się uśmiechał (w tym momencie Wszechświat stał się niestabilny i zaczął drżeć);

– trzy sekundy temu mgr Katarzyna Groszek i dr Jakub Solański zaczęli się całować (w tym momencie miłość i energia rozpękły się na dwa wymiary);

– dwie sekundy temu Mateusz Solański poczuł nie tyle łzę – na którą było stanowczo za szybko – ile tęsknotę za łzą (w tym momencie serce skurczyło się do rozmiaru 10^{-32} centymetra);

– sekundę temu Mateusz Solański zamknął oczy (w tym momencie rozum zaczął się gwałtownie rozszerzać) i trzymał je zamknięte przez następne 13,5 miliarda lat.

A kiedy je wreszcie otworzył, nie było już przed nim tej kurwy Królowej Śniegu i najbardziej znienawidzonego z Solańskich we wszystkich galaktykach. Za to Wszechświat przybrał widzialną formę, którą znamy do dziś: z protonami, neutronami, fotonami, hadronami, bozonami i podobnym gównem. A przede wszystkim z grawitacją, która ciągnie dupę do ziemi.

6.

Nie wiem, jak dotarłem do szkoły ani tym bardziej po co. Wiem za to, że jest wściekły harmider. Wszyscy przekrzykują się jak powaleni: gdzie kto był, co widział, co zrobił albo co mógł zrobić, ale mu w ostatniej chwili nie pozwolono. Trwam w jądrze ula i nie mówię nic. No dobra, przesadzam. Mówię. Tak. Nie. Z dziadkami. Playstation. Padało. Pierdolę. Akwalung. Ale się nie rozwijam detalicznie jak inni. Ciągle mam przed oczami węża, którego przed miliardami lat nazywałem tatą. Cofam się myślą do naszej ostatniej rozmowy, kiedy nie bardzo mógł sobie przypomnieć, jak wygląda moja pani od przyrody. Najwyraźniej sobie przypomniał. No dobra, wężu, zamieńmy się. Ja już jej nie chcę pamiętać.

– Ciekawe, czy Suni cycki jeszcze urosły? – Boguś chichocze mi w ucho.

– W dupie to mam – mówię.

Patrzą zaskoczeni.

– Jesteś chory? – dziwi się Adrian.

Wprost przeciwnie, przyjacielu, odpowiadam. Oczywiście w duchu, bo ciału nakazuję jedynie wzruszenie ramion i wieloznaczny półuśmiech, który podpatrzyłem u rekina ze *Szczęk*.

– Idzie! – krzyczy tymczasem Ola.

Wszyscy rzucają się do ławek. Ja nie. Po chuj się spieszyć.

Siadam ostatni.

Spoglądam na drzwi.

I zdumiewa mnie, ileż nienawiści można przelać na zwykłą framugę.

Od progu uśmiecha się jak ebola. Przez potopem biłbym temu uśmiechowi pokłony, a teraz wybieram framugę. Więcej w tym drewnie życia. Wspominam dwadzieścia dziewięć frezji i mam nadzieję, że srają na nie teraz koty.

– Kochani, jakże się cieszę, że znów jesteśmy wszyscy razem...

Mów za siebie, żmijo.

– Zanim zaczniemy omawiać sprawy organizacyjne, pozwólcie...

Dość.

Zrywam się z ławki i wyciągam sztylet.

– Na nic ci nie pozwolę, słyszysz?

Widzę w jej oczach przerażenie.

– Popatrz, co zrobiłaś! – przystawiam ostrze do własnej szyi. – Moja jedenastoletnia krew spadnie na ciebie!

Widzę w jej oczach nadzieję. I w jednej chwili przychodzi otrzeźwienie. Przecież ona właśnie tego chce! Mojej śmierci!

– Zmiana planów! – krzyczę. – Bogowie nie umierają z miłości! Bogowie z miłości niszczą! – kieruję sztylet w jej stronę.

– Błagam cię, Thor, nie zabijaj mnie! – woła w panice. – Nie chciałam cię zranić, przysięgam! Przecież znasz swego ojca i jego niecne czary! Tyle razy mu zaufałeś i tyle razy cię zwiódł! Dlaczego nie wierzysz, że zwiódł także i mnie?!

Zaiste!

Sunia jest tylko wiarołomną samicą nieudanego gatunku i nic nie znaczy! Niech wegetuje dalej i rodzi w bólach kolejne lekcje przyrody! Ale Odyn! Wielki Odyn – znawca wszystkich magii świata! To jego muszę zabić! Inaczej nigdy nie zostanę królem!

Spoglądam na nią z pogardą.

– Żyj zatem i niech największą karą będzie, że cię już nie miłuję! Wszelako żal, że z tak błahego jak ty powodu me serce umarło i nigdy, przenigdy kobiety już nie pokocha!

Boże komiksu, dzięki ci za ten tekst! Jak znam Marvela, teraz ona padnie mi do stóp i zacznie szlochać.

– Pozwólcie, że wam kogoś przedstawię...

Nie szlocha?

Co jest?

Otwieram oczy i widzę, że ta, której chciałem ofiarować tak wiele, nie tylko – wbrew wszystkim regułom komiksu – nie umiera z żalu, ale ignorując mnie w sposób naprawdę haniebny, odwraca się w stronę drzwi i mówi z uśmiechem:

– No chodź, kochanie...!

No chodź, kochanie? Kurwa, co się dzieje? Przecież teraz miała być jeszcze moja kwestia do ludu, któremu darowuję wolność: „Koniec szkoły na dzisiaj! Idźcie się bawić! Na jutro nie ma nic zadane!".

Naprawdę mam ochotę poderwać się z ławki i protestować, ale zanim mój mózg zdoła to uzgodnić z mięśniami, drzwi ponownie się uchylają i...

i wnika do komnaty bogini nieziemskiej urody o falujących blond lokach jej oczy jak granat nieba usta jak dumna purpura o matkobosko Blaugrana Blaugrana w czystej postaci kimżeś zjawo tajemna o ruchach tak lekkich zwiewnych że motyl niską obrazą twej jest kruchości sylfido kurwa przydało się granie w scrabble'a bo skąd ta sylfida niby we łbie mi gości Boże spojrzała na mnie jakże się pięknie uśmiecha serce mi z piersi wyskoczy wszak nigdy tak się nie czułem patrzy się na mnie uśmiecha pani jak brzmi twe imię chcę poznać je Dominika...

– Dominika. To jest Dominika Vitelli. Od dziś będzie waszą nową koleżanką – oznajmia pani Groszek. – Proszę, przyjmijcie ją dobrze!

Blond sylfida pochyla głowę w zawstydzeniu.

Ja się z nią ożenię, proszę pani.

Czy to wystarczająco dobrze?

ROZDZIAŁ 7

1.

Śniło mi się gadające stado orangutanów. Siedziały na trawnikach i ławeczkach w Parku Saskim, a młoda samica – za zgodę na potrzymanie na rękach jej ślicznego małego dziecka – chciała ode mnie trzynaście złotych na ciasteczka z pobliskiego sklepu.

To, że zwierzęta nie mówią, pozwala zachować wobec nich wiele złudzeń, pomyślałem po obudzeniu.

I że doszedłem do ściany, też pomyślałem.

Od dłuższego czasu czekam na inny sen. Ale się nie śni.

Za to przedwczoraj zadzwonił arcybiskup Lach.

– Ile mam jeszcze życia?

– Nie mogę powiedzieć.

– Pan naprawdę jest jak Bóg.

Rozłączył się.

Nie wiem, czy potem płakał.

Ja płakałem.

2.

Odstają. One odstają, cholera!

– Mateusz, wyłaź!

Nigdy wcześniej nie odstawały. Więc czemu teraz?

– Mateusz, wyłaź z tej cholernej łazienki!

Cholerne włosy! Może je znowu zmoczyć i przytrzymać ręką? W drodze do szkoły powinny się przyklepać.

– Mateusz, jeszcze sekunda i pojadę sama!

Otwieram drzwi.

– Co się stało? – przygląda się badawczo. – Uderzyłeś się?

– Nie.

– To dlaczego trzymasz się za głowę?

– Żeby mi wiedza nie uciekła!

Dlaczego ona musi się tak o wszystko wypytywać? I tak mi się nieustannie przyglądać? I bez tego mam wystarczająco dużo problemów.

Na przykład zęby.

Czy nie są za żółte? I takie jakby za duże? Albo za małe? W każdym razie coś z nimi z pewnością nie tak, tylko nie mogę jeszcze dojść, co.

Albo ubrania.

Okazało się, że w szafie wyłącznie sportowe ciuchy i szkolny strój galowy. Na domiar złego jedyne dżinsy, w których jako tako wyglądam, stały się po wakacjach przykrótkie, kurwa. I nie mam z kim iść na zakupy.

Dawniej chodziłem z tatą. To było cudowne, bo on się nie guzdrał w sklepach godzinami. Ledwie na coś spojrzał i od razu wiedział, czy będzie mi w tym dobrze, czy nie. I wierzcie mi, nigdy się nie mylił. Takie oko. Nie mówiąc o tym, że jeśli było mi dobrze w dwóch rzeczach albo i trzech, to kupował wszystkie naraz. Hurtem, jak leci. I nigdy się nie przejmował ceną.

Tymczasem shopping z mamą to koszmar. Przebiera. Czyta metki. Porównuje różne egzemplarze tego samego ubrania. Waha się. Drapie się w głowę. Sprawdza w komórce, jakie są ceny w innych sklepach. Zagaduje ekspedientki. Pyta, co sądzą. Wchodzi z nimi w kretyńskie polemiki, choć już na pierwszy rzut oka widać, że tym dziewczynom jest wszystko jedno, bo mama jest miliard pierwszą klientką, która je pyta o to samo. A potem jest coraz gorzej. Bo kiedy stoję bezradny przed lustrem i naprawdę nie wiem, czy się sobie podobam – o co nietrudno w przymierzalniach, gdzie zawsze mają tak gówniane światło, że wiedzieć tego nie sposób – wtedy zamiast mi coś sensownie doradzić, pyta, co ja sądzę. A ja już jestem taki zmęczony i zdezorientowany, że jedyne, co sądzę, to: chcę stąd spierdalać, mamo! Oczywiście nie mówię tego, bo nie wypada, więc z głupią miną wzruszam tylko ramionami, a ona patrzy na mnie jak na niedorozwoja. I wiem, że wieczorem powie którejś z ciotek przez telefon, że ciągle jestem dzieciuch, za którego o wszystkim trzeba decydować. A za chwilę – po tych wszystkich cholernych torturach – wybierze mi najtańszy ciuch, tłumacząc, że nie ma co szaleć z kasą, bo i tak zaraz z niego wyrosnę.

Tata powiedział kiedyś, że chodzenie z mamą po sklepach z ubraniami to zemsta Boga za zeżarcie jabłka przez biblijnego Adama, he, he...

Stop.

Przecież to mnie w ogóle nie śmieszy.

Przecież to w ogóle nie jest zabawne.

Znowu zapomniałem, że odkąd tata wybrał bycie świnią i wężem, nic, co się z nim wiąże, nie może wydać mi się zabawne.

– Kanapek nie zapomnij! – wciska mi srebrną, pękatą kulę.

– Nie chcę kanapek, mamo.

– Jak to nie chcesz? – dziwi się. – Takie, jak lubisz! Szyneczka z tłuszczykiem!

– Nie jestem głodny – kłamię.

Kłamię, bo muszę. Nie mogę przecież powiedzieć, że szynka, którą mi wciska, to trucizna. Którą robią z chorych świń. Które karmią genetycznie przerobioną kukurydzą.

Nie mogę tego powiedzieć, bo uzna, że tak jak tata wpadłem w sidła pani Wilk. Albo – co jeszcze gorsze – że staję się do niej podobny. Nikt na świecie nie zasługuje na takie porównania. Bo pani Wilk jest ewidentnie walnięta i akurat to, że ma przy okazji rację w sprawie świń, nie może zmienić tej bolesnej oceny.

Skąd wiem, że ma rację?

Od kogoś, kto się zna. Wystarczy?

Nie?

No dobra, powiem wam.

Mama Dominiki działa w międzynarodowej organizacji, która walczy z GMO. I naprawdę wie, co się dzieje. A dzieje się źle. Tak mi mówiła Dominika. Że jest źle, a będzie jeszcze gorzej. Tak jej mówiła mama.

Pani Vitelli jest chyba prawniczką czy coś. Jeszcze nie wiem. A o jej tacie to nie wiem już zupełnie nic. Sądząc z nazwiska, chyba Włoch. Raz chciałem nawet o to spytać, ale w ostatniej chwili ugryzłem się w język. Dotarło do mnie, że przecież w rewanżu ona może spytać o mojego tatę, a ja nie mam o nim nic miłego do powiedzenia. I jedyne, co mogę dla niego szlachetnie zrobić, to o nim szlachetnie milczeć.

Dominika jest super. Właśnie na nią patrzę.

Piszemy po raz pierwszy próbę testu z polskiego. Takiego, jaki będziemy mieć na koniec roku. „Test szóstoklasisty", wiecie. Banał. Już dawno wszystko rozstukałem, ale ciągle udaję, że piszę. Bo gdybym oficjalnie skończył, musiałbym oddać kartki i wyjść. A tak mogę się bezkarnie gapić.

Gryzie długopis. Mruży oczy. Czasem zagapi się w okno. Gdzieś w dal i trochę nieprzytomnie. Ale nie tak bezmyślnie jak Sunia, inaczej. Zupełnie inaczej. Ona po prostu się skupia w taki sposób. I to jest piękne. Jeszcze nigdy nie widziałem, żeby się ktoś tak pięknie skupiał. A kiedy już odnajdzie w głowie to, o co jej chodzi, ponownie pochyla się nad kartkami i pisze, i skreśla, i pisze, i wymazuje korektorem, i przekrzywia głowę, i pisze, i okręca włosy wokół palca, i ściera gumką, i wydyma wargi, po prostu oczu nie można oderwać, spojrzała na mnie, Jezu, ona na mnie patrzy...!

– Proszę pani, ja już skończyłem! – zrywam się.

Wywala na mnie gały.

– Jak to nie grasz? To duża przerwa!

– Sorry, Adrian, coś z nogą mam. Grajcie sami.

Musiałem skłamać. Nie daliby mi spokoju inaczej. A ja nie chcę być teraz na boisku. Teraz chcę być tu, gdzie jestem.

Patrzę na nią.

To niesamowite.

Jest w naszej klasie dopiero dwa tygodnie, a już uwiodła wszystkie dziewczyny. Jak one w wianuszku stoją wokół niej! Jak one jej nadskakują! A najbardziej ta zołza Ola! Nawet Greta, która zawsze mówiła, że dziewczyny to cipy i woli zadawać się z chłopakami. Wszystkie jak jeden mąż – choć wydaje się, że adekwatniejszy byłby w tym wypadku zwrot: jak jedna żona – obległy Dominikę i przekrzykują się jedna przez drugą. Śmieją się, podskakują, a ona opowiada. Opowiada. Opowiada. Nie wiem co, bo nie podchodzę. Do tego stopnia jeszcze nie zgłupiałem.

Ale pstryknąłem jej zdjęcie komórką, kiedy nie widziała. Obejrzę w domu.

– Nie będę z nim rozmawiał!

– Ale dzwoni już drugi dzień – mówi. – I skarży się, że nie odbierasz.

– Nie odbieram, bo mi się telefon rozładował.

– To może pogadaj z mojego? – wciska mi ajfona.

Żadnego ruchu. Nic. Leżę.

Przygryza wargi.

– To co mam mu powiedzieć? – prześwietla mnie wzrokiem.

– Że gram z Adrianem w piłkę.

Kręci z niezadowoleniem głową. Podnosi komórkę.

– Słuchaj, myślałam, że jest u siebie w pokoju, ale widzę, że chyba pobiegł na boisko z Adrianem.

Rozłącza się.

– Co się stało, Mati?

– Nic, mamo. Gram w piłkę po prostu.

Kiedy wychodzi, wyciągam spod pleców telefon.

I patrzę.

Jaka ona piękna. Nawet kiedy nieostra.

Jutro strzelę lepszą fotkę. Dziś było za mało światła. Poza tym ta głupia Marysia podskoczyła w ostatniej chwili tak idiotycznie, że wcięła się w kadr.

Każdego dnia zrywam się przed budzikiem. Mam tyle energii, że mógłbym zbudować świat w dwadzieścia cztery godziny z przerwą na sześciodniowy weekend.

Prysznic.

Żel do włosów.

Dylemat, która koszula.

Mniej wędliny.

Prysznic.

Wosk lepszy od żelu.

Nowe spodnie.

Musli.

Prysznic...

Jesienią świstak gromadzi pod skórą zapas tłuszczu na zimę, powiększając o połowę masę swego ciała. Na początku lata świstak ważył 3 kg. Ile kilogramów będzie ważył tuż przed zapadnięciem w sen zimowy?

A. 2 *B. 5* C. *4 ½* D. *3 ½*

Stoi przy tablicy i nie wie. Jeszcze nigdy nie widziałem, żeby ktoś tak pięknie nie wiedział.

Zadanie: przećwiczyć ułamki i znaleźć pretekst, żeby jej to wytłumaczyć.

Siedzi na korytarzu. Wyjątkowo sama. Grzebie w plecaku, chyba zapomniała śniadania. Wygląda, jakby się miała rozpłakać.

– Baton.

– Co baton? – spogląda zaskoczona.

– Energetyczny – wyciągam rękę. – Żadnej chemii. Weź, mam więcej.

Żuje.

– Smaczny – uśmiecha się pięknie. – Czekoladowy.

– Dostałem z klubu – wzruszam ramionami. – Bo ja gram w piłkę w klubie.

– Fajnie – uśmiecha się jeszcze piękniej.

Rozmawiamy całą przerwę. Jej ojciec nie jest Włochem. Jest Argentyńczykiem. Jak Messi. Jaram się. Bo to nie może być przypadek.

Tylko z tym klubem muszę coś pokombinować. Żeby się nie wydało, że gram wyłącznie z Adrianem.

– Pokłóciliście się?

– Nie.

– Był dziś dwa razy – siada na łóżku. – Pytał, czy pójdziesz grać w piłkę.

– Powiedziałaś, że jestem u taty?

– Tak. Ale nie podoba mi się, że każesz mi kłamać.

– Nie każę. Po prostu muszę coś ważnego zrobić, a nie chcę Adrianowi sprawić przykrości. To mój najlepszy przyjaciel.

– Skoro najlepszy, to może mu szczerze powiedz, że nie możesz.

– Nie zrozumie.

Próbuje mnie pogłaskać. Cofam głowę.

– A tata? – uśmiecha się smutno. – Czemu z nim nie chcesz się spotykać?

– Nieważne.

– Synku, tata się martwi. Ciągle dzwoni i pyta o ciebie. Nie wie, co się stało.

– Jeśli nie wie, to tym gorzej. Chcę spać.

Gaszę światło. Wychodzi. Zapalam światło. Spod kołdry wyciągam podręcznik do matematyki. Przez sześć nocy przerabiam program do końca roku. Przez sześć nocy słyszę, jak mama kłóci się przez telefon z Michałem, a potem płacze. Przez sześć nocy dosypiam sen o lataniu. Unoszę się nad ziemią, a budzik rozrywa mi czaszkę.

– Tak, mamo, umyłem się!

– Tak, mamo, zjadłem!

– Tak, mamo, zrobiłem ci śniadanie!

– Tak, mamo, słuchałem w nocy Chopina!

– Tak, mamo, wyprałem sobie piżamę!

– Nie, mamo, spieszę się!

Wychodzę, starając się nie trzaskać drzwiami.

– Fajnie ci włosy odstają.

– Naprawdę?

Unoszę się nad ziemią. Przez sześć dni spotykamy się po

lekcjach. Jest wściekle zdolna i wszystko łapie w lot, więc pod koniec umie już tyle, co ja.

– Nie odsłaniaj oczu! Nie odsłaniaj jeszcze oczu!

Siedzę z zakrytymi oczami przy biurku w jej pokoju. Jak debil, ale czego nie robi się dla stałości związku.

– Już?

– Jeszcze chwila! Jeszcze chwila! Już!

Otwieram oczy.

– Co to jest?

– Prezencik! – śmieje się.

– Wiem, że prezencik, ale co to jest? – powtarzam i czuję się jak idiota, bo pytania retorycznego nie zadaje się dwa razy.

Bo przecież wiem, co to jest. To jest, kurwa, piłka nożna w barwach Realu Madryt.

– Zobacz, tu są wszystkie autografy! Cristiano Ronaldo! Iker Casillas! Pepe! Sergio Ramos! Xabi Alonso! Luka Modric! – demonstruje z miną Prometeusza, który pierwszy raz pokazuje frajerom, jak działa ogień. – Nie wiem, czy to aktualny skład, bo ja nie znam się na piłce, ale pomyślałam, że się ucieszysz.

Zatkane uszy. On też musiał to czuć, jak spadał. Ten Ikar.

– Nie cieszysz się? – spogląda zaniepokojona.

– Cieszę – szepczę, bo wiem, że Messi patrzy na mnie z góry i płacze. – Bardzo się cieszę.

W drodze powrotnej na Ziemię odwiedzam galaktyki wszystkich śmietników. Miliard razy wyrzucam tę pierdoloną piłkę i miliard razy po nią wracam. Powiedziała, że została jej po tacie. Był zaprzysięgłym fanem Realu. Dla niej to oczywiście wielka pamiątka i długo się wahała, ale zdecydowała, że chce mi dać coś najcenniejszego. Bo jestem ważny. Tak powiedziała.

– Odbiło ci? – krzywię się. – To faul!

– Gówno nie faul!

Stoi nade mną i aż drży z wściekłości. Nie mam pojęcia, co się z nim dzieje. Od samego początku gra agresywnie, ale teraz to już naprawdę przesadził. Podnoszę się. Pokazuję mu piszczel.

– Zobacz, co mi zrobiłeś. Krew.

– Nie użalaj się nad sobą! – prycha lekceważąco. – To piłka nożna! Graj jak facet, nie jak cipa!

– Nie gram jak cipa! – protestuję.

– Ale się zachowujesz jak cipa!

Dobrze wiem, o co mu chodzi.

– Nie mam pojęcia, o co ci chodzi!

– Jak mogłeś złamać kodeks?!

Zabolało. Bardziej niż rozwalony piszczel.

– Nie złamałem!

– Nie kłam, masz mnie za głupiego?! Myślisz, że nic nie widzę?! Łazisz za nią jak pies za suką!

Słyszę w głowie nagły klangor. Jakby mi ktoś włączył silnik i dociskał pedał gazu.

– Nie mów o niej „suka"!

I zapach przepalonej benzyny. Powinienem iść. Odwracam się. Ale łapie mnie za rękę.

– Nie o niej mówię, tylko o tobie, psie! Od miesiąca nie masz dla mnie czasu! „Muszę się uczyć, Adrian, brzuch mnie boli, Adrian, każdy pretekst jest dobry, żeby się z tobą nie spotykać, Adrian!". Zapomniałeś, co sobie przysięgaliśmy?! „Nigdy w życiu żadna kobieta nie zniszczy naszej przyjaźni!".

Zdejmuję jego dłoń z mojego ramienia.

– Ale przecież nie niszczy...

– Nie wkurzaj mnie, Mati! – krzyczy. – Nie masz pojęcia, co to przyjaźń!

– To nieprawda! – krzyczę jeszcze głośniej i czuję, że cały drżę. – Jestem twoim przyjacielem! Zawsze byłem!

Znowu się wykrzywia. Ma tyle pogardy w spojrzeniu, że nie mogę tego znieść. Chcę, żeby mnie uderzył. Chcę...

– Nie jesteś moim przyjacielem – mówi cicho. – Jesteś taki sam jak twój ojciec.

Odwraca się i podchodzi do leżącego nieopodal roweru. Podnosi go. Niech jedzie. Niech spierdala i nigdy nie wraca.

– Nie jestem jak mój ojciec! – popycham go z całej siły. – Nie jestem taki!

Wywraca się, a ja łapię powietrze, które w jednej chwili gdzieś wyparowało. Duszę się. Naprawdę, kurwa, się duszę.

Powoli się podnosi. Widać, że coś go bardzo boli. Niedziwne, przecież popchnąłem go z całą siłą. Chcę, żeby mnie uderzył. Musi mnie uderzyć. Uderz mnie! No, uderz mnie, gnoju, proszę cię! Ale nie uderza. Jedynie żal miesza mu się w oczach z obojętnością. Znowu dźwiga rower.

Patrzę, jak błękitny rower maleje.

Maleje.

Maleje.

I z całego serca chcę go zatrzymać. Krzyknąć: „Przepraszam!".

Ale nie krzyczę.

Nie zatrzymuję.

3.

Zadzwoniła Aga.

– Kuba, musisz dziś odebrać Matiego ze szkoły!

– On nie chce ze mną rozmawiać.

– Przestań się mazgaić! Ja dziś nie mogę!

– Znowu randka z trollem?

– Żałosny jesteś! Na basen go zawieź! Pa!

I rozłączyła się.

Melanchujnia.

Tak mam.

4.

Są dni, kiedy trafiasz z raju wprost do piekła. I to był właśnie taki dzień.

Ale teraz jeszcze tego nie wiem. Teraz siedzę na murku przed szkołą i razem z Dominiką czekam na jej mamę. Zamiast na basen ma nas zaraz zabrać do kina. Trochę się spóźnia, ale w ogóle mnie to nie martwi. Opowiadam o *Hamlecie*. Nie czytałem, ale z grubsza znam treść, bo oglądałem kiedyś stary film z tym aktorem, co grał w *Braveheart*. Z początku się bałem, że może ona czytała i zaliczę wtopę na detalach, ale nie.

Jest wniebowzięta.

Uśmiecha się.

Boże, jak ona pięknie się uśmiecha, kiedy mówi, że też kocha Szekspira. I że dziewięć razy była z rodzicami w Weronie pod balkonem Julii z *Romea i Julii*.

Tego filmu akurat nie widziałem, bo nie lubię Leonarda di Caprio, na szczęście jednak nie wchodzimy w szczegóły. Dominika mówi, że jej tata oświadczył się mamie właśnie pod tym balkonem w Weronie. I dlatego jeździli tam potem w każdą rocznicę tych oświadczyn.

– Bo mój tata ma niesamowicie romantyczne usposobienie – wyjaśnia. – Miał – prostuje po chwili ze smutkiem, a ja udaję, że nie słyszę, bo mi się but rozwiązał.

Potem szybko dodaje, że z tych dziewięciu razy pierwszych czterech nie pamięta, bo była, rzecz jasna, za mała, ale kolejnych pięć nadal budzi jej cudownie wspomnienia.

– To najpiękniejsze podwórko z najpiękniejszym balkonem w całych Włoszech, wiesz?

Udaję zachwyt, który wypada nad wyraz autentycznie, choć moje wrażenia z pobytu pod balkonem Julii Kapulet są zgoła odmienne.

Tak się akurat złożyło, że trzy lata temu też byliśmy w Weronie. Ja jednak nie wspominam tego zbyt dobrze – jak zresztą i całego pobytu we Włoszech – bo rodzice strasznie się kłócili. Mama miała ciągłe pretensje do taty o włosy na szczotce. Z początku w ogóle nie rozumiałem, o co jej chodzi, przecież każdemu zdarza się zostawić włosy na szczotce, praktycznie nie ma możliwości, by ją dobrze wyczyścić. Więc było mi taty żal i uważałem, że mama się głupio czepia. Ale w hotelu w Pizie – gdzie notabene miałem sraczkę po pieczonych kasztanach, które kupiłem pod Krzywą Wieżą – podsłuchałem, że mama wściekała się nie z powodu włosów taty, ale włosów należących do kogoś zupełnie innego. Do kogo – to właśnie chciała wiedzieć, podczas gdy tata śmiał się, że całkiem postradała zmysły. Przez pół nocy – siedząc na kiblu – słuchałem ich kłótni, ale nie dowiedziałem się, czyje były „te kurewskie kudły", jak to określiła mama. Prawdę mówiąc, nie chciałem tego wiedzieć i nadal nie chcę. Bo jak byłem mały, to lubiłem się czesać szczotką taty, wyobrażając sobie, że zaraz idę do pracy do szpitala, gdzie uratuję życie wielu ludziom. Nie ma się co śmiać, dzieci tak mają. Uwielbiałem też bawić się w golenie – siadałem dumnie w wannie i mydliłem policzki pędzlem, a potem ściągałem pianę z twarzy grzbietem kościanego grzebienia, który również należał do taty, a wcześniej podobno i do jego taty, więc naprawdę nie chcę myśleć, kto się nim wcześniej czesał, i może lepiej wróćmy jednak do Werony.

Dojechaliśmy tam w podłym deszczu i jeszcze podlejszej atmosferze, bo tata chciał jechać do Padwy, a mama nie. W Padwie żył w średniowieczu jakiś lekarz, którego inkwizycja zamęczyła i który jest teraz dla neurochirurgów jakimś guru, więc tata chciał koniecznie obejrzeć jego pomnik. A Werona, sami wiecie – ten cholerny balkon, każda kobieta na świecie marzy, żeby go zobaczyć. Ponieważ nie mogliśmy być w dwóch miejscach jednocześnie, starzy już od Bolonii kłócili się, co wybrać, a „te kurewskie kudły" unosiły się dusząco we wnętrzu naszego wypożyczonego fiata, jeśli łapiecie metaforę.

Mnie było absolutnie wszystko jedno, dokąd dojedziemy. Z powodu awantury tata co chwilę przyspieszał i hamował i jedyne, czego pragnąłem, to się gdzieś wyrzygać.

W końcu stanęło na pomyśle mamy. Lecz kiedy dotarliśmy na miejsce, okazało się, że podwórko z balkonem Julii jest już zamknięte. Wtedy tata się naprawdę wściekł, zwłaszcza że lało coraz bardziej, a mieliśmy tylko jeden parasol. Ale mama nie dawała za wygraną. Jakimś cudem się dowiedziała, że na podwórko można także zajrzeć od strony sklepu z pamiątkami, tylko najpierw trzeba coś tam kupić. Do dziś leży u nas w piwnicy obleśna czerwona podusia z napisem *I love Verona,* za dwadzieścia pięć euro. Samo podwórko okazało się ciemną, pełną kałuż studnią. Na dodatek z powodu ulewy nasilił się fetor kocich szczyn, zaklętych w kamieniu chyba jeszcze od czasów Szekspira. Tego już było dla mnie zbyt wiele, więc – budząc jazgotliwe szczeknięcia chińskiej wycieczki – wyrzygałem się centralnie, co kosztowało mamę kolejne dwadzieścia pięć euro za posprzątanie. Balkonu nie zapamiętałem.

Oczywiście teraz nie wspominam o tym ani słowem.

Zwłaszcza że jak się właśnie okazuje, oni tam byli tydzień po nas.

Więc gdyby mi powiedziała, że nadal śmierdziało moimi rzygami, to spaliłbym się ze wstydu.

Porzucam zatem Weronę i wypytuję o Mediolan, w którym do niedawna mieszkała moja ukochana. Ku mojemu zaskoczeniu tłumaczy, że jej mama nie jest prawnikiem, tylko modelką. To znaczy była modelką, bo teraz już jest stara. Ale podobno jeszcze parę lat temu – jak się wyraziła Dominika – chodziła u największych.

„Chodzenie u największych" to noszenie na pokazach mody ubrań szytych przez znanych krawców – wyjaśniam, jakbyście nie wiedzieli. Ja nie wiedziałem.

Właśnie na jednym z takich pokazów mama Dominiki poznała tego nieszczęśnika od Realu, który został jej tatą. I błyskawicznie przestała „chodzić", bo – tak odczytuję sens nieco mętnych wyjaśnień córki – pan Vitelli lubił mieć żonę modelkę, ale wyłącznie dla siebie. Mam przy tym wrażenie, że pani Vitelli to zbytnio nie przeszkadzało, może dlatego, że tata Dominiki – choć zarządzał ogromną firmą importującą argentyńską wołowinę do Europy – bardzo chętnie wspierał działalność nowo powstałej fundacji żony propagującej wegański tryb życia. Niestety, do zeszłego roku. Bo kiedy pojechał do Buenos Aires na pogrzeb ciotki, poznał tam modelkę z Wenezueli, która nie dość, że była dużo młodsza, to jeszcze kochała mięso.

– Głupia kurwa! – Dominika kończy opowieść z furią, o jaką jej nie podejrzewałem.

I chowa twarz w dłoniach.

Boże, żeby się tylko nie rozpłakała, bo mi serce pęknie!

Więc natychmiast zaczynam paplać piąte przez dziesiąte. Wszystko, co wydaje się zabawne: debilne kawały, które szczęśliwie przypominają mi się jeden za drugim, nasze najlepsze wygłupy, jakie uskuteczjnialiśmy z Adrianem w piątej klasie, kilka scen z *Dnia świstaka*, skecz z martwą papugą, Ministerstwo Głupich Kroków, a nawet Jasia Fasolę, choć osobiście nie przepadam.

I działa.

Bo od kwadransa śmieje się do rozpuku, a słońce znów wychodzi zza chmur. I jestem naprawdę szczęśliwy.

Ona mnie lubi, wiem to.

Takie rzeczy facet czuje nawet, kiedy ma niespełna dwanaście lat.

Chcę więc, by ten dzień trwał wiecznie. I żeby mnie wzięła za rękę. I powiedziała...

– Spójrz, Mati! Czy to nie jest twój ojciec?!

To akurat ostatnia rzecz, którą chciałbym, żeby powiedziała.

Ale spoglądam, gdzie każe.

„I powiada Księga, że w dniu zwanym Ragnarök wyłoni się z oceanu wraży Jormungand. I pocznie wypluwać z siebie trujące jady, by pokryły niebo i ziemię...".

Niestety, Księga zapomniała wspomnieć, że wąż uniesie rękę w geście powitania i krzyknie:

– Cześć, synek! Nie spodziewałeś się mnie, co?

A zatem dzień, który miał być początkiem zbawienia, staje się właśnie dniem zmierzchania bogów.

– Spójrz, Mati, i moja mama...!

Nie każ mi patrzeć, kochanie. Wiem, że jest równie piękna jak ty.

Rude włosy.

Zielona sukienka w grochy.

I uśmiech, który wskrzesza z martwych. Na własną zgubę, niestety.

Bo wąż też to dostrzegł.

– Cześć, kochanie!

– Cześć, kochanie!

Niby do nas, ale do siebie.

Najchętniej bym już nie patrzył. Ale żołnierz nie zamyka oczu, póki śmierć mu ich nie zamknie. Zatem gapię się beznamiętnie na ostrzał ludności cywilnej.

– A więc to pan jest ojcem Mateusza?

– Jakub Solański.

– Eliza Vitelli.

Podają sobie ręce. I stoją jak zamrożeni. W końcu ona wybucha śmiechem. A on jest śmiertelnie poważny, co przeraża jeszcze bardziej.

Wyciąga z kieszeni wizytówkę.

– Na wszelki wypadek.

Ona bierze. Czyta. Uśmiecha się.

– Neurochirurg. Mam się bać?

Jasne, że tak! Przecież za chwilę cię połknie, kobieto! Patrz na brew! Sygnałem do ataku jest zawsze podniesiona brew.

– Dlaczego miałaby się pani bać? – podnosi brew.

A nie mówiłem?!

– Bo siedzi pan ludziom w głowach.

Rany boskie, ona się wdzięczy, zamiast spierdalać!

Wąż tymczasem obniża głos.

– Tylko chorym...

– A kto dzisiaj jest zdrowy? Pan jest?

Wybucha śmiechem. Jest jak dziecko, które samo wskazuje wilkowi drogę do domku babci. Przecież nawet ja wiem, że po takim pytaniu, jakie przed chwilą zadała, każdy komandos obowiązkowo wciągnie na twarz maskę pacyfisty.

O!

Tata właśnie spogląda na panią Vitelli z najbardziej niewinną miną świata: jak pani mogła w ogóle coś takiego o mnie pomyśleć! I ten prymitywny manewr wystarcza, by ofiara natychmiast znalazła się w defensywie.

– Oj, głupstwa gadam! Niech pan na to nie zważa! Przecież ja w ogóle pana nie znam!

Teraz jest czas na atak.

– A ja panią znam doskonale.

– A skąd?

Filuternie przekrzywia rudą głowę. Równie dobrze mogłaby ją od razu położyć pod topór.

– Tego się nie da wyjaśnić tak po prostu – mówi tata.

Ciach!

– Może kiedyś... – dodaje i opuszcza wzrok, że niby się zmieszał.

Nawet nie zauważyła, kiedy ją ukąsił.

To było naprawdę mistrzowskie, tato! Jak ona teraz na ciebie patrzy. Gdybym był w kinie, tobym się wzruszył. Albo porzygał.

Tymczasem pani Vitelli, całkiem nieświadoma, że trucizna krąży jej w krwiobiegu, nadal przepięknie się uśmiecha.

– Umówiliśmy się, że porwiemy Matiego do kina.

– A basen?

– Pan zawsze taki zasadniczy?

– Nie, skąd – tata, który najwyraźniej postanowił się wcielić we wszystkie organizacje dobroczynne świata naraz, śmieje się. – Kino to doskonały pomysł.

– Cieszę się – ofiara broczy naiwnością. – Po seansie odwiozę Mateusza do państwa.

– Do żony. Ściślej do ekszony – na twarzy węża znów pojawia się śmiertelna powaga. – Jestem rozwiedziony.

– Ja też – pani Vitelli się uśmiecha.

A z nią słońce. Drzewa. Chmury. Ptaki. Aniołowie. Cherubiny. I córka.

Córka?

Patrzę na to zdumiony.

No i czemu się tak głupio cieszysz, kochanie? Przecież albo my, albo oni! Naprawdę tego nie widzisz?

– A może pan ma ochotę pójść z nami?

To już przesada! Nigdzie go nie zabieramy! Czas na interwencję!

– Nie masz dyżuru w szpitalu?

Jasno daję tacie do zrozumienia, że nie jest w tej galaktyce mile widziany.

– Nie – udaje idiotę. – Właśnie skończyłem.

– To świetnie – mama Dominiki cieszy się jak dziewczynka. – Będzie nam szalenie miło, jak pan z nami pójdzie. Choć z drugiej strony nie zdziwię się, jeśli pan odmówi, bo to stary film i na pewno pan go zna. Choć z drugiej strony to klasyka...

Nie może być dwóch drugich stron, idiotko!

Ale ojcu to najwyraźniej nie przeszkadza.

– Uwielbiam klasykę, pani Elizo.

I kładzie mi rękę na ramieniu. Czuję łuski. A potem siedzimy w Iluzjonie – jedynym kinie w mieście, które puszcza stare filmy.

Szczęk laserowych mieczy.

Astmatyczny oddech.

Odcięta ręka.

Tak strasznie się cieszyłem, że w końcu zobaczę *Gwiezdne wojny* na wielkim ekranie, a teraz mam to w dupie.

– *Obi-Wan never told you what happened to your father.*

– *He told me enough! He told me you killed him...*

– *No, I am your father!*

– *Noooooooooo...!*

Tak to już jest z ojcami. Zawsze wpierdolą cię w ciemną stronę mocy. To boli bardziej niż obcięta dłoń.

Jestem w piekle.

5.

I znów miałem osiem lat. Jak wtedy, kiedy ojciec zabrał mnie do kina Wisła na drugą część *Gwiezdnych wojen*. Tę, która po latach okazała się piątą.

Pamiętam wszystko.

Że nie było biletów i tata dał w łapę, byśmy weszli, a ja byłem z niego dumny, że wszystko może. Że nie mogłem oderwać oczu od ekranu, a laserowe miecze brzęczały jak świetlówki, co kończą żywot. Że w dwie godziny i cztery minuty, które zabrał mi z życia George Lucas, zakochałem się po uszy w księżniczce Lei. Że kiedy wracaliśmy do domu, tata trzymał mnie za rękę, której – miałem tego absolutną pewność – nigdy mi nie odetnie. I że przepełniało mnie szczęście.

A teraz wszystko wróciło.

Bo znowu nie mogłem oderwać oczu, choć nie od ekranu. Tym razem nie mogłem oderwać oczu od Elizy Vitelli.

Przecież w wieku czterdziestu lat nie można się zakochać w dwie godziny i cztery minuty!

Więc czemu się zakochałem?

Od tygodni żyję wewnątrz niekończącego się snu. W międzyczasie uporządkowałem pliki w komputerze, biegam, a właściwie zacząłem dopiero biegać, kończę artykuł do „Journal of Neurosurgery", którego od roku nie mogę napisać, i operuję, ile się tylko da. Ale tak naprawdę liczy się tylko mój sen. Codzienny. Conocny.

– Opowiedz jeszcze raz o tym, jak mnie zobaczyłeś po raz pierwszy.

– Błagam, przecież opowiadałem ci to już milion razy.

– Opowiedz milion pierwszy.

– Skoro nalegasz. Więc stałem w korku, zgnębiony i nieszczęśliwy, wśród setek innych śmiertelników, zakleszczonych w pułapce własnych aut, i nagle zobaczyłem pomarańczowy rower, zieloną sukienkę w grochy i rude włosy. To byłaś ty. Mijałaś nas jak anioł. Jak istota, która nie zna ograniczeń.

– Myślisz, że nie znam ograniczeń?

– Mówię o wolności.

(...)

– Co słychać?

– Jest mi smutno.

– Dlaczego?

– Umarł mi pacjent.

– Boże, tak mi przykro! Lubiłeś go?

– Nie znosiłem. Ale rozpaczliwie chciał żyć. A ja nie umiałem mu pomóc.

– Wszystko jest w rękach Boga.

– Właśnie to przerażało go najbardziej.

(...)

– Twój były mąż?

– Nie chcę o tym mówić. A twoja była żona?

– Odkąd się pojawiłaś, już mnie nie boli. I za to też jestem ci wdzięczny.

– Za co jeszcze?

– Że mnie uśmiechasz.

– Myślisz o mnie?

– Staram się nie.

– Zabolało.

– Chcę być maksymalnie szczery. Dość się już nakłamałem w życiu.

– Ja o tobie myślę.

– Nie powiedziałem, że ja nie. Powiedziałem tylko, że staram się tego nie robić.

– Dlaczego?

– Bo nie chcę na sobie nic wymuszać. Nie jestem facetem, któremu odwaliło na widok pięknej trzydziestosześcioletniej modelki, która była na okładce „Vanity Fair".

– To był „Vogue".

– Jeden chuj.

– Zupełnie nie!

– Zapewniam cię, że tak.

– Racja.

(...)

– Ale jeśli już o mnie myślisz, to jak?

– Jak o ostatniej butelce wódki w mieście.

– Boże, jesteś odrażający!

– Ani trochę! Mój ojciec tak mawiał, kiedy chciał powiedzieć, że coś jest dla niego ważne. Ostatnia butelka wódki w mieście.

– Nie był nadmiernie romantyczny.

– Ależ był! Dlatego zapił się na śmierć!

(...)

– Jesteś?

– Tak, kochany, jestem.

– Nie byłem wczoraj szczery. Myślę o tobie trochę.

– Trochę?

– Bez przerwy.

– Chciałbyś się ze mną kochać?

– Pewnie, że tak. Ale twój powab erotyczny to tylko jedna ze składowych moich emocji związanych z tobą. I wcale nie najważniejsza.

– A która jest najważniejsza?

– Że dzięki tobie unoszę się po chłopięcemu nad ziemią.

– W sensie, że latasz?

– Bez przerwy. A przecież już całkiem zapomniałem, że można.

(...)

– Jesteś?

– Jestem, kochana.

– Wiesz, wtedy w kinie był taki moment, że popatrzyłam na ciebie, a nasze oczy się zetknęły...

– Takich momentów było miliard. Przecież gapiłem się na ciebie przez cały czas.

– Tak, ale nie o tym teraz mówię. Chodzi o tę krótką chwilę, kiedy, takie odniosłam wrażenie, zdjąłeś maskę nieprzystępnego twardziela. I przez te kilka sekund, gdy tak siedziałeś z całkowicie gołą twarzą, twoje oczy do mnie wołały.

– Jakieś zrozumiałe treści? Czy raczej bełkot?

– Przestań ironizować! Ja mówię poważnie!

– Przepraszam.

– One wołały o pomoc. Masz najsmutniejsze oczy świata. Ni to oczy dziecka, ni rekina.

– Hm...

– Co: hm?

– Możemy zmienić temat?

– Nie, nie możemy! Bo to, co chcę teraz powiedzieć, jest dla mnie ważne! Otóż w tamtej krótkiej chwili uświadomiłam sobie, że ten mężczyzna, który siedzi obok mnie w kinie, nie czeka na banalny flirt. Że...

– Wybacz, ale muszę wrócić do pisania swojego artykułu, więc...

– ...że to człowiek, który przestał umieć się cieszyć prostymi rzeczami! Że miota się zakleszczony między ucieczką a odpowiedzialnością, między oczekiwanym upadkiem a spiżowym trwaniem niczym jakiś nadęty pomnik, że....

– Możesz przestać?

– ...że czuje się obarczony dorosłością, która go przeraźliwie przygniata i której wagi się nie spodziewał, że...

– Jezu, brałaś coś?!!!

– Słucham?

– Pytam, czy coś brałaś.

– Słyszałam, ale nie rozumiem, do czego zmierzasz.

– No jak to nie rozumiesz? Przecież wszystko, co właśnie mówisz, brzmi jak z jakiegoś kretyńskiego poradnika psychologii dla blondynek! Eliza...? Eliza...? Eliza...?!

(...)

Eliza, odbierz! Nie wiem, co mi odbiło...

(...)

Wiem, że się wkurzyłaś, ale odbierz. proszę. Tęsknię.

(...)

Przepraszam. Odbija mi bez ciebie. Przepraszam.

(...)

– Przytuliłbym cię.

– Opowiedz.

– Pragnę cię, aż mnie zatyka. I może dlatego odsuwam od siebie to pragnienie. Żeby czuć, jak jest potężne.

– To, co mówisz, działa na moje kobiece zmysły.

– Na moje kobiece też.

– Chciałbyś się ze mną kochać?

– Już o to pytałaś.

– I co odpowiedziałeś?

– Że staram się nie spieszyć.

– Ja też. Ale dzięki tobie rozkwitam na nowo. Jak po długiej zimie.

– Obłęd, nie? Obiecajmy sobie, że nie skrzywdzimy się nawzajem.

– Będę się starała.

– Uwielbiam cię!

– Ja bardziej!

(...)

– Tęsknię za tobą. Wypełniłaś sobą całą moją codzienność.

– Ja też o tobie myślę. Dawno się tak wspaniale nie czułam.

– Wkręcasz mnie? Chcesz, żebym uwierzył, a potem będziesz się ze mnie śmiać?

– No co ty? Jestem tym wszystkim zawstydzona jak mała dziewczynka i jednocześnie podniecona jak dojrzała kobieta. I nie potrafię zrozumieć, co się ze mną dzieje. Staram się to w sobie tłumić. Bo nie wiem, co by się stało, gdyby teraz puściło.

– Ja też się staram tłumić. W dzień idzie mi całkiem, całkiem, ale nad snami zupełnie nie panuję.

– Śniłam ci się? Jak?

– Jak zawsze. Stoję w korku, a ty przejeżdżasz obok w zielonej sukience i na pomarańczowym rowerze. Ten pierwszy obraz zapadł we mnie już na zawsze.

– Ukradli mi ten rower dwa dni temu, wiesz?

– Kurwa! A sukienkę?

– Nie. Musieliby ukraść całą szafę. Bo mam więcej niż jedną.

– Tak podejrzewałem. Żadna modelka nie włożyłaby tej samej kiecki dzień po dniu.

– Opowiem ci całą historię, chcesz?

– A mógłbym nie chcieć?

– Nie mógłbyś. Więc słuchaj: kiedy się rozwiodłam, postanowiłam, że trzeba zwrócić się ku nadziei i że nadzieja to zieleń.

– Co za banał.

– Dasz mi skończyć, czy od razu będziesz się mądrzył?

– Mów! Tak tylko mi się wyrwało.

– Poprosiłam wtedy przyjaciela, żeby mi zaprojektował sukienkę na czas poszukiwań nadziei. Taką tylko dla mnie, wiesz.

– Tę w grochy, co wygląda jak z Felliniego? Wyszła nieźle.

– Właśnie! Wyszła nieźle, więc od razu zamówiłam pięćset sztuk.

– Rany boskie!

– Zapłaciła moja fundacja. Zanim mi ją zabrał przy rozwodzie.

– A, nie! To luz!

– I chodzę teraz w zieleni od dziewięciu miesięcy. Niby w tym samym codziennie, ale też codziennie w innym. Bo każdego ranka wkładam nową sukienkę i każdego wieczora ją wyrzucam do śmieci. Jak wąż wylinkę.

– Jesteś walnięta.

– Nie, po prostu nie lubię prać.

– I do kiedy masz zamiar tak zrzucać skórę?

– Ty mi powiedz, Kuba.

(...)

Powiedz mi, Kuba...

– O czym?

– O tym, jak mnie pierwszy raz widziałeś na ulicy.

– Opowiadałem ci o tym więcej niż milion razy.

– Opowiedz drugi milion.

– Nie.

– Prosisz się o lanie.

– Proszę się o lanie.

(...)

– Pozwolisz mi kiedyś gryźć się w uszy? Uwielbiam to robić.

– Pozwolę ci robić z moim ciałem wszystko, co nie wiąże się ze śmiercią lub kalectwem, Elizo.

(...)

– Jesteś kochany przez telefon.

– Lubię być kochany. Dlatego wkurwiają mnie ludzie, którzy mi na to nie pozwalają, chuje.

– Strasznie przeklinasz.

– Też tego żałuję. Ale na tym świecie nie da się nie przeklinać.

– Jaka jest twoja główna wada?

– Bycie skurwysynem w połowie. Nie masz pojęcia, jakie to upokarzające być podłym z dobrym sercem. Strasznie rozpierdala i zabiera energię.

(...)

– Ile my już tak gadamy, Kuba?

– Trzy tygodnie.

– Przyzwyczaiłeś mnie do siebie.

– Czuję się zakłopotany.

– Dlaczego?

– Bo jestem szczęśliwy po pensjonarsku.

– I co chcesz przez to powiedzieć?

– Że chuć szlachetnieje dzięki ekscytacji, która jej towarzyszy.

– I co chcesz przez to powiedzieć?
– Że cię kocham.
– Prosisz się o lanie, wiesz?
– Wiem.
– Przyjdź jutro.
– Przyjdę.
– I już nie odchodź.
– Nie odejdę.
– Dobranoc.

ROZDZIAŁ 8

1.

Wesołe życie jest smutną formą istnienia.

Tak powiedział.

A potem się obudziłem i nawet nie wiem, kim był. I szczerze mówiąc, zbytnio mnie to nie zajmuje, bo od rana unoszę się nad ziemią jak poduszkowiec. Myślę o Elizie. I nie rozumiem, jak to się stało, ale nie potrafię już bez niej żyć. Usypiam i budzę się, myśląc o tej kobiecie, a każda chwila bez niej to istna tortura.

– Co ci jest, Kuba?

– Nic, Bielska.

– Nie kłam! Jesteś odrażająco pogodny.

– Spierdalaj!

Śmiech równoczesny. Bielska. Cholerna Bielska. Naprawdę ją uwielbiam. Moja druga, nieproszona matka, niech ją szlag!

– Bądź szczęśliwy, Kuba – mówi. – Twój ojciec nie umiał.

Nie dziękuję, żeby nie zapeszyć. Stoję przez lustrem. Przyczesuję włosy. Odstają, panie doktorze. Nie jakoś bardzo, zaledwie troszeczkę, ale odstają. Najwyższy czas je ostrzyc. Obciąłem wczoraj włosy. Tak jak widziałem w tym starym filmie o taksówkarzu. Mama się strasznie wściekła. Ale ona ostatnio się ciągle wścieka. Albo płacze. Nawet poszedłem wczoraj do Michała. Na tę jego siłownię, gdzie pracuje. Chciałem pogadać jak facet z facetem. Dlaczego nie mogą dojść z mamą do porozumienia, skoro się kochają? Ale mnie olał. „To nie są tematy do rozmów z dzieckiem" – powiedział. Pierdolony troll. Potem znalazłem w piwnicy nóż. Ten, który tata kupił, jak jechaliśmy we dwóch pod namiot. Męska wyprawa, tak powtarzał. Jedyna, jaką mieliśmy. Cztery lata temu. Okropny wyjazd. Bałem się pająków. Że wejdą pod materac i rzucą mi się w nocy do szyi. Raz zerwałem się z krzykiem, bo poczułem, jak wielki, włochaty skurwiel gryzie mnie w stopę. A to była szyszka. Jak się znalazła w śpiworze, chuj jeden wie. Oczywiście nic tacie nie wysypałem o swoich lękach, przecież były niemęskie i nie pasowały do twardzielskiej wyprawy. Ale nóż naprawdę fantastyczny. Bez zbędnych pierdoletów, jedno ostrze tylko, do połowy ząbkowane, obłęd. Wycinaliśmy nim leszczynowe włócznie i dzidy. Potem tata strugał na nich fikuśne wzory, których nauczył go jego tata, a ja żałowałem, że już nigdy nie poznam fajnego dziadka, co za wcześnie umarł. Ale przy okazji strasznie chciałem tacie zaimponować, że jestem taki sam jak on i dziadek, więc pod osłoną nocy postanowiłem wystrugać miecz.

Cztery szwy. Wkurw taty, który po trzech piwach musiał mnie wieźć do szpitala. I solenne zapewnienie, że już nigdy tego noża nie zobaczę.

Trzeba go było lepiej schować, tato. Bo teraz stoję przed twoim domem i ściskam go w dłoni. I czuję się jak prawdziwy komandos, z tym irokezem na łbie i w wojskowej kurtce. Lustro mówi, że naprawdę nieźle wyglądam. Nawet jeśli zielony krawat w białe grochy nie pasuje do garnituru. Ale pasuje do życia. Jeszcze godzina, jeszcze tylko godzina. Rzucam ostatnie spojrzenia. Odbijają się w zwierciadle jak ostatnie migotania starego świata, który z potężną siłą zasysa się sam do wewnątrz. Dziś kosmos wraca do punktu zero, by pierdolnąć boskim otwarciem na nowo. Gapię się na pierścionek. Gapię się na nóż. Wiem, że prośba o rękę, wzmocniona wyrobem jubilerskim, to w wieku czterdziestu lat straszna rzepa. Ale nie wstydzę się już śmieszności. Za długo udawałem skurwysyna. Agnieszce nigdy się nie oświadczyłem, bo w wieku, kiedy mogłem to zrobić, klękanie i cały ten dookolny szajs powodowały u mnie abominację. Ale to już za mną. Bo dziś – choć ciągle mam nadzieję, że obejdzie się bez klękania – otwarty jestem na patos. I na kicz, jeśli będzie trzeba. Właśnie dlatego zarezerwowałem stolik w restauracji, w której nigdy wcześniej nie byłem. Bo nowy wszechświat to nowa grawitacja, a pierścionek to symbol. A nóż to symbol, więc Odyn powinien doskonale rozpoznać, co mu chcę nim powiedzieć. I sram na to, czy to jest śmieszne, czy nie. Bo mam prawie dwanaście lat i nie wstydzę się już śmieszności.

Wychodzę z mieszkania. Dochodzę do parkingu. Jadę windą. Chowam się za śmietnikiem. Wsiadam do samochodu. Wsiada do samochodu. Naciskam pedał gazu. Wybiegam. Kątem oka dostrzegam cień przed maską. Zdąży nacisnąć hamulec? W ostatniej chwili naciskam hamulec. Smród opon. Pisk opon. Zdążył. Zdążyłem.

– Cześć, tato! – mówię spokojnie, choć wszystko się we mnie trzęsie.

– Mateusz?

Nie kurwa, Thor! Pewnie, że Mateusz.

– Co ty masz za fryzurę, synku?

Stoi przed samochodem – taki chudziutki i malutki, w wojskowej kurtce i z plecakiem idiotycznie przewieszonym przez ramię – i odpierdala Roberta de Niro. Mam wrażenie, że oszalał. Stoi obok samochodu – z gównianym zielonym krawatem, który nie pasuje do reszty – i odpierdala tego siwego buca z *Pretty Woman*. Mam wrażenie, że oszalał. Co ten chłopak tu robi, na Boga? Nie czas na pierdolenie, tato, więc od raz przechodzę do sedna.

– Nie możesz spotykać się z matką Dominiki!

Bez wątpienia oszalał. Myśli, że postradałem zmysły.

– Dlaczego? – pyta.

– Bo ja ją kocham! – odpowiada.

Ewidentnie postradał zmysły.

– Elizę?

Ewidentnie zgłupiał.

– Nie Elizę! Dominikę!

– Jak to kochasz?

Rany, tato! Co to za debilne pytanie?! Ile ty masz lat?

– Normalnie – mówię spokojnie i czuję, że już nic się we mnie nie trzęsie. – Nie wiesz, co to jest miłość, tato?

Jezus Maria, a więc o to chodzi. Ach, te chłopięce histerie.

– Wiem – przecieram twarz, przy okazji dyskretnie spoglądając na zegarek. – Ale ty masz dopiero jedenaście lat!

– Prawie dwanaście – odpowiadam, udając, że nie zauważam, jak łypie na zegarek.

Najwyraźniej nie chce się spóźnić. Przecież nie mogę się tam spóźnić! Czuję, jak pot płynie mi pod koszulą. Przecież nie możesz tam dotrzeć! Czuję, jak pot spływa po rękojeści noża. Uspokój się, żołnierzu! Ci, którzy wpadają w histerię, giną.

– Nie kompromituj się, tato!

Nie kompromituj się, tato? Jak on się do mnie zwraca? I jeszcze to buńczuczne spojrzenie. Spode łba dorosłe. Nigdy tak wcześniej nie patrzył. No i co się tak gapisz, tato? Dobrze słyszałeś! Nie kompromituj się! Nawet nie masz pojęcia, od jak dawna już ci to chciałem powiedzieć! I powiem ci, że poszło łatwiej, niż myślałem. Nieznośny szczeniak, trzeba z nim inaczej rozmawiać, widzę. Prosisz się o gówno dorosłości, synku? Oto i ono:

– No to mamy problem, Mati. Bo ty kochasz Dominikę, a ja jej matkę.

– Nie my mamy problem, tylko ty masz problem, tato.

– Dlaczego ja?

– Bo byłem pierwszy!

– To jakaś dziecinada.

– Nie, tato. To kodeks. A kodeks mówi, że musisz się wycofać.

– Jaki kodeks?

– Nasz kodeks, tato. Twój i mój!

Milknę. Milknie. A ja zupełnie nie wiem, co powiedzieć. Nie wie, co powiedzieć. Ja wiem, więc mówię:

– Jeśli zwiążesz się z jej matką, nie będę mógł być z Dominiką! A ja nie potrafię bez niej żyć! Usypiam i budzę się, myśląc o niej! Każda chwila, którą spędzam bez niej, jest jak tortura!

Jakieś żarty? Przecież to są moje myśli! Ma minę idioty. Ale zaszliśmy za daleko, bym się na tym teraz skupiał.

– Więc nie rób mi tego, tato! Proszę cię! – chyba go już wystarczająco docisnąłem.

Biedny Mati. Jeszcze chwila i się rozpłacze. Ten maluch ewidentnie się zadurzył. Głupie, ale trzeba to uszanować.

– Mateusz, synku – mówię tak łagodnie, jak tylko potrafię. – Rozumiem, co czujesz, i szanuję to. Ale masz dopiero jedenaście lat...

– Co ty ciągle z tym wiekiem, tato! Czy ty mnie w ogóle słuchasz?!

– Słucham bardzo uważnie! I wiem, że nawet jeśli ci się teraz wydaje, że to miłość do końca życia, za pół roku nie będziesz nawet pamiętał imienia tej dziewczyny i...

– Przestań! – przerywam mu, bo nie mogę już znieść, że mój ojciec okazuje się głupkiem bez serca. – Ja Dominikę kocham naprawdę! – krzyczę z całych sił, aż przyglądają się nam przechodnie.

Spodziewam się, że i on zaraz się rozedrze. A tu wprost przeciwnie. Szepcze ledwo słyszalnie.

– Synku, ja też kocham jej matkę. I dla mnie to być może ostatnia w życiu szansa na miłość.

Nigdy nie przypuszczałem, że kiedykolwiek to powiem. A już z pewnością nie temu małemu chłopcu, który gapi się teraz na mnie z zakłopotaną miną i za sekundę mi się tu zaraz rozpłacze. Nie nabierzesz mnie już! Tyle razy ci wierzyłem, głupi, ale teraz koniec!

– Ty nie masz pojęcia, co to jest miłość, tato! I nigdy nie miałeś!

Jestem rozczarowany. Ten szczeniak najwyraźniej nic nie skumał.

– Zabraniam ci tak do mnie mówić! Jestem twoim ojcem!

Jestem zawiedziony. Ten baran myśli wyłącznie o sobie.

– Nie chcę takiego ojca! Pieprzyłeś moją nauczycielkę!

– Co???

Milion bomb detonuje we mnie od środka. Z otwartymi ustami wygląda jak Kazio Broszkiewicz zapytany przez Srokę o pierwiastek z dziewięciu. Chcesz usłyszeć raz jeszcze? Bardzo proszę.

– Pierdoliłeś Sunię, tato!

Zadowolony?

– Powiedziałem ci, że ją kocham, a mimo to ją pierdoliłeś! – krzyczy mój ukochany synek, patrząc mi prosto w oczy.

Jezus Maria, skąd on to wie?

– Zabraniam ci się tak wyrażać, Mati!

Cha, cha, cha, tato. Śmieje się! On się ze mnie śmieje! Powinienem go zdzielić w łeb, ale jestem sparaliżowany. Jedyne, czego pragnę, to zapaść się pod ziemię. Stop, zabawa!

– Nie masz pojęcia o miłości, tato! Wszystko, czego się dotkniesz, gnije! Nie chcę być taki jak ty, rozumiesz?! Nie chcę!

Patrzę na buty. Tysiąc czterysta złotych w Galerii Mokotów, płacone złotą kartą, więc trzy procent zniżki.

– Ja nie chcę już być taki, Mati...

Ile to trzy procent od tysiąca czterystu?

– Chcę zacząć od początku – kończy cicho i nie ma odwagi na mnie spojrzeć.

Gapi się na własne buty.

Tysiąc czterysta złotych – kurwa! – a zaginają się nie w tych miejscach, co powinny. Szajs! Ale i tak nie one są teraz największym problemem, tylko ta cholerna koszula. Cała przepocona. Powinienem się przebrać, zanim pojadę po Elizę. On coś knuje, wiem to. W końcu jest moim ojcem.

– Więc się nie wycofasz?

Zdejmuję z ramienia plecak, żeby nie przeszkadzał.

– Więc się nie wycofasz? – pyta i zdejmuje plecak.

Ma porażająco dorosłą twarz. I oczy, które doskonale znam. Przez piętnaście lat wbijały mnie w poczucie winy, towarzysząc codziennej mantrze: nic z ciebie nie będzie, pierdolony gówniarzu! Jak mogłem tego wcześniej nie zauważyć? Wróciłeś! I to w najniebezpieczniejszej formie, jaką można tylko sobie wyobrazić!

– A ty byś się wycofał? – pytam syna retorycznie, bo przecież będąc moim ojcem, nigdy z niczego nie umiał się wycofać, więc niby dlaczego miałby to zrobić teraz?

– Nie – odpowiada zgodnie z moim przypuszczeniem. – Przecież jestem taki sam jak ty! Żaden z nas nie potrafi się cofać!

Kiedy wyciągam nóż, odskakuje. Kurwa, a jednak się cofnąłem! Wiem, że to głupie, ale kiedy twój własny syn kieruje ostrze w twoją stronę, naprawdę się boisz, bo jak nikt inny znasz najtajniejsze myśli wszystkich synów świata. I w tej samej chwili czujesz równoczesny wstyd, że tak nikczemne względem niego podejrzenia mogły się w ogóle zrodzić w twojej głowie. Ale przyznaję, gówniarz ma fantazję. Przebił oponę. Powietrze wylatuje z sykiem. Nie mam już więcej czasu na gadanie. Rzucam tacie plecak.

– W środku jest kasa! – krzyczę. – Powinno starczyć na nową!

Odwracam się. Patrzę, jak odbiega. Coraz mniejszy i mniejszy. Nie czuję złości. Żałuję tylko, że nie mogę teraz widzieć siebie. Jestem pewien, że mam oczy, których całe życie chciałem uniknąć, czuję się...

czuję się lekko śmigam między samochodami mam wrażenie że nic mnie nie zatrzyma mógłbym obiec kulę ziemską gdybym chciał szczęśliwie nie chcę chcę za to dostać się do niej zanim on tam dojedzie osiem kilometrów niby dużo ale skoro Messi robi to w półtorej godziny w dodatku z piłką nie licząc krótkich chwil kiedy bramkarz wyciąga ją z siatki to i ja powinienem wydolić ale musi być krócej nie mam całego meczu najwyżej sześćdziesiąt minut może nawet mniej kurwa żołnierzu mogłeś wyeliminować wrogowi dwie opony a nie jedną? ale skoro spanikowałeś to teraz zapierdalaj ruchy ruchy najważniejsze to dostosować rytm oddychania do kroków czytałem kiedyś o tym przy umiarkowanym biegu najlepszy jest rytm trzy na dwa czyli wdech lewa prawa lewa wydech prawa lewa chociaż przy biegu na maksa lepszy jest rytm dwa na dwa wdech lewa prawa wydech lewa prawa kurwa wiadomo że nie mam wyjścia więc od początku jadę na maksa wdech lewa prawa wydech lewa prawa i żeby tylko nie uchetać przepony pamiętaj żołnierzu oddychać ustami i nosem oddychać ustami i nosem oddychać ustami i nosem i nie myśleć nie myśleć nie myśleć jesteś automatem Mati automatem wdech lewa prawa wydech lewa prawa wdech lewa prawa wydech lewa prawa przy półotwartych ustach mięśnie twarzy stają się zrelaksowane czytałem o tym nie myśleć nie myśleć do chuja nie myśleć fabryka Voralbergów automat z fabryki Voralbergów Syberia lewa prawa wydech lewa prawa wdech najpiękniejsza gra w jaką grałem Syberia tak się nazywała choć była stara jak ja i musiałem się nieźle naszukać oldskulowego kompa żeby odpaliła ile ja miałem lat wtedy siedem? może osiem? siedem jednak pamiętam bo to były pierwsze awantury w domu mamo dlaczego tata zamieszkał w szpitalu? ma bardzo dużo pracy kochanie trzy tygodnie u dziadków niby fajnie ale te babcine kluseczki te zacierki gołąbki pierdolone można by nimi torturować terrorystów uratowała mnie właśnie Syberia sam się na nią zesłałem był w tej grze automat nazywał się Oscar maszynista Automatycznego Pociągu mój najlepszy przyjaciel w czasie tamtego zesłania dzięki niemu zniosłem więzienne żarcie babci i dygot gdzie tata? gdzie tata? chciałem być automatem więc jestem automatem wdech lewa prawa wydech lewa prawa w dupie mam tą całą waszą dorosłość w dupie mam to że będę mógł iść gdzie chcę i robić co chcę bo jeśli dorosłość wy-

gląda tak jak się teraz czuję to ja na zawsze chcę być dzieckiem chcę płakać bez powodu i śmiać się bez powodu zasypiać przy zapalonym świetle grać w stare gry pluć rosołem skakać po kałużach i bać się zastrzyków wierzyć w Mikołaja i jebane krasnale a przede wszystkim uwierzyć na nowo że mój tata mój pierdolony zdradziecki tata jest najmądrzejszym człowiekiem na świecie nie płacz nie płacz żołnierzu zbierz dupę w troki i nie płacz tempo tempo tempo wdech lewa prawa wydech lewa prawa i nie rozpierdol przepony zatem nie pochylaj się na wzniesieniach i trzymaj prostą sylwetkę pochylenie uciska przeponę i niszczy rytm modlitwy lewa prawa amen lewa prawa na wieki wieków nowożeńcy na ławce ale jaja że ja zawsze muszę spotkać podobnych pajaców ona w białej sukni on pyzaty jak dziecko jedzą lody i gapią się na mnie nie wróżę wam wielkiego szczęścia jeśli już dziś się na siebie nie gapicie tak wiem kurwa płaczę ale nie jestem mięczakiem po prostu wszystko mnie boli boli i w płucach rozrywa mnie w środku w brzuchu mam jezioro kwasu i strasznie chce mi się rzygać ale wytrzymam wytrzymam tylko rytm złapię co woła wdech ja was wszystkich pierdolę wydech pierdolę was ludzie Thor nigdy się nie poddaje zwłaszcza że meta już blisko boisko blisko boisko ojciec gra z małym synkiem gówniarz śmieje się skrzeczy nie ufaj ojcu dzieciaku zaufaj radzie żołnierza oddech łap oddech nie stawaj i białej flagi nie wieszaj zdechnij ale dobiegnij patrz Adrian tam stoi na górce i jego błękitny rower spogląda na mnie jak biegnę wygląda jak mały punkcik Adrian ja nie mam czasu wde lewa prawa le pra su nawet by stanąć na moment bo kiedy stanę to umrę wybacz przeproszę cię później w płucach miarowa melodia w płucach melodia miarowa każdy skurcz rytm swój wybija w płuc bęben walą mi żebra umrzyj-żyj-umrzyj-żyj-umrzyj tempo mi teraz nabi-

ja umrzyj-żyj-umrzyj-żyj-umrzyj już tylko zakręt ostatni umrzyj-żyj-umrzyj-żyj-umrzyj dzwonek naciskam już dzwonek już dzwonek naciskam dzwoni we wszystkich moich kościołach w głowach mych wszystkich eksplozja a ona w drzwiach piękna staje więc krzyczę że się ożenię...

– Się ożenię z tobą, wiesz...?!

Jestem taki szczęśliwy. Zaraz się wypierdolę i zdechnę. Jestem taki szczęśliwy.

– Mati? Wszystko w porządku?

– Ożenię się z tobą...! – rzężę, bo chyba nie dosłyszała.

Wiruje mi w głowie. Pewnie z tego szczęścia. Bo nowy wszechświat nabiera rozpędu.

– Co ty masz za fryzurę? – przygląda mi się zaskoczona.

Ignoruję pytanie i wobec faktu, że umieram, przechodzę od razu do sedna.

– Wiem...! Myślisz, że oszalałem...! I może masz rację...! Może oszalałem...! A może to ja mam rację i nie oszalałem ani trochę...!

Najpiękniejsze oczy świata wymrugują właśnie Morse'em całkowite niezrozumienie, a najpiękniejszy głos wtóruje im:

– Nie rozumiem.

No a co tu jest do rozumienia? Jak ci mam to lepiej wytłumaczyć, miła, skoro właśnie umieram?

– No a co tu jest do rozumienia? – chrypię, bo zaschło mi w gardle. Oddałbym duszę za łyk wody. – Odkąd cię... Odkąd cię zobaczyłem, wszystko się zmieniło! Nie wiem, czy na lepsze, ale z pewnością na nieodwracalne!

– Zmieniło się? Co?

– Błagam, nie przerywaj! – kaszlę i modlę się, by nie zwymiotować, bo to stanowczo wbrew romantyce chwili. – Ja to wszystko mam precyzyjnie w głowie poukładane...! Miesiąc już układam...!

– Przepraszam – mówi speszona. – Chcesz może wody?

– Nie chcę żadnej wody! Chcę tylko, żebyś mnie wysłuchała!

– Słucham.

– Mój tata i twoja mama... – przerywam, bo dzwoni moja komórka.

Zerkam na wyświetlacz.

Wąż.

Trzeba się spieszyć.

– Wiem, że się będziesz ze mnie śmiać, ale ja to muszę powiedzieć. Otóż mój wąż i twoja mama... ja wiem, oni w życiu wiele przeszli i im się należy szczęście... a ja jestem jeszcze mały i słaby, ale...

– Nie jesteś słaby!

Jaka ona kochana! Uśmiecham się, choć wiem, że mój uśmiech musi wyglądać jak pośmiertny skurcz żołnierza potraktowanego chlorem w pierwszej wojnie światowej. Widziałem o tym kiedyś film na Discovery. To było zresztą bardzo niedaleko miejsca, gdzie dziadkowie mają działkę.

– Rozumiesz już? – kończę, mając ciągle nadzieję, że obejdzie się bez klękania i tego całego szajsu.

– Staram się – mówi i widzę, że nic nie rozumie.

– Cholera, Domi, wiem, że mówię nieskładnie! Ja to wszystko mam w głowie świetnie poukładane, tylko teraz biegłem i mi się pomieszało...!

– To może zacznij od początku...

– Nie mam czasu! Wolę zacząć od końca: kocham cię!

Jej oczy gwałtownie się otwierają.

– Kochasz mnie? – krzyczy i łapie się za usta.

Boże, ile to się trzeba namordować z tą miłością, a nawet się nie zaczęła!

– Tak, kocham cię! – krzyczę. – Bardziej niż mamę! I tatę, choć to może żadne halo, bo dzisiaj to go nienawidzę! Kocham cię najbardziej na świecie! – podskakuję jak piłka. Czuję, że to idiotyczne przy oświadczynach, ale ni cholery nie mogę powstrzymać ciała, żeby nie podskakiwało. Mam wrażenie, że naprawdę mógłbym teraz obiec kulę ziemską. – I musiałem ci to powiedzieć! Właśnie teraz! Wyjdziesz za mnie...? Znaczy kiedyś...?

Patrzy. Milczy. Patrzy. Milczy. I zaczyna się śmiać! A im głośniej się śmieje, tym bardziej coś we mnie gaśnie. I kuli się. I gaśnie. I kuli się. Ja też cię kocham, Mati! Rozbłyska... Dudni... Eksploduje... Co ona powiedziała?

– Ja też cię kocham, Mati!

I zanim zdążę umrzeć ze wstydu, że śmierdzę potem, zaczyna mnie całować. I jest tak, jak piszą w książkach o miłości. A nawet lepiej, bo tam całują się inni, a tu ja. I dociera do mnie, jak krótka jest ścieżka między rozpaczą a weselem. A zaraz potem życie uświadamia mi, że w przeciwną stronę droga jest jeszcze krótsza. Bo słyszę znajomy warkot silnika i wiem, że zdecydowanie należało przebić dwie opony.

– Muszę lecieć!

– Ale dlaczego? – patrzy na mnie zaskoczona.

Żołnierz dziewczynie nie skłamie. Ale jej prawdy nie powie. Czy jak to tam. Więc wzruszam tylko ramionami i biegnę. Unoszę się nad ziemią, bo mam w płucach wszystkie powietrza świata. Przefruwam obok auta taty. Nasze spojrzenia krzyżują się.

– Mateusz! – niesie się za mną. – Mateusz! – krzyczę, ale mnie nie słucha.

Biegnie gdzieś przed siebie, a ja przecież tyle chciałbym mu powiedzieć.

– Jesteś?

Odwracam się. Stoi piękniejsza, niż kiedykolwiek ją śniłem. Choć już wiem, że jej czerwona sukienka nie pasuje mi do krawata. Biegnę, biegnę, biegnę, biegnę. Oddech dawno się skończył, ale nogi ciągle niosą. Lord Vader obciął swojemu synowi rękę. Mój ojciec oprócz dłoni obciął mi nogi i głowę. A przede wszystkim wyrwał serce. Boisko. Tyle razy tutaj z nim grałem. Zabierał mnie tu nawet wtedy, kiedy byłem tak malutki, że przewracałem się o piłkę. Obiecywał, że nauczy wszystkiego. Wierzyłem mu jak nikomu. A teraz wrzucił mnie do lochu i połknął klucz.

Rozkładam ręce i wstrzeliwuję się do bramki.

Gol czy samobój?

Siatka łapie mnie niczym pułapka.

Zawisam na niej.

Z wolna osuwam się na ziemię.

Wymiotuję.

Jej perfumy pachną zniewalająco.

– Pamiętasz ten moment w *Ojcu chrzestnym*, kiedy Michael Corleone spotyka Apollonię i z miejsca się w niej zakochuje? – zakłada nogę na nogę.

Czerwona sukienka odsłania doskonałość jej skóry.

– Oczywiście! Jak mógłbym nie pamiętać? – odpowiadam, usiłując skupić się na prowadzeniu auta. – Mówi, że uderzył w niego piorun sycylijski.

– Zawsze chciałam wiedzieć, jak to jest, kiedy uderza taki piorun.

Kładzie swoją gorącą dłoń na mojej chłodnej i razem zmieniamy bieg na wyższy.

– I teraz wiem – uśmiecha się.

Stoimy w korku.

Otwieram szyberdach. Szum ulicy wlewa się jak gęsty deszcz. Jakie to dziwne. Niemal w tym samym miejscu ujrzałem ją po raz pierwszy, na pomarańczowym rowerze, a teraz siedzi tuż obok z tą swoją zjawiskową twarzą Madonny z cyfrowych katedr i Nefretete z wirtualnych piramid. I trzyma mnie za rękę.

Pytam więc sam siebie: czy życie nie jest cudem?

I odpowiadam: nie jest.

Bo kiedy widziałem ją po raz pierwszy, unosiła się jak anioł, a teraz – unieruchomiona w banale życia – nudzi się jak każde śmiertelne zwierzę.

– Kuba, jak długo będziemy tak stać? Zrób coś!

– Jeszcze tylko chwila, kochanie.

Uśmiecham się czule i głaszczę ją po policzku. A więc nie jesteś aniołem, aniele? To naprawdę przedziwne, myślę i pieszczę naj...

pieszczę najpiękniejsze kolano w dwunastoletniej historii mojego saaba czując jak w trzewimgnieniu potężnieje we mnie żar tropików i zaczyna tłoczyć do kadzi serca ciężkie paliwo hormonów jak przelewa się słód nieoczyszczonych instynktów do dębowych beczek wytrawności a cud przeistoczenia destyluje brudną chemię grzechu w weselne wino lecz co to? nagle całkiem niespodziewanie i jakby zza węgła organicznego nonsensu czuję pożogę nową tym razem na prawym udzie ból prawie nie do wytrzymania i jeśli nie krzyczę to jedynie z wielkiego zdumienia bo oto pierścionek kupiony zaledwie wczoraj za pół urlopu all inclusive dowód mojego szczerego hołdu radosna deklaracja utraty niepodległości i zaproszenie obcych wojsk by zajęły wszystkie moje baszty wraz z guzikiem atomowym do którego kod również pokornie zdecydowałem się udostępnić wypala mi właśnie podłą dziurę w spodniach przetacza się po skórze i wpada między czarne fotele saaba jestem zaniepokojony pierdolić poparzenie ale jestem poważnie zaniepokojony bo boję się że i ona dostrzegła już tę kompromitującą bądź co bądź okoliczność dziura w spodniach swąd spieczonej skóry i oleisty oddech topionego metalu trudno to wszystko ukryć tym bardziej że zbuntowany pierścionek najwyraźniej nie mówi ostatniego słowa i przewierca się ze zgrzytem przez podwozie zdumiewające że Eliza tego nie widzi najwyraźniej jest tak doskonale piękna że może sobie pozwolić na ślepotę bogów zgłodniałam mówi i ziewa całkiem nieświadoma że wnętrze auta wypełnia gryzący dym a miska olejowa z tępym łomotem spada na ulicę wraz z nią wylatuje także i mój zaręczynowy pomocnik przez chwilę leży na asfalcie zdezorientowany a może i ogłuszony upadkiem wszak prześwity w samochodach muszą stanowić nie lada wyzwania dla małych pierścionków wreszcie dźwiga się ciężko rozgląda łapie głęboki haust powietrza i wgryza w jezdnię nieźle to wymyślił skurwiel myślę jeszcze warstwa piasku i ziemi jeszcze wodociągi ścieki kable telefoniczne i pozostały miejski szajs a potem już tylko glina iły granit bazalt litosfera astenosfera mezosfera i będzie wolny będzie skurwysyn wolny a kiedy w końcu dotrze do jądra Ziemi chuja go zobaczymy bo to jest najprawdziwsze jądro ciemności gdzie zagina się światło i z rzadka dochodzi stamtąd jakakolwiek korespondencja chyba taka jedynie: synu jak wiesz już nie żyję ale chcę ci powiedzieć...

Synu!

Jak wiesz, już nie żyję, ale chcę Ci powiedzieć to, czego za życia nigdy nie potrafiłem wyznać Ci prosto w oczy. Nie byłem do-

brym ojcem, wiem. Zagłuszałem to w sobie, usiłowałem wymazać, kłamałem sam przed sobą, że Cię nie krzywdzę. Dziecko powinno mieć oparcie w ojcu. A ja, przyznaję to z bólem, nigdy Ci go nie dałem. I nie byłem – co każdy dobry ojciec powinien czynić – pogromcą Twoich lęków, ale byłem wręcz ich kreatorem.

Nie znajduję nic na swoje usprawiedliwienie. Przecież wiedziałem, że zadaję Ci ból i cierpienie. Wiedziałem, a jednak nie potrafiłem tego powstrzymać. Nie potrafiłem odrzucić tej niskiej satysfakcji, która rodziła się we mnie, gdy w podły sposób, wykorzystując przewagę człowieka dorosłego, udowadniałem Ci, że jestem lepszy i że zawsze będę.

Czy miałem poczucie, że mówiąc to, jestem śmieszny? Czy miałem poczucie, że tylko udaję twardego, ale kieruje mną wyłącznie żałosna słabość? Myślę, że nie miałem tej świadomości do końca życia. Dopiero śmierć pozwoliła mi zrozumieć, kim byłem. A co gorsza – kim nie byłem.

Kochany Jakubie!

Twój ojciec wyznaje Ci właśnie ze wstydem, że przez całe życie zajęty był zbytnio oglądaniem swoich własnych ran, rozpamiętywaniem swoich nieszczęść, swoich bólów i swoich niezadowoleń. I żałosnym łapaniem życia w każdej postaci. Byleby nie przemijało tak beznadziejnie. Byleby nie przemijało w ogóle.

Uwikłałem się w sytuację, której nigdy nie byłem w stanie emocjonalnie sprostać. Kobieta, która była Twoją matką, miała być remedium na... [nieczytelne]. *Ale kiedy zaczęliśmy żyć razem, okazało się, że wszystkie moje traumy i nudy powtarzają się. Dziś wiem, że musiały się powtarzać, bo to ja byłem ich katalizatorem, a Twoja matka nie była niczemu winna. Nie uciekałem od niej i od Ciebie. Uciekałem od monotonii i beznadziei. W świat, do którego nie mogłem Cię zabrać.*

Synu mój!

Całe życie byłem niedojrzały. I całe życie nosiłem w sobie przekonanie, że nie dojrzałem do roli ojca. Ale musisz wiedzieć, że z wszystkich ludzi na świecie byłeś mi najbliższy. Bo najbardziej do mnie podobny. Nie chciałem tego długo przed sobą przyznać, ale byłeś i jesteś formą mnie samego. I tak jak ja, też jesteś wojownikiem. Mam nadzieję, że w bitwach, jakie przyjdzie Ci toczyć, będziesz miał więcej szczęścia ode mnie.

Żałuję, że nigdy nie umiałem Ci tego powiedzieć. Że nigdy nie umiałem być wobec Ciebie szczery. Może także dlatego, że wobec nikogo – również samego siebie – nie umiałem być szczery.

Najbardziej mi wstyd, że niszczyłem Cię i za to, że widzisz moją śmieszność. Bo chciałem być dla Ciebie wspaniały, nigdy śmieszny. A ponieważ potrafiłem być wyłącznie śmieszny, obwiniałem Cię, że to widzisz.

Wybrałem siebie zamiast Ciebie. Teraz widzę, że ten wybór skazał mnie na porażkę. Miałem szansę żyć godnie i nigdy z niej nie skorzystałem.

Mam nadzieję, że Ty będziesz to umiał.

Mam nadzieję, że odnajdziesz mądrość w sobie. Mądrość, którą powinienem Ci przekazać ja, ale nie potrafiłem tego uczynić. Musisz ją więc w sobie sam odnaleźć.

I pamiętaj, że Cię kochałem.

I że ciągle Cię kocham.

Tata

…że mądrość musisz w sobie sam odnaleźć i pamiętaj że cię kochałem i że ciągle Cię kocham Tata znam każde słowo tego listu twój stary nie był taki zły powiedział Paweł i był wyraźnie wzruszony w kilka dni po pogrzebie mojego ojca przyniósł mi rozerwaną kopertę z kartką zapisaną jego charakterystycznym

pochyłym pismem z zawijasami twój stary nie był taki zły powtórzył a ja wzruszyłem ramionami i nigdy później już o tym nie rozmawialiśmy także o tym że mój pierdolony ojciec nigdy mi tego listu nie wysłał sam go do siebie napisałem i sam go wysłałem na adres Pawła chciałem żeby słyszał kurwa w dupę pierdolona mać jak mój nieczuły ojciec przynajmniej zza grobu wyznaje że mnie kochał przynajmniej zza grobu przynajmniej kurwa zza grobu Kuba kochanie możesz już jechać dalej dlaczego mi tego nigdy nie powiedziałeś ty zimny skurwysynu wszystko bym ci przebaczył nikogo tak nie kochałem jak ciebie Kuba kochanie możesz już jechać dalej wpierdoliłeś mnie w tę pułapkę w zgadywankę gdzie książę? gdzie żebrak? całe życie skamlę o akceptację zdobywam pizdy jak zamki choć w żadnym nie chcę zamieszkać Kuba kochanie możesz już je...

– Słucham???
– Mówię, że korek się skończył! Możesz już jechać dalej!
– Nie mogę!
– Co?
– Nie mogę. Wybacz!
– Nie rozumiem.
– Muszę lecieć.

Nie czekając na jej reakcję, wyskakuję z samochodu. Tyle lat strawiłem na poszukiwanie kogoś, kogo kocham bezgranicznie. Dla kogo byłbym w stanie zrezygnować z siebie. Dla kogo byłbym w stanie żyć. A nawet umrzeć. Przez całe życie szukałem kogoś takiego i dopiero teraz zrozumiałem, że go mam.

– Kuba!

Nie odwracam się. Kluczyki zostały w stacyjce. Powinna sobie poradzić. Biegnę. Wyciągam komórkę. Wdrapuję się na górkę. Adrian siedzi z opuszczoną głową. Odsuwam błękitny rower, przysiadam się.

– Co robisz? – pytam.

– Patrzę w niebo – odpowiada, wbijając wzrok w trawę.

– Mogę z tobą popatrzeć?

– Zapraszam.

Dorośle zabrzmiało to „zapraszam". Aż strach.

Siedzimy.

Wgapiamy się w trampki.

Plujemy.

Wiem, że nie można mieć wszystkiego, nie jestem dzieckiem. Ale dlaczego, kurwa, nie można też mieć chociaż połowy wszystkiego? Widziałem kiedyś w TVP Historia film dokumentalny o Hitlerze. Podobno miał taką paranoję, że zanim zjadł jakąkolwiek potrawę, próbowało jej najpierw piętnaście dziewcząt. Myślę, że to musiały być naprawdę spore porcje, skoro po tylu osobach testujących coś jeszcze na talerzu zostawało. W tym filmie było jeszcze, że Hitler był wegetarianinem, co chyba akurat powinno cieszyć, bo to takie, przepraszam za wyrażenie, szczęście w nieszczęściu. Aż strach pomyśleć, ile szkód mógłby wyrządzić ten agresywny mężczyzna, gdyby na dodatek spożywał mięso. Właściwie nie wiem, czemu mi to przyszło do głowy.

– O czym myślisz? – pyta mój najlepszy przyjaciel.

– O wegetarianizmie.

– Kurwa, Mati, przestań! Hitler był wegetarianinem!

– I pani Wilk jest.

Śmiejemy się.

Plujemy.

Jest jak dawniej. Prawie.

– Przepraszam – mówi mój najlepszy przyjaciel.

– Daj spokój – kładę mu rękę na ramieniu. – To ja przepraszam, że cię wtedy popchnąłem.

Odsuwa się. Ale nie ze złością czy coś. Najwyraźniej z tą ręką jakoś niemęsko wyszło. Cofam ją w zawstydzeniu i myślę, że nie jest dziś ze mną za dobrze.

– Ja nie o tym, Mati – mówi tymczasem Adrian. – Przepraszam, że cię nie rozumiałem. Teraz już rozumiem.

– Nie rozumiem – próbuję go rozśmieszyć, ale jest śmiertelnie poważny.

Patrzy w niebo.

– Bo ja też kocham.

Kurwa, kogo?

– Kogo?

– Gretę.

Gapię się na niego zdumiony.

– Wiem – macha ręką, jakby odpędzał muchę. – Jest gruba. Ale mam to w dupie. Jest cudowna.

– To prawda – uśmiecham się. – Jest cudowna.

Kładę mu rękę na ramieniu. Tym razem się nie cofa. Tym razem się uśmiecha. I znowu milczymy w niebo. Tak, nie mamy jeszcze dwunastu lat. Tak, jesteśmy dziećmi. Ale jesteśmy też mężczyznami, do chuja! I wiemy, że z wszystkich ważnych spraw w życiu mężczyzny najważniejsza – oprócz miłości, oczywiście! – jest przyjaźń. Taka jak nasza właśnie.

Dryń-dryń!

Dryń-dryń-dryń!

Zerkam na wyświetlacz.

Wąż.

Kładę komórkę na ziemi. Kamień. Drugi kamień. Po piątym pierdolnięciu dzwonek cichnie. Chowam telefon do kieszeni.

– Tata – informuję.

– Aha – przyjmuje do wiadomości mój najlepszy przyjaciel.

Wstaje. Podnosi rower.

– Muszę do niej teraz lecieć!

– Pozdrów ją ode mnie!

– Pozdrowię – potwierdza ruchem głowy. – A ty wpadnij wieczorem. Pogramy w coś. Masz fajną fryzurę, Mati.

– Dzięki.

Patrzę, jak wsiada na rower. Odjeżdża. A ja czuję, że się dziwnie czuję. Bo im bardziej mi Adrian maleje, tym bardziej – jakie to głupie! – rośnie.

– Adrian! – krzyczę z całych sił.

Zatrzymuje się. Odwraca. Jest tak mały, że mógłbym go schować do kieszeni.

– Czego?

– Dobrze, że jesteś!!!

Uśmiecha się.

– Pedał.

Uśmiecham się.

Rusza ostro z górki. Po chwili znika. Życie jest osobliwe, myślę. Straciłem dziś tatę i ukochaną, ale odzyskałem przyjaciela. I mam nadzieję, że już nigdy nic...

już nigdy nic nas nie rozdzieli pisk opon krzyk kobiety głuche klapnięcie metalu o niemetal skurcz serca i jedna nawracająca myśl: niech to nie będzie to niech to nie będzie to niech to nie będzie to niech to nie będzie to niech to nie będzie to niech to nie będzie to podrywam się z trawy niech to nie będzie to niech to nie będzie to niech to nie będzie to biegnę biegnę biegnę te cholerne trzydzieści metrów z których widać już ulicę biegnę je godzinami jakbym zapadał się w bagnie niech to nie będzie to biegnę je tygodniami niech to nie będzie to biegnę je miesiącami niech to nie będzie to biegnę je latami niech to nie będzie to całe życie je biegnę niech to nie będzie to zbiegam z górki niech to nie będzie to w poprzek ulicy stoi ciężarówka niech to nie będzie to błękitny rower pogięty odrzucony na kilkanaście metrów niech to nie będzie to Adrian leży bez ruchu niech to nie będzie to jego głowa jego głowa niech to nie będzie to krzyki Jezus Maria Jezus Maria karetka niech ktoś wezwie karetkę niech to nie będzie to pełno krwi pełno krwi pełno krwi Jezus Maria Jezus Maria krzyczy kobieta w ciąży obok niej mężczyzna w granatowym drelichu karetka niech ktoś wezwie karetkę drze się ale kto ma wezwać? jesteśmy tylko my ona w ciąży on w drelichu i ja ona w ciąży płacze pochyla się nad Adrianem on w drelichu krzyczy co krzyczy? nie słyszę do mnie krzyczy do mnie nic nie słyszę dlaczego nic nie słyszę? nie mam komórki szarpie mnie za rękę granatowy drelich masz telefon? trzeba wezwać karetkę ogłuchłeś chłopcze? nie ogłuchłem proszę pana wszystko słyszę tylko nic nie mogę powiedzieć coś mi się stało z buzią wyciągam z kieszeni komórkę jest cała pokryta pajęczyną wyssana z życia tak proszę pana to przeze mnie pochylam głowę przepraszam za zniszczenie komórki i że nie mogę mówić macha ręką odwraca się dokąd idzie nie wiem nie widzę wyraźnie obraz jakiś rozmazany się robi jakby ktoś oczy wysmarował mi masłem w ustach ptasie mleczko wuzetka miód kogel-mogel cukiernica czekolada pełna mleczna bąbelkowa z orzechami i nadziewana czymś znacznie słodszym niż teraz chciałbym mdli mnie proszę pana gdzie się pan podział? niech pan mnie stąd zabierze nie jestem żołnierzem jestem dzieckiem z rozbitej ciężarówki wyłazi pająk ma wielki brzuch i tłuste włosy ja nie chciałem bełkocze kompletnie pijany sam mi gno-

jek wjechał pod koła sam wjechał odwraca się i ucieka wszystkie sześć nóg plącze mu się i zawija granatowy drelich zaczyna go gonić ciąża płacze coraz głośniej mój najlepszy przyjaciel leży we krwi i się nie rusza dlaczego nikt nic nie robi? nie zostawiajcie nas samych jesteśmy tylko dziećmi jesteśmy tylko dziećmi gdzie się podziali dorośli? Sia...

Siadam na ulicy.

Kiedy nie masz jeszcze dwunastu lat, nie myślisz o śmierci. Ale kiedy ją widzisz, tak blisko, jak uśmiecha się pochylona nad kimś, kogo kochasz, robisz dokładnie to samo co wszyscy dorośli: błagasz o cud!

Ty, który zarządzasz tym całym burdelem...

Dryń!

...*kimkolwiek jesteś, odezwij się!*

Dryń-dryń!

Mija sekunda, zanim do mnie dociera, że to komórka Adriana.

Dryń-dryń-dryń!

Podnoszę się. Podchodzę. Pochylam się.

Dryń-dryń-dryń-dryń!

Ręce we krwi. Pierdolić to. Jest wojna, to musi być i krew.

Dryń-dryń-dryń-dryń-dryń!

Tylna kieszeń spodni. Mam.

– To ty, Adrian? – odzywa się Bóg. – Szukam Mateusza! Jest może z tobą teraz?

– Tato, to ja! Musisz przyjechać! Musisz natychmiast tu przyjechać! – tworzę na poczekaniu niedoskonały psalm, którego końcówki nie słyszę, bo z przeraźliwym wyciem przyjeżdża właśnie karetka.

Więc znowu siadam na ulicy.

I zaczynam płakać.

I płaczę.

I chcę wypłakać wszystko.

2.

Jutro Wigilia i paczka z prezentem przyszła w ostatniej chwili. Piłka z podpisami wszystkich graczy Barcelony. Sprzed dwóch sezonów, więc prawie zupełnie świeża. Miałem naprawdę dużo szczęścia. Okazało się, że Aaron Friedman zna onkologa, który leczył tego trenera Barcelony, co umarł na raka ślinianki. I że ma takich piłek kilka w domu. Więc myślę, że Mati się ucieszy.

Tata jak zwykle w szampańskim nastroju. Ciągle się śmieje i wygłupia. O tym, co się stało między nim a mamą Dominiki, nigdy nie gadaliśmy. Ale jak znam tatę, to musiał zrobić coś żenującego, co ją do niego zniechęciło. On chyba nigdy nie dorośnie i muszę to zaakceptować. W końcu innego taty mieć nie będę.

W styczniu wyjeżdżam do Baltimore. Powiedziałem Aaronowi, że na pół roku ostatecznie mogę, ale na więcej nie potrafię i nie chcę. A w wakacje – to już ustalone! – przyjedzie do mnie Mateusz. Obiecałem mu, że kupimy starego muscle cara. Najlepiej mustanga, jakiego miał Frank Bullitt, albo challengera, którym ścigał się Kowalski w *Znikającym punkcie*. I przejedziemy Amerykę wzdłuż i wszerz. Tylko ja i on.

Po miesiącach płaczów i awantur mama rozstała się z napompowanym trollem. Przez jakiś czas miałem nadzieję, że może starzy do siebie wrócą, ale tak się nie stało. Dobrze jest, jak jest, mówią, ale myślę, że kłamią. I to nie przede mną. Przed sobą.

Co to za pomysł, żeby w Wigilię brać ślub? A on na to, że sobie obiecali. Kurwa, Paweł, mówię, myśmy też sobie coś obiecali: już nigdy więcej żadnego małżeństwa! Zapomniałeś? A ten się śmieje, że powtórne małżeństwo z tą samą kobietą się nie liczy. Debil. Mój najlepszy przyjaciel to debil.

Tamtych ośmiu godzin nigdy nie zapomnę. Tata operował Adriana, a my siedzieliśmy na korytarzu. Mama trzymała mnie na kolanach, a wujek Paweł i ciocia Tamara ściskali się tak kurczowo, że gdyby nie byli po rozwodzie, to można by pomyśleć, że żyć bez siebie nie mogą. Nawet na siku ani razu nie wstali.

Od trzech miesięcy mam chujowy nastrój. Powiedziałem Agnieszce, że nie będę łaził do szkoły na żadne wywiadówki. Że muszę zająć się szpitalem. Ale nie chodzi o żaden pierdolony szpital! Ona mnie boli. Eliza. Bo ciągle siedzi w sercu, w miejscu niewymazywalnym, i nie chce wyjść.

Po ośmiu godzinach drzwi sali operacyjnej się w końcu otworzyły i wyszedł tata. Na jego widok wszyscy zamarli. A do mnie dotarło, że to już nie jest żadna głupia zabawa w Odyna. Że mój tata jest teraz naprawdę potężny jak Bóg. I że od jego najbliższych słów zależy, czy nasz świat przetrwa, czy stoczy się w otchłań.

W dodatku żenuje mnie, jak przeraźliwie jestem słaby. Musiałem przestać się upijać, bo tylko na trzeźwo umiałem nie pisać do niej esemesów. *Śnię o Twojej bliskości. Zapachu skóry i włosów. Przytuleniu ciał tak mocnym, by wróg-niepokój nie wdarł się między dusze.* O *niespokojnym oddechu.* O *spokojnych oczach. I smakowaniu warg niespiesznym. Wszystkich, jakie dał* Ci *Bóg*. Po pijaku wysmarowałem dziesiątki podobnych bzdur. Nie odpisała ani razu. Na szczęście, bo przecież nie mogę się z nią spotykać.

– Ciągle jesteśmy królami życia, Paweł – powiedział w końcu tata. I wtedy wujek Paweł się rozpłakał. I przytulił się do taty. I łkał strasznie, strasznie głośno. A potem tata też się rozpłakał. Wtedy zrozumiałem, że ja już nie muszę wstydzić się łez, o ile nie są ze strachu. Bo prawdziwy mężczyzna mówi łzami tam, gdzie kończą się słowa.

Mam nadzieję, że za jakiś czas się w końcu pozbieram. Kto wie, może nawet się jeszcze zakocham? Czterdzieści jeden lat to przecież nie koniec świata. Na razie jest dobrze, jak jest, nawet jak jest chujowo.

Kiedy patrzyłem, jak mój tata i tata Adriana obejmują się równie szczerze, jak szczerze się bili, dotarło do mnie, że dorośli mają w życiu jeszcze bardziej przejebane niż dzieci. I że powinienem zostać dzieckiem tak długo, jak tylko się da.

Dwa tygodnie temu przypomniałem sobie, że mój stary ma urodziny. I pierwszy raz od jego śmierci poszedłem na cmentarz nie z obowiązku, ale – nie znajduję lepszego określenia – prywatnie. Wcześniej zawsze towarzyszył mi ścisk i gwar Święta Zmarłych, a tym razem było zupełnie inaczej. Prawie żadnych ludzi, cicho, spokojnie, można wręcz powiedzieć: domowa atmosfera. Przed wejściem na cmentarz kupiłem znicz. Jeden, ale za to bardzo duży. Tak duży, by w środku dało się spalić list.

Od tygodnia Adrian znów jest w domu. A po feriach zimowych ma wrócić do nas do szkoły. Co prawda jeździ jeszcze na wózku, ale jak na żołnierza, który zderzył się z czołgiem, i tak sobie nieźle radzi. Choć ciągle ma w sobie pełno śrub i śmiejemy się z Gretą i Dominiką, że wezmą go do kolejnych *Transformersów*.

Ojciec przyśnił mi się dwa dni po sfajczeniu listu w zniczu. Nie odezwał się ani słowem, tylko się, jebany, uśmiechał.

Opowiedziałem o tym Bielskiej. A ona, że mam początki miażdżycy.

Tata mówi, że z głową Adriana jest już dobrze. I że jeszcze tylko rok i znów będziemy grać w piłkę. Na razie – żeby było *fair* – też przestałem grać. Sprzedałem na Allegro piłkę z autografem Christiano Ronaldo i kupiłem błękitny rower. Jutro dam Adrianowi pod choinkę, już to uzgodniłem z ciocią Tamarą.

Ale żeby nie było, że tak nieustannie narzekam, to powiem wam, że gdy widzę mojego syna, zawsze się uśmiecham. Bo naprawdę nie sądziłem, że od dwunastolatka można nauczyć się miłości.

A co u mnie poza tym? Raczej dobrze. Mam nadzieję, że w ferie osiągnę wreszcie metr sześćdziesiąt. No i Dominika jest super. Naprawdę.

Ale to już temat na całkiem inne opowiadanie.